海滩上的一群羊

苏童 著

湖南文艺出版社·长沙

HUNAN LITERATURE AND ART PUBLISHING HOUSE

图书在版编目（CIP）数据

海滩上的一群羊 / 苏童著. -- 长沙：湖南文艺出
版社，2025. 7. -- ISBN 978-7-5726-2414-8

Ⅰ．Ⅰ247.7

中国国家版本馆CIP数据核字第2025TH8880号

海滩上的一群羊
HAITAN SHANG DE YI QUN YANG

作　者：苏　童
出 版 人：陈新文
监　制：谭菁菁
责任编辑：徐小芳　刘　敏　李雪菲
装帧设计：@Mlimt_Design
内文排版：刘晓霞
版权策划：有识文化
出版发行：湖南文艺出版社
　　　　　（长沙市雨花区东二环一段508号　邮编：410014）
印　刷：长沙超峰印刷有限公司
开　本：787 mm×1092 mm　1/32
印　张：10.25
字　数：196千字
版　次：2025年7月第1版
印　次：2025年7月第1次印刷
书　号：ISBN 978-7-5726-2414-8
定　价：58.00元
　　　　　（如有印装质量问题，请直接与本社出版科联系调换）

目 录

南方的堕落

　　我从来没有如此深情地描摹我出生的香椿树街，歌颂一条苍白的缺乏人情味的石碏路面，歌颂两排无始无终的破旧丑陋的旧式民房，歌颂街上苍蝇飞来飞去带有霉菌味的空气，歌颂出没在黑洞洞的窗口里的那些体形矮小面容猥琐的街坊邻居。我生长在南方，这就像一颗被飞雁衔着的草籽一样，不由自己把握，但我厌恶南方的生活由来已久，这是香椿树街留给我的永恒的印记。

　　南方是一种腐败而充满魅力的存在。有一位剃光头的电影导演说。那是前年春天的事。他从香椿树街上走过，方向是由西向东。这样他在行走了五分钟左右的时候就看见了和尚桥，正是雀背驮着夕阳的黄昏，和尚桥古老而优美地卧于河上，状如玉虾，每块青石都放射出一种神奇的暖色。而桥壁缝里长出的小扫帚树，绿色的，在风中轻轻摇曳。出于职业的敏感，电影导演轻叹一声，缓步沿阶上桥，他数了数，上桥经过了十三级台阶。十三。他想为什么是十三而不是其他数字。这不吉利。他站在桥头，眺望河上景色，被晚霞浸泡过的河水泛着锈红色，水面浮着垃圾和油渍，向下游流去。河的尽头依稀可见一柱高耸入云的红色烟囱。远景可以省略。电影导演关心的主要是桥以及桥的左右前后的景色。从理论上说，和尚桥是那种以南方水乡为背景的电影的最佳外景点，有桥，有水，有临河而立的白墙青瓦的房子。最令人炫目的是桥边有一座两层老楼的茶馆。

那就是梅家茶馆。到了一九七九年，茶馆的外形早已失去了昔日雍容华贵的风采，门窗上的朱漆剥落殆尽，廊檐上的龙头凤首也模糊不辨，三面落地门上的彩色玻璃已与劣质毛玻璃鱼目混珠。仰望楼上，那排锯齿形的楠木护壁呈现出肮脏晦涩的风格。无疑这一切都是多年风雨侵蚀的缘故。

细心的人可以发现茶馆门上的横匾，黑底烫金边，但上面没有字。一块无字匾。很少有人注意这个细节。无字匾一般不外乎以下两种原因：

其一：一时没有合适的称号。

其二：一时来不及烫上合适的称号。

去证实这两种原因对于香椿树街是毫无意义的。那些过着闲适晚年的老人每天去茶馆赶两个茶会，那些从来不进茶馆的居民每天匆匆经过茶馆，人们一如既往地把茶馆叫做梅家茶馆。

从前当我还是个爱好幻想的少年时，多少次我站在桥头，朝茶馆那排贴满旧报纸的西窗窥望。茶馆很容易让一个少年联想到凶杀、秘密电台、偷匿黄金等诸如此类的罪恶。我的印象中茶馆楼上是一个神秘阴暗的所在。我记得一个暮春的傍晚，当我倚在桥上胡思乱想的时候，那排楼窗突然颤动了一下，许多灰尘从窗棂上纷纷舞动起来。吱呀一声，面对我的一扇窗子沉重地推开了，一个男人出现在幽暗的窗边。我记得他的苍白浮肿的脸，记得他戴着一只毛茸茸的耳朵套子，滑稽而不合时令。桥与茶馆紧挨着，所以我的僵傻的身体也与他的一只手离得很近，我看见了他的手，一只干瘦的长满疤瘕的手，像石笋一样毫无血色，抠着窗框，每根手指都在艰难地颤动。他的眼睛漠然地扫过我的脸，扫过桥头，然后张大嘴说了一句话，小孩，快跑。

许多人告诉我金文恺是哑巴，我不相信。我确实无法相信。要知道我是亲耳听见他说话的，嗓音温和略带沙哑。他对我说，小孩，快跑。

小孩，快跑。

我将永远铭记金文恺临终前给我的箴言。以后我每次经过和尚桥的时候，确实都是快步如飞。我不知道自己是惧怕什么，是怕金文恺说的话还是怕他再次出现在楼窗边。事实上就在我看见金文恺后的一个月，金文恺就过世了，据说是死于癌症。

几百年来一直住在茶馆楼上的梅氏家族，到了金文恺是最后一代。金文恺没有子嗣，金文恺的遗孀是姚碧珍。

姚碧珍就是现在梅家茶馆的老板娘。香椿树街对姚碧珍的了解远胜于幽居楼上的金文恺。到了后来人们说到梅家茶馆时往往淡忘了一代一代的梅氏家族，而代之以姚碧珍如何如何的种种话题。

姚碧珍年轻时候肯定美貌风骚，肯定使金文恺拜倒在她裙下魂不守舍好多年。好多年过去了姚碧珍仍然有半老风韵，唇红齿白，腰肢纤细，尤其是她的肤色雪白如凝脂赛过街上的任何少女。那是由于终日与水接触的缘故，人们都相信这一点。姚碧珍自己并不这样看，当茶客们当着老板娘尽情赞美她与水的妙处时，姚碧珍说，人跟水有什么关系？水是死的，人是活的，只有水沾了人气，哪有人沾水气的道理？茶客们说，怪不得你烧的水好喝，味道不一样。姚碧珍双手叉腰朗声大笑，你们听说过狐狸精烧水的故事吗？茶客茶客，不喝清水要喝骚水，就这么回事。

姚碧珍仪态之骚情、谈吐之放肆是香椿树街闻名的。她本人就像茶馆窗外的和尚桥一样，已经成为一种特定的风景供人观赏。我很早就意识到了这一点。甚至在我粗线条的世界观里，一直把姚碧珍这个人物作为南方生活的某种象征。

我讨厌南方。我讨厌姚碧珍。

当我回忆南方生活时总是想起一场霏霏晨雨。霏霏晨雨从梅家茶馆的屋檐上淌过，变成无数整齐的水线挂下来，挂在茶馆朝街的窗前。窗内烟气缭绕，茶客们的脸像草地蘑菇一样模糊不定，闪闪烁烁。只有姚碧珍的形象是那样醒目，她穿着水红色的衬衫，提着水壶在雨线后穿梭来往。我看见她突然站在某个茶客面前，伸出手做了一个极其猥亵下流的动作。

香椿树街的妇女对姚碧珍的历史了如指掌，姚碧珍的轶事经常是脍炙人口的，譬如姚碧珍夜里在楼上洗澡，有个男人给她搓背，他们的影子在灯光下清晰地映在窗上。妇女们着重强调的是，那个男人不是金文恺，而是一个真正的野男人。那么，他是谁？你说他是谁呢？

有人说是李昌。

说到李昌，他是又一个令我厌恶的人物。他其实是个小伙子，至少比姚碧珍年轻二十岁，头发梳得又光滑又考究，经常穿一双白色的皮鞋。印象最深的是李昌的桃花眼，长着这种眼睛的男人，对于女人来说都是一摊又黏又稠的烂糨糊。我认为李昌就是一摊烂糨糊，糊在姚碧珍丰满的臀部上，时间长达一年之久。我很恶心，扳指一算，那段时间正是金文恺绝病在身之际。金文恺辗转于黑暗的内室，闻见死亡的气息从他心爱的耳朵套子上一点点地滴落。住在茶馆附近的人家经常在半夜里听见一种人的嚎叫，悲怆而凄清。他们认为是野猫在房顶上争食，他们一直认为金文恺是个哑巴，或者干脆是个白痴。这些愚钝的居民人兽不分，忽略了金文恺弥留之际的背景材料。从另一个角度来看，香椿树街似乎很早就无视活幽灵金文恺的存在了。他们窥视活蹦乱跳的人的时候，常常省略了其他更有意义的内容。

我不得不再次提到李昌这个可恶的名字。李昌属于无业游民一类人。最早时糊口靠的是贩卖蔬菜。在香椿树街西侧的早市上，李昌混迹于许多女人中间叫卖芹菜、莴苣或者韭菜，如鱼得水，悠闲自在，从来没有过丝毫羞怯。他在卖菜时也穿着那双矫揉造作的白皮鞋，试图引起别人的艳羡。

李昌是个小伙子，他一般不会有泡茶馆的雅癖。那么他是怎么撞进梅家茶馆的呢？茶客们后来说，是骚货姚碧珍勾引了他。姚碧珍没有工夫去早市上买菜，就让李昌送菜给她，一开始两个人还为菜钱菜的质量讨价还价，后来不管李昌送什么菜，姚碧珍就掏钱，再后来，李昌把菜往灶上一扔，姚碧珍也不掏钱了。这种循序渐进的过程是很能说明问题的。茶客中有细心人，看在眼里，记在心里。有人跟姚碧珍插科打诨说，你跟李昌到底谁掏钱？姚碧珍就顺手把一杯剩茶往人家脸上泼，她郑重地声明，李昌是她的干儿子，干儿子给干娘送点菜，碍着你们什么事了？

李昌后来就是以干儿子的身份住进梅家茶馆的。李昌就是这样一个不明不白的家伙，说句粗鲁的话，李昌就是姚碧珍的月经带，恬不知耻地挂在那儿。他后来一脚踩烂了两只菜筐子，把扁担扔到河里，说是洗手不干了。别人说李昌你以后靠什么糊口呢？李昌竖起一节细腻的大拇指，朝梅家茶馆挥了挥，他说，老板娘有的是钱，我怕什么？

茶馆有钱是确凿无疑的。梅氏家族经营了几百年的茶馆生意，虽然几经灭顶之灾，钱还是有一批的。金文恺健在的时候别的本事不大，敛财有方却是很出名的。即使到了一九七九年，金家还有好多金器，据说装在一只老式手电筒里。手电筒在金文恺手里，还是在姚碧珍手里，别人无从知晓。直到金文恺病死后，有一条消息使众人震惊不已：金文恺到死也没有交出手电筒，姚碧珍摇他、亲他、骂他、拧他都没有用，金文恺怀着一种深刻的冷漠溘然故去。姚碧珍没有得到那只手电筒。

这消息是李昌走漏的。金文恺的寿衣是李昌穿的。李昌用一盆开水浇到死者身上时，听见死者的皮肤噼啪噼啪地响，而且喷出一股呛人的腥臭。他估计金文恺有十年没洗过澡了，腋窝、生殖器上都长满了疥疮。李昌说，老家伙好可怜，到头来还不如一头猪的下场。从李昌的话里不难推断金文恺与姚碧珍的关系。他们这对夫妻做到后来完全是名存实亡了。其原因一半是金文恺的孤僻自闭造成，另一半肯定是姚碧珍放浪淫逸的结果。还有一种原因难以启齿，茶客们都清楚，不说而已。倒是姚碧珍自己毫无羞耻之心，大肆暴露男人的生理缺陷，说金文恺比棉花团还软，该用的地方没有用，不该用的地方乱用。

描写这些东西对我来说是障碍重重。我对于香椿树街粗俗无聊的流言蜚语一直采取装聋作哑的态度，我厌恶香椿树街的现实，但是我必须对此作出客观准确的描写，这是没有办法的事情。

回到南方风景的线索上来，南方确实是有特色的地域。空气终日湿润宜人，树木在深宅大院和河岸两边蓬勃生长，街道与房屋紧凑而密集，有一种娇弱和柔美的韵味。水在人家的窗下流，晾衣竿从这家屋檐架到那家屋檐上，总是有衬衫、短裤和尿布在阳光下飘扬，充满人类生活的真实气息。这是香椿树街，香椿树街的人从街上慵懒散漫地走过，他们是真正的南方人。

有些人走过和尚桥。

有些人走过和尚桥，又走进了梅家茶馆。

地方史志记载，梅家茶馆始建于明朝嘉靖年间，最初叫做玩月楼。玩月楼这名字总是让我心存疑窦。我觉得玩月楼像一座妓院而不像一座茶馆，但是地方史志只此寥寥几笔，没有交代玩月楼的性质。我对几百年前的那座楼宇只能是空怀热情而已。

关于和尚桥的传说在香椿树街流传甚广。这传说分为多种版本，其中一种是牵连到梅家茶馆的。也就是说，传说中的祖奶奶就是梅氏家族的某一位女前辈，她有可能是金文恺的八代或九代祖奶奶。

传说祖奶奶是个老寡妇，她的独子仕途通达，当时是本地县令，而且以孝顺寡母闻名于世。祖奶奶本来可以倚靠儿子颐养天年，但她却丢不下茶馆这份家产。所以祖奶奶一直是梅家茶馆的老板娘。传说祖奶奶有一天对镜梳银鬓，听见窗外莺歌燕舞，一派春光，祖奶奶撩起窗前几枝新柳，看见窗下是一河春水，两岸是鸟语花香。这是几百年前的香椿树街景，我绝对没有见过。但传说就是这样的，传说描述祖奶奶在年近花甲之时突然春心萌动，对着河那边的一个和尚嫣然一笑。这里的斧凿痕迹很明显，细节显得荒唐滑稽。但是梅家茶馆的对岸至今有一个青云寺的遗碑，看来寺庙确实有过，那么和尚大概也有过的。传说描述和尚也是个老和尚，身披袈裟，脚蹬草屐，正在河边的菜地里锄草。老和尚在所有文学经典里都是风流成性的，所以老和尚对祖奶奶的隔河挑逗是心领神会的。这么看来，两个老东西的眉目传情及至后来私通姘居也有点合情合理了。

传说描述那时候是没有桥的，从青云寺到香椿树街来要绕三里地。传说老和尚欲火难熬趁夜阑人静之时泅水而来，天天潜入祖奶奶的房中。春天河水依然冰冷，老和尚的身体也像河水一样冰冷。祖奶奶势必要用自己的身体把老和尚焐热。不焐热不行，这一点稍谙房中术的人都能理解。我皱紧眉头抖开这种所谓"包袱"，心里实在羞愧。但茶客就是这样津津乐道地谈论"冷热"问题的，我只是转述而已，我用不着羞愧。

传说祖奶奶渐渐地冻出病来。祖奶奶请医师来诊病，只说是受了寒。但是绝药吃了几十罐，病势却不见好转。祖奶奶的县令儿子，也就是金文恺的七代或八代祖宗闻讯焦虑万分，不知道母亲大人患了什么绝病。传说是一个快嘴丫头说漏了嘴，说，全怪对岸的老和尚。县令严加逼问，终于知道了实情。县令又羞又恼，当即要派兵丁去青云寺捉拿老和尚，但祖奶奶却不依。祖奶奶说，你要捉他不如先捉了我，把我绑到大街上去示众，把破鞋挂到我脖子上来，把我的头砍了去吧。你要他死不如先让我撞死了吧。祖奶奶说着就往墙上撞，县令抱住母亲大人，双膝跪下，涕泪交加。县令说，母亲的养育之恩至今未报，怎敢惹母亲生气？既然母亲是冻出来的病，儿子就有办法了。祖奶奶说，有什么办法呢？那秃厮就是不肯走路，他情愿在河里受冻。县令说，修一座桥好了，一头架到青云寺，一头架在家门口，只要能让母亲身体无恙，儿子也不论什么廉洁自好了。

传说和尚桥就是这样修起来的。如果这是真的，那么这

10

段历史大概是梅氏家族最辉煌的一页了。我想起这传说有如吞食一只金头苍蝇，但是整个少年时代，我几乎天天要从和尚桥上过，从家里去学校。理智地说，过桥人是不应去败坏桥的名声的。

站在和尚桥桥头，俯视人来人往的香椿树街，数数梅家茶馆共有多少窗户，想想历史真是莫名其妙乱七八糟的东西，它虚幻而荒诞，远远不如厕所前的一排红漆马桶真实可靠。

有个破绽迟早是要收拾的。谁都会发现金文恺姓名上的问题，为什么梅氏家族到了末代会舍弃梅姓而改成金姓？对于南方人来说，任何一个宗族都不可能改姓，这种罪过无异于挖自己的祖坟，永远不可饶恕。

是金文恺自己把梅姓扔掉的，他有一天突然就跪到香椿树街派出所要求更改姓名，宣布他从此姓金。派出所方面提出种种质疑，金文恺只说一句话，你们救救我吧，再不改姓我就要没命了。那是一九五三年的事，正在搞公私合营，梅家茶馆也在合营之列。金文恺的改姓弄得新茶馆里的茶客啼笑皆非，都不知道他为什么改姓，更不明白为什么要姓金。终于有人一语道破天机，说，梅是霉，金是财，那家伙还在做发财梦。又有人说，应该报告政府。

金文恺自作聪明耽于钱财的性格可见一斑，他的梅氏家族遗传的命脉对新社会的气候没有任何适应能力。从一九五三年起，金文恺一直是香椿树街每次革命运动的靶子。粗略地估计一下，金文恺被游街、批斗大概有八十余次。这个数字超过了他的寿数，也超过了他储藏的黄金盎司量。

到了一九七九年金文恺绝病而死的时候，香椿树街的人普遍用因果逻辑谈论此事，结论自然简单，金文恺是应该死了，梅氏家族早就气数已尽了。有的老人则睿智地指出，梅氏家族在天之灵也会把金文恺这个异姓孽子揪住，像在香椿树街一样让他继续游街，批斗。

我想起金文恺这颗死魂灵，想起那双苍白干瘦的手在午后阳光下籁籁颤动的情景，心里对他有一个公正的评价，说说也无妨。

我认为金文恺是一个死不瞑目的冤魂，几年后他会重归梅家茶馆，以另一种形式实现他的理想。或者就是现在，某个深夜，他悄然出现在香椿树街上，挟着一只老式手电筒，冷不防对你说，孩子，快跑。

一年一度，秋风吹到南方来，吹落许多黄叶在香椿树街上旋转。有一年秋风乍起的时候，红菱姑娘来到梅家茶馆。

红菱姑娘搭乘一条运煤船进入香椿树街的河面，船过和尚桥桥洞后，红菱纵身一跃，就跳到了岸上。她把铺盖卷扔到地上，站在那儿舒了一口气。她站在梅家茶馆的西窗外，茶客们隔着玻璃都看见了红菱，秋风吹起她枯黄蓬乱的头发，红菱突然呼噜一声，朝地上吐了一口痰，她的出现并无一点诗意。

红菱姑娘走进梅家茶馆，向老板娘姚碧珍讨水喝。姚碧珍顺手抓过一杯茶客喝过的剩茶递过去，说，随便喝吧。红菱就坐在她的铺盖卷上喝那杯水。她的乌黑灵动的眼珠自由地逡巡着梅家茶馆，审视每一张陌生的脸，最后停留在姚碧珍的耳朵上，姚碧珍的耳朵上挂着两片黄澄澄的金耳环玛瑙坠子。

这是什么地方？

香椿树街。

我是说这儿是什么地方？

梅家茶馆。我的茶馆。

怎么这么多的人，他们在开会？

不是开会，是喝茶。

姚碧珍说着笑弯了腰。姚碧珍是经常发出这种不加节制的浪笑的。茶客们都转过脸看她笑。姚碧珍笑够了指着红菱姑娘说，她问你们在开什么会，你们到底在开什么会？谁来告诉她？你们不说我就说了。姚碧珍的嘴凑到红菱姑娘的耳边，突然说，他们在开□□大会。请原谅我在这里用了两个不负责任的方框，要知道姚碧珍的嘴一贯下流透顶，我写她的语言只能是犹抱琵琶半遮面。

很明显红菱姑娘是不知茶馆为何物的，贫乏的知识与她聪慧的眼珠子极不协调。茶客们一眼可以判断她来自某个穷乡僻壤地区，香椿树街有时是能够见到这些愚蠢的外乡人的，他们大多是从河上来，背着那种庸俗的红底大花被子，香椿树街居民凭借他们灵敏的嗅觉，一下子就能把他们从人堆里区分出来。

你从哪里来？

射阳。

我一猜你就是那一带人。来这里干什么？

走亲戚。

不对。你说谎了。香椿树街每家的底细都在晒太阳，没有哪家有苏北亲戚。你说说你的亲戚姓什么？

姓张。

又说谎。姓张的人像蚂蚁一样多。你的亲戚到底姓什么？

不知道。

不知道才是真话。你自己也不知道干什么来了。香椿树街可不是逃难人待的地方。你准备再去哪里？

不知道。

那你就在这里待几天吧。你不是要找亲戚吗？你的亲戚姓李名昌，就是我。我是你的表哥好了。

与红菱姑娘说话的是李昌。李昌的一只脚在地上，另一只脚踩在方凳上，他正在用抹布蘸了油擦他的白皮鞋，擦完这只脚又擦那只脚。红菱姑娘的黑眼珠炯炯地盯着面前的白皮鞋看，她喝完那杯剩茶舔了舔舌尖，然后她的干哑的嗓音就变得甜媚清亮了。

表哥，你的皮鞋可真白。

梅家茶馆收留了红菱姑娘。准确地说是一种暂时的收留，就像邻里之间互相收留被风刮过院墙的一块毛巾、一只袜子。这符合南方残存的人情味和道德观念，但是不符合老板娘姚碧珍的利益，问题出在李昌那里。李昌不知道用什么办法说通了姚碧珍，李昌那个下流东西对红菱姑娘打算盘简单明了，姚碧珍不会不清楚，但姚碧珍对别人说，我怕什么？花点钱买个女长工，看得顺眼留，看不顺眼再撵也不迟。姚碧珍还说，谅她一条癞狗也扶不上墙。言谈间充分体现出她的自作聪明颐指气使的老板娘风格。

一九七九年秋天这段时间里，红菱姑娘在梅家茶馆烧灶。她身手矫健如鱼得水，枯黄的脸不知不觉有了桃花色。仔细一看，她的眉眼是符合某种茶客的审美标准的，眉眼端正，丰乳宽臀，下巴上的一颗红痣长得也不败胃口。茶客们开始注意红菱姑娘，有一天他们鬼笑着窃窃私语，原来他们发现红菱姑娘的乳罩穿反了。茶客们尖锐的目光穿过红菱姑娘的的确良衬衫，发现她的乳罩穿反了。

红菱姑娘无所察觉，那天她有可能是仿效香椿树街女子，头一次给自己穿了乳罩。从道义上讲，穿反了不该受到谴责，应该受到谴责的是头一个发现穿反了的茶客。茶客们多不要脸，他们不去提醒红菱姑娘，却去提醒一个又一个进门的新茶客，他们都对红菱姑娘笑，红菱姑娘仍然无所察觉，她对众人报以知足的不免受宠若惊的微笑。直到姚碧珍疯笑起来。姚碧珍笑够了用一根手指捅了捅红菱姑娘的腰，不会穿就别穿，你里面穿反啦。

茶馆里的人们对红菱姑娘的作弄至今让我愤慨。这种作弄庸俗到了残忍的地步，使任何自尊的心灵无法承受。红菱姑娘当时的反应却远非我这么激烈。她低眉一看，说，反了？商店里的大姐让我这样穿的。姚碧珍又笑起来说，她逗你玩呢。红菱姑娘淡淡一笑，这么说，大家都在逗我玩了。

细品红菱姑娘的话，还是能发现她对茶馆周围人的态度的。其中味道有谦卑，也有警惕；有盲从，也有敌意。这很符合一个外乡人初到我们香椿树街的心态。

红菱姑娘并没有离开梅家茶馆。她第二天就搬到死鬼金文恺生前蜗居的房间里。有一天我走过和尚桥头，猛地发现梅家茶馆楼上的西窗被人打开了，一个陌生的姑娘倚窗而立，她一边用塑料梳子梳头发，一边弯腰俯视着和尚桥上来往的行人。南方的阳光一如既往投洒在梅家茶馆古老的青瓦上，也投洒在红菱姑娘青春勃发的脸上。

我在南方度过的少年时代基本上是空虚无聊的，往往是早晨起床时对生活还充满信心，一到傍晚看着夕阳从古塔上一点点坠落，人又变得百无聊赖了。

我觉得香椿树街上尽是吃饱了没事做的人，他们没有办法打发日子就想到开茶馆、泡茶馆的计策，可见人类是多么投机取巧，多么善于苟且偷生。

我祖父死于一九六九年，他生前是梅家茶馆的常客。我记得茶馆关门的那两年里，他因为无法泡茶馆脾气性格变得暴躁刁钻，成了一个十恶不赦的老混账东西，遭到家人一致唾弃。他在院子里摆了张八仙桌，妄图开一个家庭式茶馆，纠集了一批老眼昏花委琐不堪的茶友来喝茶，把好端端的一个家庭搞得乌烟瘴气。结果没有几天，他的事业就给全家人齐心协力搅黄了。茶叶、开水、杯子、椅子均遭封锁。后来我祖父只好蹲在门口，用一只漱牙缸子泡一角钱买一两的茶末子喝，一边喝一边大骂不迭，骂全家老小，骂时事风云，骂鸡骂鸭，骂到最后他的神经末梢出了毛病，成了一个讨人嫌的老疯子。

我这么百无禁忌地端出家丑，主要是申诉一下梅家茶馆与我间接的利害关系。我多年来厌恶梅家茶馆就源于此事。当然这也许是一种理性的借口。南方生活根本不以我的意志为转移，我的好恶一钱不值。我祖父死了好几年了，梅家茶馆又重新兴旺起来，这对于我是一种情感打击，对于我死去的祖父则具一种戏剧效果，现在他在天堂路上遥望梅家茶馆的风景，不知作何感想。

依稀记得祖父曾经在家庭茶桌上与老茶友大谈梅家茶馆昔日的茶道，他们深深陶醉在种种繁琐累赘华而不实的形式中，充满激情，望梅止渴。要知道那时候梅家茶馆被封条封住，尘封三尺，那群老茶客的怀旧显得有点动人，但是究其实质是可笑的，他们不过是在为怎么把一杯茶喝下去喋喋不休，纯粹是作茧自缚或者是脱裤子放屁，毫不足取。对此我是有清醒认识的。

南方的陋习即使披上美丽的霓裳，也不能瞒骗我的眼睛。梅家茶馆迷惑人的茶道，我总结了一下，不过就是几种喝茶的方法。

一、温水泡新茶，然后用嘴喝下去。

二、沸水冲陈茶，然后用嘴喝下去。

三、水泡茶，先倒水再放茶，然后用嘴喝下去。

四、茶泡水，先放茶再倒水，然后也要用嘴喝下去。

一九七九年秋天，梅家茶馆是香椿树街闲言碎语的中心。中心的中心则是姚碧珍、李昌和红菱姑娘三人之间暧昧不清欲盖弥彰的关系。

有一天茶客们看见红菱姑娘像一只油桶般地从楼梯上滚

下来，定睛一看，原来是被姚碧珍从楼上推下来的。姚碧珍趿着双拖鞋站在楼梯口，柳眉怒竖，唾沫横飞，嘴里骂，偷看，偷看，当心我剜了你的眼珠子喂狗吃。红菱姑娘从地上爬起来，捋捋衣角，脸上不改颜色，走到一个熟客那里给他续了一杯茶。

姚碧珍已经多次把红菱的铺盖卷扔出来，一次是因为红菱偷搽姚碧珍的雪花膏，一搽就搽掉大半瓶。一次是因为红菱在水锅里偷煮鸡蛋。结果鸡蛋壳煮碎了，蛋黄蛋白地漂了一锅。更多的原因都是偷看，据姚碧珍说，红菱心怀鬼胎，心术不正，无比下流，经常扒着锁眼偷看她的卧室。姚碧珍用牛皮纸把锁眼从里面堵住，没过几天，又让红菱给捅开了。红菱坚持对女主人实行监视，不知道动了什么糊涂心思。

姚碧珍曾经一手揪住红菱的胳膊，一手提着红菱的铺盖卷把她往门外推，但红菱却死死抱住门柱不肯走，两个女人都颇有力气，旗鼓相当，堵在门口进退两难。姚碧珍跺着脚朝街上行人喊，快来看看这条不要脸的癞皮狗，快来看吧，不收钱的，不看白不看。红菱似乎是配合姚碧珍对她的宣传，她突然双脚朝地一跪，抱住姚碧珍的腿，含着眼泪说，别赶我走，求求你，别赶我走了。你赶我走就是送我的命。姚碧珍说，你吓唬谁？你不明不白的来我们这里捣乱，谁知道你是哪路货色？你死了活了关我屁事。红菱说，老板娘你就积点德吧，你只要留下我，我活着给你做牛做马，死了也给你洗衣做饭。姚碧珍说，狗改不了吃屎，我实在不明白你为什么要偷看，你长的是人眼还是狗眼呢？红菱说，不看了，以后再也不偷看了。姚碧珍说，人要有个人样，你偷看了我我就会瘦点你就会胖点吗？姚碧珍环顾一下围观的人，又说，大家说说，是不是这个理？

我看见李昌从楼梯上踢踢踏踏地走下来，他走到人堆中间，推推这个，拨拨那个，说，好了好了，别在这里看热闹，回家做饭去，回家抱孩子去，守在这里也没有饭吃。李昌嘴叼海绵头香烟，一副气宇轩昂趾高气扬的架势。李昌他算个什么玩意儿，立即就有人与我深有同感，说，李昌，这是你家地方？我站在这里关你屁事，轮到你来吆五喝六的？李昌怒睁桃花眼，喂，你是不是骨头太紧，要我给你松一松？那人就把袖子往上一捋，嘴里喊，那就来吧，看看是谁给谁松？旁边的人立刻群情激奋，齐声嚷起来，打呀，打呀，哪个不打下面没把儿。关键时刻李昌就脓包，这一点也是众所周知的。李昌说，卖拳头也要约个时间，现在不跟你计较，走着瞧吧。有人喊，李昌李昌下面没把儿。李昌嘻地一笑，说，我下面怎样，你去问你姐姐。

李昌大概这时候才想起来下楼的目的，他把姚碧珍拉过来，一只手托着她的腰，他说，你们何必这样认真？她偷看归偷看，干活是挺卖力的，五块工钱的好劳力，打着灯笼也难找的。

我听见李昌这番话，再看看偎缩在角落里的红菱姑娘，她的脸上充满低贱的痛苦，黑眼珠紧张地瞟着李昌和姚碧珍的表情。她明显也听见了李昌的话，涣散的精神为之一振，当李昌把铺盖往她脚边扔过去的时候，红菱姑娘唯恐形势有变，拎起铺盖飞也似的逃上楼梯，酷似一只可怜的过街老鼠。

一切都令人作呕，我要是有什么办法，宁死也不会去看这种庸俗的闹剧，可是偏偏我又看了，而且从头至尾看得津津有味。

一切都令人作呕。人们想象中的温柔清秀的南方其实就这么回事。我不管别人是否说我有意给南方生活抹黑，反正我就这么看。我承认我是南方的叛逆子孙，我不喜欢潮湿、肮脏、人头簇拥的南方，谁也不能把我怎么样。

有一条巷子叫书院弄。我上学的时候每天从那里经过，看见弄堂口一年四季排着一长溜可恶的马桶。它们在阳光下龇牙咧嘴，散发着难闻的臭气。我就是不能忍受马桶，并且坚信这是一种懒惰的产物，他们为什么不把满脑子的生意经、小算盘和阴谋诡计匀一点出来，想想他们的排泄问题？

我上学的时候老师曾布置一项爱国卫生任务，每人必须向学校上缴一百只苍蝇尸体，我没有办法，在家里只杀掉了五只苍蝇，就跑到书院弄弄口去找。我举着一只苍蝇拍，在那些各式各样的马桶上乱拍一气，结果很轻松地拍死了另外九十五只苍蝇。我完成了任务，如果我要超额完成也很容易，书院弄那里的苍蝇多得不计其数，蔚为壮观。

从一滴水中可以看见大海，后来我就列出了一道富有哲理的公式：

南方=书院弄=九十五只苍蝇

公式是否成立，熟悉南方的人可以参加讨论。

一个下雨的早晨，梅家茶馆空荡荡的，茶客寥寥。姚碧珍与李昌一个坐在桌子上，一个坐在椅子上，对唱《双推磨》。姚碧珍从前唱过滩簧戏，把个情焰汹涌的嫂子唱得煞有介事、丝丝入扣。李昌则挤眉弄眼搔首弄姿的，完全违背了人物原型，也糟蹋了地方戏曲艺术。

一个茶客说，李昌，你别唱了，再唱我的茶就发臭了。

这时候看见红菱姑娘从雨中撞进茶馆大门，浑身精湿，标准的落汤鸡形象。她以一种极其惶惑的目光朝唱戏的听戏的扫视了一番，然后跟跟跄跄地朝楼上走。红菱姑娘的异样引起了每个人的注意，姚碧珍立刻从桌上跳下来，追上了楼。

"你死哪里去了？水瓶都空的。"

"我见今天客少才出去的。"

"你死哪里去了?"

"医院，去看病了。"

"看病，你别撒谎，你会有什么病?"

"我真的有病，骗你是畜生。"

"谁管你有病没病，下楼灌水去。"

"我有病，一点劲也没有，你让我躺一会儿吧，医生说要躺三天呢。"

"躺三天? 你到底得了什么富贵病?"

红菱姑娘摇了摇头，咬着嘴唇坐在床沿上。她的双腿有意无意地绞在一起，她坐在死鬼金文恺生前睡过的床铺上，发黄的头发上还在不停地淌着水珠。姚碧珍双手叉腰，审视着木偶般毫无表情的红菱姑娘。忽然姚碧珍冷笑了一声，她说，骚货，我知道你是什么病了，你是偷偷跑出去打胎了。

"不是，医生说我营养差，要多吃肉。"

"是谁的种? 李昌的?"

"不是，医生说只要多吃肉。"

"多吃肉，你也不怕撑死? 一顿吃三碗饭，还要吃肉?"

红菱姑娘抓到一块毛巾，擦着头发和脸，她的目光现在无动于衷。姚碧珍继续审视着她，目光由上至下，停留在红菱姑娘身子比较隐秘的地方，她突然踢了一下红菱的脚，说，把你的腿叉开。红菱下意识地松开了紧张的双腿。姚碧珍的火眼金睛立刻发现了一个惊人的证据。红菱姑娘薄薄的化纤裤子上，有一摊隐隐的血迹。

"我说呢，你的屁股怎么看也不对劲。"姚碧珍说，"几个月了？"

红菱姑娘至此完全失去了抵御能力，她茫然地扳起指头，扳到第三个指头，停住了，她说："大概三个月。"

姚碧珍翻了翻眼睛，她也在心里算了一下，算完了她说："这么说，我冤枉了李昌。还真没李昌的事。"

红菱说："老板娘又拿我开心，李表哥那样的，怎么能看得上我？"

姚碧珍说："那么要不要我给你们牵个线？"

红菱说："他怎么看得上我？"

姚碧珍朝地上呸地唾了一口，然后换了一种温和的口吻："告诉我，你肚子里是谁的种？"

红菱说："不能说，说了你也不认识，他在射阳呢。"

姚碧珍说："哎哟，你还假正经，说吧，我就喜欢听这些事。"

红菱说："不能说，你打死我也不说。"

姚碧珍说："你要说给我听了，这个月多付你五块工钱。"

红菱沉默了，她的手在床铺上划来划去的，过了一会儿，她抬起头看着姚碧珍："你说的话当真？不骗我？"

姚碧珍："老娘说话算数，从不反悔。"

红菱说："你要真给我就真说了。"

姚碧珍说："说吧，一句话值五块钱呢。"

红菱闭上眼睛，很干脆地说出两个字。

我爹。

姚碧珍不相信自己的耳朵，她追问道，是谁？

红菱这回睁开了眼睛，漠然地迎着姚碧珍凑过来的脸，她又说了一遍。

我爹。

这回姚碧珍听清了，她拍了一下巴掌喊，天底下还有这样的事。忽然想起一个问题，又问，是你亲爹？

于是红菱不得不再说得详细一点。

我亲爹。

红菱最后拉住姚碧珍的衣袖央求，你可别告诉别人，你要是告诉了别人，我就没脸见人了。姚碧珍拍拍她的肩膀，说：我不告诉别人，女人知道女人的苦，你今天就躺一天吧，明天下楼干活。那五块钱下个月给你。

第二天还是个雨天，雨淅淅沥沥下个不停，关于红菱姑娘的新闻像雨水一样沿着香椿树街尽情流淌。几乎每一户香椿树街的居民都知道了这条惊世骇俗的新闻。在这个缠绵的雨天里，他们终于知道了红菱姑娘出逃到此的真正原因，从而感到如释重负。

我拎了一只酱油瓶子，打着一把油布伞走过和尚桥，看见桥下的梅家茶馆里人们眉飞色舞，处于一种莫名的亢奋状态。红菱姑娘站在老虎灶边，隔窗凝望桥上的人。她看我，我也看她，她不认识我，我却认识她。我就是不理解，在这种蒙羞忍垢的时候，她竟然还有闲情逸致朝桥上东张西望的。

我走进酱油店，听见卖酱油的女人问买酱油的女人，是亲爹还是后爹？买酱油的女人说，是亲爹，亲爹。

整整一条香椿树街，这类传言像雨水一样充沛，飘飘洒洒，或者就像冰雹打下来，打疼我的头顶。我又走过和尚桥，看见茶馆里的红菱姑娘依然故我，朝桥上张望，她除了看见一个拎着酱油瓶的少年，还想看见什么？我对她的厌恶之情油然升起，我模仿香椿树街的妇女，朝我厌恶的人吐了一口唾沫。红菱姑娘只是眨了眨眼睛。

很久以前我信奉一种悲观哲学。人活着没有意思，人死了也没有意思，而那些不死不活不合时宜的隐居者有可能是时代的哲人。

从某种意义上说，梅家茶馆的末代子孙金文恺是这种哲人，他躲在阴暗紧闭的小楼，沉思冥想，陶醉在种种白日梦中，弃绝了多少尘世的烦恼。他拒绝与人交谈，所以别人认为他是哑巴。他拒绝与姚碧珍性交，所以姚碧珍诽谤他阳痿不举。他甚至拒绝正常的饮食，他每天只吃一顿，稀饭和皮蛋。一白一黑这两种简单明快的食物引起我的幽幽思古之情。

香椿树街普遍认为金文恺是精神病患者，他们分析了他得病的历史原因、社会原因、家庭原因以及自身原因，认为金文恺的悲剧是势在必行的。

历史原因：

梅氏家族的光辉业绩对于金文恺是个大包袱，他无法超越前辈，因而极度恐惧。

社会原因：

新旧社会两重天。社会主义制度使金文恺的金钱梦彻底破灭，产生绝望情绪。

家庭原因：

金文恺没有物色到贤妻良母，风骚淫荡的姚碧珍对瘦弱多病的男人施以过多纠缠，金文恺的体质因此每况愈下。

自身原因：

金文恺心胸狭窄，凡事爱钻牛角尖，对钱财看得过重，所以承受不了革命运动的打击。

我对这些故作深刻的总结嗤之以鼻，我从来不认为他是一个精神病患者。他是香椿树街独一无二的隐居者，在万物苏醒、春雷声声的一九七九年，他显得多么清醒，多么飘逸，他对我说，孩子，快跑……

又有人告诉我，金文恺生不逢时，死得遗憾，他偏偏在一九七九年夏天一去不回。那正是有关部门决定把梅家茶馆资产归还金文恺的前夕。金文恺的一生是一无所获，即使是他偷藏的那只装满金器的手电筒，总有一天也会落到他人手里。

对这一点我深表赞同，在香椿树街上，一切都有可能落到别人手里去，包括一只鸡雏，一只拖把，一双臭袜子，甚至你不小心放了一个屁，也会有人怀着惯常的觊觎之心把它偷去。

姚碧珍是一只母老虎，在她盘踞梅家茶馆的年代里，一些真正的茶客对梅家茶的质量怨声载道，直到彻底绝望，他们情愿穿过香椿树街，再穿过南瓜街，再拐到宝带街，去那里的王家茶馆喝茶。而梅家茶馆的常客一旦被撕破外衣，他们的面目就显得可憎可恶，他们不过是些心术不正、图谋不轨、喜好聚众闹事的地痞、淫棍和二流子，名义上是喝茶，实质是去捞便宜。

有人经常去拍姚碧珍的屁股，让姚碧珍臭骂一顿，然后姚碧珍就会忘了收他们的茶钱。到后来这种方法被许多人尝试，都灵验了，这些人得了便宜还卖乖，说我不问她要手工费，她不问我要茶钱，正好两清。

姚碧珍是一个少见的风骚女人，要不是新社会，她肯定挂牌当了妓女。

姚碧珍年轻的奸夫李昌是一个标准的二流子，他毫无理想，更不要谈什么觉悟。他认为伦敦是美国的首都，英国的首都是黎巴嫩。

至于姚碧珍用五块钱雇来的红菱姑娘，她算什么？对于可怜的红菱姑娘，我真是恨铁不成钢。说起她在香椿树街的种种表现，我总是气恨交加，我这辈子也没再见过如此愚昧如此下贱如此苦命的妇女。

到了这年冬天，红菱姑娘又怀孕了，姚碧珍到时候就去检查她的马桶，一下发现了问题。姚碧珍说，你倒是有福气，跟头母猪一样的，说怀就怀了。红菱说，我也不知道怎么啦，说怀就怀了。姚碧珍说，这回是谁的？这回跑不了是李昌杂种的。红菱羞怯地默认了。姚碧珍又说，你准备怎么样？红菱想了想，很坚定地说，我要让孩子生下来。姚碧珍说，生下来又准备怎么样？红菱不解地说，什么怎么样，生下来就是生下来，我心里要他的骨血呢。姚碧珍挥手打了红菱一个耳光，她骂，贱货，亏你说得出口。

红菱姑娘在楼梯上拦住李昌，她不习惯说怀孕两个字，光是对着李昌诣媚地笑着，然后用手轻柔地抚摩自己的腹部。

你肚子疼？李昌说。

还没疼呢，到肚子疼还有好几个月呢。

肚子疼就去医院，打一针阿司匹林就不疼了，那针很灵验，包治百病。

不是肚子疼，是肚子坠，往下坠得慌呢。

那你吃得太多了，以后别那么死吃。

咳，表哥你真不懂？我是怀上了。

怀上了？怀上什么了？

孩子，你的孩子呀。

谁的孩子？我的孩子怎么跑到你肚子里去呢？

表哥你忘了，那天夜里你钻到我被窝里来了。

李昌的脸就立刻变色了，他搡了红菱一把说，少他妈说梦话，我才不会去钻你的被窝，你认为你是世界流行大美人？我怎么会钻你的被窝？

李昌踢踢踏踏地往楼下走，红菱姑娘在后面追，红菱一把抱住了李昌的白皮鞋，她就躺在楼梯上对着那双皮鞋倾吐衷肠。她说，表哥，你这么说我可怎么办？我是真想要你的骨血呀，是男是女不要紧，只要是你的骨血，我就要。

李昌实际上是拖着红菱的身体往楼下去，走了几步就走不动了。他说，什么骨血？要它派什么用场，是能吃还是能花？说完他就把手撑在楼梯扶手上，身子腾空，像猿猴一样灵巧地飞过红菱的头顶。李昌回头看看躺在楼梯上的红菱，朝她做了一个鬼脸，然后就走出了梅家茶馆。

留下红菱姑娘独自坐在楼梯上，面对午后一时空寂的茶馆。阳光从南窗里跳进来，跳到窗边的几张积满茶垢的八仙桌上，现在八仙桌很温暖，而红菱姑娘身处幽暗的方位，感到一种钻心刺骨的冷意。她抱着双臂独自坐在楼梯上，依稀想起李昌钻她被窝的那一夜风流。她想李昌怎么会忘了？这种事情怎么会忘了？又不是喝一杯茶，又不是撒一泡尿，怎么可以随随便便忘掉呢？

畜生。

红菱姑娘怀着一种湿润的温情骂了李昌一句。她握起一双长满冻疮的拳头，朝楼梯上李昌站过的地方捶了一拳。

姚碧珍睡过午觉下楼去，看见红菱还呆呆地坐在楼梯上，姚碧珍端详着红菱健壮的背部和宽大的骨盆部位，她说，你坐在这儿干什么，等着下崽了？

红菱回过头，目光迷惘地看着姚碧珍，说，他怎么忘了？

姚碧珍咯咯地笑起来，笑得喘不过气，笑完了她说，你是没见过男人，男人什么德行，我最知道了。

红菱说，他怎么会忘了？

姚碧珍往楼下走，一边走一边说，可不是忘了吗？男人都一样，干完事就把什么都忘了。

红菱说，他还喝了酒，一进屋就全脱光了，他还教我怎么样怎么样，我都说不出口。

姚碧珍怒喝了一声，闭上你的臭嘴，也不嫌恶心。你说吧，这事怎么了？你想要多少钱，就开个价吧。

红菱说，这回不要钱，我就是想要他的孩子。

姚碧珍冷笑道，要孩子？你想得也太美了，你以为你屁股大能生会养就想要孩子？没有这么便宜的事情。你没有结婚怎么生孩子？生了孩子没人肯当爹，你怎么生孩子？

红菱这时候开始抽泣，她抹着眼泪说，那我该怎么办？我总不能再挺着肚子回射阳去。

姚碧珍咬着牙说了一句，打掉，打掉。像上回一样，去打胎吧。我再给你五块钱好了。

红菱的身体哆嗦起来，她的眼睛黯淡了一会儿，猛地又亮了，她站起来，捂着小腹朝楼上跑，边跑边喊，不去，不去，我就是要这孩子。

姚碧珍就拍着楼梯扶手朝上面喊，不去你就给我滚，给我滚到你爹床上去。你要生就回家跟你爹去生吧。

这时候喝午茶的第一批茶客进门，正好听见姚碧珍在喊，跟你爹去生吧。茶客们哄堂大笑，笑完了说，跟爹生孩子多不好，生下孩子到底是兄弟还是儿子，不好称呼，谁要是愿意生就跟我来生吧，保险一枪命中，根红苗壮。

多少年来，阴私和罪恶充满人间，也充满这条短短的香椿树街。无须罗列事件，只要找到清朝年间地下刊出的《香街野史》，读罢你便会对我们这个地区的历史和所有杰出人物有所了解。

《香街野史》这本书现在几乎绝迹。记得我还是个小学生时，有一次偷偷潜入旧货收购站的仓库里淘金。在一捆发黄的积满灰尘的旧书里，我随意抽出一本，抽到的就是这本《香街野史》。我把它连同一批连环画偷回了家。这本书在我床底下的鞋箱里湮没了许多年，直到我的青春期来临，在一个烦闷的雨天里把它细细地浏览，羞于启齿的是我竭力寻找一些与性有关的章节，但是让人恼火的是每逢紧要关头，书中就发生缺页、涂墨等现象，当时我认为这本书的前主人一定是个货真价实的下流坯。

现在，当我努力回忆《香街野史》中的有关片段并为南方的现实寻找种种历史根源的时候，我发现我几乎是一个新的野史作者，不负责任地捕风捉影，居心叵测地添油加醋，揭露庸俗使我的行为本身也沾上了庸俗色彩。这就印证了香椿树街居民对我的看法，他们认为我是一个古怪促狭、鬼头鬼脑、半瓶子醋晃来晃去的家伙。如果他们知道我写了这篇小说，他们会朝我吐来无数浓痰和唾沫，直到把我淹死为止。

《香街野史》中有一段记叙的是梅氏家族的艳闻轶事，摘录如下：

清康熙年间，梅家茶馆因夫妻不睦、各有私情，闹出一个大笑话。说的是梅二郎与妻子张氏素来不睦，在外各有私情。偏偏二郎之母与张氏婆媳之间嫌隙已久，婆婆一心抓住媳妇与人私通的把柄，可谓用心良苦。一日，婆婆发现张氏与人在东邻王家幽会，婆婆喜出望外，无奈王家高楼深院，难以潜入，婆婆灵机一动，返身回家欲取梯子，不料心急事难成，梯子无影无踪。婆婆又上楼找，找到二郎房里，看见窗户洞开，梯子竟然架在窗外，一头搭在西邻刘家院子里。婆婆抓奸心切，急忙上去抽梯子，正待把梯子抽上来时，猛听得刘家后厢房里传出二郎的声音，说，抽不得，梯子抽不得。原来二郎也正与刘家媳妇鸳鸯成双。可怜那梅家老婆婆，对着梯子欲哭无泪，哭笑不得。

《香街野史》中还有一段记述了梅家茶馆历史上轰动一时的钉子杀人案。读后让人毛骨悚然。

明末清初，梅家茶馆由梅家兄弟共同经营，兄弟俩齐心合力，茶馆生意兴隆，财源茂盛。及至后来，为了钱财的分配，兄弟俩屡屡争吵，拳脚相加。弟弟五大三粗，颇有气力，哥哥却是瘦弱不堪，不善动武，因此在斗殴中每每吃亏。天长日久，哥哥便对妻子说，无毒不丈夫，我必置他于死地而后快。妻子说，他身体那么强壮，你怎么置他于死地？哥哥说，身体强壮的人必定是暴死，你等着吧，明天那厮肯定暴死床上。他还未娶妻生子，你当嫂子的明天一定要抱尸大哭一场，以慰祖先在天之灵。第二天早晨嫂子进了小叔的房间，看见小叔直挺挺地躺在床上，一摸鼻孔，果然冰凉冰凉的已经咽气。嫂子当即大哭，并在茶馆门楣挂上白布与麻片，引来众多茶客和街人看死人，看死者面色依然红润，似仍沉浸在美梦之中。说是暴死，人皆深信不疑。哥哥请了验尸人来，验尸人遍查尸体各部，没有发现伤口，扒其舌苔，也非毒药所致，于是盖棺论定，梅家弟弟暴死身亡。停尸三日，入殓送葬。不料一个聪明的钉棺人对死者死因有所察觉，其时钉棺人一手执锤，一手执灯，正等把最后一颗长钉打进棺木，钉棺人眼睛一亮，猛然失声尖叫，钉子，钉子。他打开棺板，解开死者头上的髻子，果然发现死者的天灵盖上嵌着一颗铁钉。此时哥哥跪地告罪，所谓暴死原因真相大白。翌日，哥哥被投入大牢。梅家茶馆一时人去楼空，独由孤儿寡母支撑度日，苦不堪言。

诸如此类的记载在历代小说野史中实属多见，但是《香街野史》中记载的是我们这条街道的如烟如云的历史故事，尤其是书中两次提到我所熟悉的梅家茶馆，提到金文恺的祖辈轶事，我想书的作者对今天的生活早已充满了预见，几百年前的生活仍然散见于这条街道的每个角落，捉奸和谋杀充斥于现实和我们的梦中。书中的每一篇章读来都使我身临其境。

有人猜测《香街野史》的作者草木客就是金文恺，说他晚年幽居在家就是在撰写这部充满罪恶虚伪和欺诈的怪书。我不能苟同，因为我记得很清楚，书是清末民初时由地下刊出的，它不可能出自金文恺之手。我为证实自己的观点，曾到床底下细细翻过所有的藏书，结果很蹊跷，那本书不见了，再也找不到了。

我也不知道什么时候把珍贵的《香街野史》弄丢了，也许已经丢了好多年了。现在我面临某种绝境，一旦香椿树街居民对我的这部作品群起攻之时，我再也拿不出别的证据来了。

冬天下第一场大雪的时候，红菱姑娘的尸体从河里浮起来，河水缓慢地浮起她浮肿沉重的身体，从上游向下游流去。

红菱姑娘从这条河里来，又回到这条河里去。

香椿树街的居民都拥到和尚桥头，居高临下，指点着河水中那具灰暗的女尸，它像一堆工业垃圾，在人们的视线中缓缓移动。当红菱姑娘安详地穿越和尚桥桥洞时，女人们注意到死者的腹部鼓胀异常，远非一般的溺水者所能比拟，于是她们一致认为，有两条命，她的肚子里还有一条命随之而去了。

有人用竹竿把红菱姑娘的尸体戳到岸边，然后把死者装进一只麻袋里，由东街的哑巴兄弟一前一后扛到姚碧珍的梅家茶馆前。在茶馆门口，哑巴兄弟受到了姚碧珍的阻拦，姚碧珍双臂卡住大门，她说，谁让你们把死人往我家里抬的？她是我妈还是我女儿？给我抬回去，抬回去。哑巴兄弟不会说话，就把大麻袋往地上一放。边上会说话的人就说话了，你老板娘也说得出口，抬回去？抬回到河里去吗？她是梅家茶馆的人，不回茶馆回哪里去？姚碧珍就破口大骂，谁说她是茶馆的人？她死赖在这里，打她不走，骂她不走，死了还要我来收尸吗？你们谁去捞的，好事做到底，不关我的事。捞尸的是哑巴兄弟，这时哑巴兄弟朝姚碧珍摊开手，等待着什么。姚碧珍说，你们张着手要什么？哑巴兄弟细细地比画了一番，原来是要钱。姚碧珍气得跳起来大骂，还跟我要钱？老娘赏你们一人一条月经带，你们要吗？

姚碧珍蛮横恶劣的态度没有吓退前来瞻仰死者的香椿树街人，他们对着地上湿漉漉的麻袋啧啧悲叹。好端端一个大姑娘，怎么就死在河里了？你去掰开她的嘴问问她，怎么就死在河里了？我也想听一听呢。这时候人群里响起一个尖锐的声音，蓄意谋杀，梅家茶馆蓄意谋杀。在场的许多人都不懂蓄意谋杀的意思，他们朝那个人看，那个人的脸一阵红一阵白，用鸭舌帽压住了激动的眼睛，一转身就逃出了人群。

那个人就是我，我当着众人宣布了我的判断后，一转身就逃出了人群。我与大批的前去梅家茶馆看死人的人擦臂而过，逆向而行。天空中的雪花一片片飘向我的肩头，飘在香椿树街头，很快地积成薄绒般的雪层，回头一看我们的香椿树街被白雪覆盖了一天，白茫茫一片真干净。

事实证明我的判断是正确的，红菱姑娘的确是被蓄意谋杀的。一九七九年冬天的一个雪夜，李昌把熟睡中的红菱姑娘从沿河窗户中扔出去，扔到河里。李昌在出逃新疆途中被抓获，扭送回到香椿树街的老家。李昌不成功的出逃纯粹是误会所致，或者说是错误的距离感的原因。李昌以为新疆距香椿树街不会超过到上海的距离，他跑到长途汽车站，向售票员要到新疆的车票。售票员就给了他一张到新姜镇的票。他就上了去新姜镇的长途汽车。需要说明的是李昌只上过一年小学，他认识"新"字但不认识"疆"字，所以人们对李昌潜逃的失败也没有什么可惋惜的。

李昌被收审时与审讯人员的对话后来在香椿树街流传甚广。

李昌，你杀了人，你知罪吗？

知罪。要不然我就不跑了。

李昌，你的杀人动机是什么？

没有什么动机。我也没用枪没用刀的，我把她从床上抱起来扔到河里，她一声没吭。

李昌，为什么要杀人？

她说她肚子里有孩子了，说是我的，她要我带她去私奔，说是吃糠咽菜也愿意。我烦她，我警告她三次了，让她不要来烦我，她不听，这就怨不得我了。

李昌，你知道她掉下河就会死吗？

我本来想吓她一下，谁想她睡得那么死，一声不吭，也不喊一声救命。

李昌，既然吓她，后来为什么不下河救她？

我想下河的，可是又怕冷，那天下大雪，穿着棉衣都嫌冷，下河就更冷。

李昌，她肚子里的孩子到底是不是你的？

不知道。只有老天爷知道了，人都死了，找谁对证去。她说是我的，就算是我的，只可惜我没有当爹的福分。

李昌，不许油腔滑调，严肃一点。

我没有油腔，更不敢滑调，句句是真话，要是有假话，你们现在就一枪崩了我，让我前胸通后背，透心凉。

李昌收审后更大的一条新闻引起了香椿树街极大的震动，梅家茶馆令人瞩目的手电筒竟然一直拴在李昌的裤腰皮带上，据说李昌是从金文恺临死前睡的枕头芯子里找到的。

据李昌自己交代，他盗金之前金文恺还没有死，金文恺睁着眼睛看着他把手伸到那只枕头芯子里，然后就一命呜呼了。

有一天姚碧珍提了一只篮子去探监。她给李昌带来了他最爱吃的卤猪头肉，隔着铁栅栏递给李昌。李昌在里面闷头大吃，姚碧珍在外面默默睇视。李昌吃完了还想吃，姚碧珍一手按住李昌的手亲着吻着，一手从篮子里抽出一把菜刀，飞快地朝李昌的手剁去。两个人都尖叫了一声，李昌的三个手指头被剁下来了，它们油腻腻血淋淋地躺在姚碧珍的竹篮里，像三颗红扁豆。

姚碧珍说，李昌，我挖不了你的心，只要你三根手指头，回去喂狗。姚碧珍面不改色心不跳，提着竹篮就走。姚碧珍就这样采取等价交换的原则，用一手电筒的金器换了李昌的三个手指头。

南方在黑暗中无声地飘逝。

年复一年，我在香椿树街上走来走去。我曾经穷尽记忆，掏空每一只装满闲言碎语的口袋，把它们带给这条香椿树街。但是我现在变得十分脆弱，已经有人指责我造谣生非，肆意诽谤街坊邻居，指责我愧对生我养我的香椿树街。问题是我有什么办法，即使我不出卖香椿树街，别人会比我更加阴险狠毒地出卖香椿树街。毕竟它已成为一种堕落的象征。

梅家茶馆现在是越来越破败，越来越古老了。到了一九八九年夏天，茶馆门庭冷落，冷冷清清。一个炎热的下午，我看见茶馆虚掩着门，十几张八仙桌，五十张靠背椅都在休息，做着怀旧的梦。姚碧珍已经是一个臃肿苍老的老妇人，她伏在一张桌上瞌睡，花白的头发被电扇的风吹得乱蓬蓬的，散发着永恒的风韵。

我走过和尚桥桥头，习惯性地看看茶馆二楼糊满旧报纸的窗户，听见已故的茶馆主人金文恺的声音，沉闷地穿越这个炎热的下午和这些潮湿发黏的空气，撞击着我的耳膜。

他说，孩子，快跑。

孩子，快跑。

于是我真的跑起来了，我听见整个南方发出熟悉的喧哗紧紧地追着我，犹如一个冤屈的灵魂，紧紧追着我，向我倾诉它的眼泪和不幸。

园　艺

一

　　事情似乎缘于孔家门廊上的那些植物和俗称爬山虎的疯狂生长的藤蔓，春天以来孔太太多次要丈夫把讨厌的爬山虎从门廊上除掉，在庭院里种上另一种美丽的茑萝，但酷爱园艺的孔先生对此充耳未闻，他认为以茑萝替代长了多年的老藤是一种愚蠢无知的想法。

　　我讨厌它们，你没看见那条老藤，爬的都是虫子。孔太太用鸡毛掸子敲着垂下门廊的一条枝蔓，她说，除掉它们，种上一架茑萝，前面罗太太家的门廊种的就是茑萝，你去看看，已经开了许多花了，小小的，红红的，看上去多漂亮。种上茑萝也会有虫子的。孔先生正想去他的牙科诊所，他整理着皮包往门外走，嘴里敷衍着妻子。但孔太太把鸡毛掸子横过来堵住了他的去路。

　　我不管茑萝有没有虫子，我就要让你换上茑萝，孔太太

42

沉下了脸说，跟你说过多少遍了，你就是把我的话当耳边风；今天别去诊所了，今天你在家给我把这些讨厌的老藤都除掉。

我没工夫，诊所有手术做，改日再说吧。孔先生的脸色也难看起来，他拨开了挡道的鸡毛掸子，又轻轻地朝妻子推了一把，孔先生一步跳到街道上，回过头来说了一句很恶毒的话，去找你那位花匠吧，让他来干这活，你正好一举两得。

孔太太对这句话的反应是失态的，她用力将手里的鸡毛掸子朝孔先生的后背掷去，正要破口大骂的时候，看见几个过路人朝她这边侧目而视，孔太太于是强忍住心头的怒火，退回到门廊里，砰地把大门撞上。

初春的午后，散淡的阳光落在孔家的庭院里，花圃中的芍药和四季海棠呈现出一种懒散的美丽，有蜜蜂和蝴蝶在庭院上空嗡嗡地奔忙，在阳光照不到的院墙下面，性喜温湿的凤尾竹和兰草在阴影里郁郁葱葱地生长，即使是这些闲植墙下的植物，它们也被主人修剪得异常整齐悦目，到过孔家的人都知道，孔家夫妇在梅林路地段是著名的园艺爱好者。

现在孔太太独自坐在庭院里生闷气，那张福建出产的藤椅和它的主人一起发出沉闷的呼吸声。孔太太大概有四十岁左右的年纪，脸上未施脂粉，眼角周围依稀可见睡眠不足的痕迹。她穿着墨绿色的丝绒旗袍，坐在藤椅上腿部不可避免地暴露了许多，虽然还有长筒丝袜，细心的窥视者还是能发现孔太太的小腿肚子未免粗了一些，在梅林路地段的各种社交场合中，孔太太的小腿肚子是唯一会引起非议的部位。

孔太太独自坐在藤椅上生闷气。她的膝头放着棒针和一堆灰色的毛线。那是准备给儿子令丰织一件背心的。但整个午后孔先生那句话仍然在门廊内外恶毒地回荡，孔太太织毛线的心情在回味和猜忌中丧失殆尽，她想她跟姓徐的花匠到底有什么见不得人的事，什么也没有，真的什么也没有，她不能平白无故地让孔先生抓下一个话柄，孔太太用棒针的针端一下一下地戳自己的手掌，掌心有一种微微的刺痛。孔太太突然又联想到孔先生近来的种种异常，他已经多日没有过问庭院里的花草了，早晨浇水都让女佣干，而且孔太太发现孔先生换下的内裤上有一处可疑的污渍。孔太太坐在藤椅上越想越气，她决心用最常见的办法向孔先生报以颜色，等到决心已定，孔太太就起身往厨房那里走，隔着厨房的窗子对择菜的女佣说，阿春，今天少做点菜，先生晚上不回来。

自鸣钟敲了几个钟点，令丰从外面回来了。孔太太看见儿子回来，急急地赶上前去把大门关上并且插上了铁质门闩。

为什么插门闩？父亲还没回家吧。令丰看了看他母亲，他注意到她脸上是一种怒气冲冲的表情。

你别管，去客厅吃饭吧。孔太太开始在铁质门闩上加一把大挂锁，锁好了又晃晃整扇大门，她说，今天不让他回家，他差点没把我气死了。谁也不准给他开门，我倒要看看他怎么样。

你们又在闹了。令丰不屑地笑了笑，然后疾步穿过了庭院，经过三盆仙人掌的时候令丰停留了一会，他蹲下来摸了摸仙人掌的毛刺，这是令丰每天回家的习惯动作。仙人掌一直是被孔家夫妇所不齿的热带植物，他们认为这种来自贫民区窗台的植物会破坏整个花圃的格调，但对于园艺素来冷淡的令丰对它却情有独钟。令丰少年时代就从城北花市上买过第一盆仙人掌，带回家的当天就被孔太太扔到街上去了，令丰又买了第二盆，是一盆还没长出刺的单朵仙人掌，他把它放在自己卧室的窗台上，结果孔太太同样很及时地把它扔出了家中。那时候令丰十四岁，他不理解母亲为什么对仙人掌如此深恶痛绝，而孔太太也对儿子古怪的拂逆之举大为恼火。孔太太没想到培养俗气的仙人掌竟然是令丰少年时代的一个梦想，几年以后令丰第一次去电力公司上班，回家时带了三盆仙人掌，令丰对孔太太说，你要是再把我的仙人掌扔掉，我就把你们的月季、海棠全部挖掉。

令丰站在前厅门口换鞋，两只脚互相蹭了一下，两只皮鞋就轻轻飞了出去，一只朝东，一只朝西。令丰看见饭菜已经端到了桌上，她姐姐令瑶正端坐在饭桌前看书，嘴里含着什么食物忘了嚼咽，腮部便鼓突起来，这使令瑶的脸显得很难看。令丰走过去挑起令瑶的书的封面，果然不出他所料，还是那本张恨水的《啼笑姻缘》。

一本烂小说，你看了几遍了？令丰说。

令瑶没有抬头，也没有接令丰的话茬。

他们又在闹了，是不是还为门廊上那架老藤？令丰绕到令瑶的背后，看令瑶仍然不理睬他，他就轻轻拈住令瑶的一根头发，猛地用力一揪，令瑶果然跳了起来，她捂住头发尖叫了一声，顺势朝令丰啐了一口。

令瑶仍然不跟令丰说话。令瑶说起话来伶牙俐齿，但她经常会从早到晚拒绝与人说话，包括她的家人。

你们的脑子全出毛病了。令丰怅叹了一声，他把令瑶的一茎发丝拎高了看看，然后吹一口气把它吹走了。

令丰还没有食欲，不想吃饭，他拍打着楼梯栏杆往楼上走，走到朝南的凉台上。凉台上没有人，也没有晾晒的衣物，孔太太养的两只波斯猫坐在帆布躺椅上面面相觑。令丰赶走了猫，斜倚在躺椅上。每天下班回家他都会在凉台上坐一会儿，这也是令丰在家中唯一喜欢的去处。现在几家庭院和庭院外的梅林路以及整个城市西区的景色都袒露在令丰的视线里，黄昏日落，殖民地城市所特有的尖顶和圆顶楼厦被涂抹成梦幻式的淡金色，早晨放飞的鸽群像人一样迎着夕阳纷纷归家，几辆人力车正从梅林路上驶过，车轴的咯吱咯吱的摩擦声和车夫的喘气声清晰地传进令丰的耳朵，令丰还隐约听见哪家邻居的留声机正在放着梅兰芳或者尚小云的唱腔。

孔太太在楼下喊令丰下去吃饭，令丰假装没有听见，他把帆布躺椅端起来换了个方向，这样他躺着就可以看见西面的那栋公寓的窗口和凉台，公寓的凉台离令丰最多三十米之距，中间隔了几棵高大的悬铃木和洋槐，正是那些疏密有致的树枝帮助了令丰，使令丰的窥视变得隐秘而无伤大雅。

西面的公寓里住着一群演员，三个男的，五六个女的，令丰知道他们是演电影和话剧的，他曾经在画报上见过其中几个人的照片，男的都很英俊，女的都美丽得光彩照人，而且各有各的风韵。那群演员通常也在黄昏时分聚会，围成一圈坐在凉台上，他们的聚会很热闹，高谈阔论、齐声唱歌或者是男女间的打情骂俏。有时他们会做出一些古怪而出格的举止，令丰曾经看见一个剪短发的女演员攀住一个男演员裤子的皮带，她慢慢地往男演员的裤子里倒了一杯深棕色的液体（大概是咖啡），旁边的人都仰天大笑。那群人有多么快乐。令丰每次窥望西邻时都这么想。他听见他们纯正的国语发音，看见女演员的裙裾和丝袜在落日下闪烁着模糊的光点，令丰觉得他很孤独。

令丰，你怎么还不下来？孔太太又在楼下喊了，你不想吃饭了？不想吃别吃了，我让阿春收桌子了。

令丰懒得跟母亲说话，心情突然变得很烦躁，西邻凉台上的那群演员正在陆续离去，最后一个女演员拎着裙角在桌椅之间旋转了一圈、两圈，做了一个舞蹈动作，然后她的窈窕的身影也从那个凉台上消失了。令丰端起帆布躺椅放回原来的位置，这时候他看见一辆人力车停在门廊外面，他父亲正从车上跳下来，令丰注意到父亲朝后面紧跟着的另一辆车说了句什么，那辆车上坐着一个穿蓝白花缎旗袍的女人，令丰没看清那个女人的脸，因为她像外国女人那样戴了一顶白色的大帽子，帽檐遮住了脸部，而且那辆车很快就从梅林路上驶过去了。

孔先生站在门外开始敲门。

孔太太在第一记敲门声响起的时候就冲出前厅，挡住了通往门廊的路。孔太太挡住了女佣阿春，又挡住了令瑶，她用一种尖厉而刚烈的声音说，不准开门，谁也不准给他开门。孔太太的话似乎是有意说给门外的孔先生听的，她继续高声说，他的心已经不在家里，还回家干什么？回家就是吃饭睡觉，不如去住旅馆呢。孔太太拾起一只玻璃瓶子朝门廊那儿掷去，玻璃瓶子爆裂的声音异常响亮，孔太太自己也被吓了一跳。

孔先生站在门外更加用力地敲门，敲了一会儿仍然没有人来开门，孔先生骂了一句，然后就开始用脚踢门，木门哐当哐当地摇晃起来。

踢吧，你踢吧，孔太太在里面咬牙切齿地说，让左邻右舍看看你在干什么，把门踢倒了你算是厉害，反正我们不会给你开门。

孔先生踢了几脚就不踢了，大概他也害怕让邻居发现他现在的窘境，孔先生朝后退了几步，踮起脚尖，目光越过门廊上那架惹是生非的爬山虎藤朝家里张望，他看见儿子令丰站在凉台上，孔先生就喊起来，令丰，快下来给我开门。

令丰仍然站在凉台上一动不动，他的表情漠然，令丰看了看庭院里的母亲，又看了看被关在门外的父亲，他说，你们闹吧，我不管你们的事。令丰最后看见父亲的手绝望地滞留在他的嘴边，父亲的表情显得有些古怪。

那时候天色已经渐渐地灰暗了。

谁也说不清孔先生后来是否回来过。女佣阿春半夜里偷偷地起来卸下了门锁，让门虚掩着，她希望孔先生从虚掩之门中回家，而且她相信这是做仆人的最讨好主人的举动，给孔家夫妇一人一个台阶下。阿春没想到自己白费苦心，那天夜里孔先生并没有回家。

他是活该。孔太太蹲在花圃里给一丛黄月季剪枝，她的脸上是一种得胜后的表情。孔太太双手紧握长把花剪，毫不犹豫地剪掉几根月季的横枝，边剪边说，今天我还要把他关在门外，不信我就弄不过他。

但是第二天孔先生没有回家。

第三天孔先生仍然没有回家。

女佣阿春连续几夜没敢合眼，她时刻注意门廊那儿的动静，但是孔先生并没有回来敲门。

孔太太在家里终于坐不住了，她叫了辆人力车赶到孔家开设的牙科诊所去，诊所里一切都正常，患有牙疾的人坐在长椅上等待治疗，独独不见孔先生。孔先生的助手方小姐现在替代了孔先生的位置，她用一把镊子在一个男人的嘴里认真地鼓捣着。孔太太对方小姐一向反感，她不想跟方小姐说话，但方小姐眼尖，她把镊子往男人嘴里一撬，插在那里，自己就跑过来跟孔太太说话。

病好了？方小姐亲热地拉住孔太太的手臂，她观察着孔太太的眼色说，孔先生到底医术高明，这么几天就把你的病治好了？

什么病？孔太太觉得莫名其妙，她诧异地反问一句，我好好的生什么病了？

我是听孔先生说的，他说你病了，病得不轻，他说他要给你治疗，这一阵他不来诊所了。

孔太太杏目圆睁，盯着方小姐的涂过口红的两片嘴唇，半天说不出话。过了一会儿她恢复了常态，脸上浮起一丝讥讽的笑意，她问方小姐，他说我得了什么病？

不好说。方小姐怔怔着观察孔太太的脸部表情和衣着，她说，我看你不像得了那种病的人。

什么像不像？你告诉我，他说我得了什么病？

精神病。方小姐终于吐出这三个字，又匆忙补充了一句，孔先生大概是开玩笑的。

精神病？开玩笑的？孔太太重复着方小姐的话，她的矜持而自得的脸突然有点扭曲。孔太太轻蔑地瞟了瞟方小姐，转过身去想着什么，她看见旁边的工作台上堆满了酒精瓶子和形形色色的金属器械，其中混杂了一只青瓷茶杯，那是孔先生喝茶用的茶杯。孔太太的一只手下意识地举起来，手里的小羊皮坤包也就举起来，它准确地扫向孔先生的茶杯，工作台上的其他瓶罐杂物也顺势乒乒乓乓地滚落下来。

孔太太冲出牙科诊所时脸色苍白如纸，在人力车上她发现一颗沾血的黄牙恰恰嵌在她的坤包的夹层口上，孔太太差点失声大叫，她把那颗讨厌的黄牙裹进手帕里一齐扔掉，心里厌恶透顶，眼泪在不知不觉中沾湿了双颊。

孔先生失踪了。

令丰看见他母亲和姑妈在前厅里说话，她们好像正在谈论这件事，两个女人都阴沉着脸，令丰不想参与她们的谈话，他想绕过她们悄悄地上楼，但姑妈在后面叫住了他。

令丰，你怎么不想法找找你父亲？

上哪儿去找？我不知道他去哪儿了。令丰低着头说，令丰的手仍然拉着楼梯的扶栏。

你那天怎么不给你父亲开门？姑妈用一种叱责的语气对令丰说，你父亲那么喜欢你，可他喊你开门你却不理他。

她不让我们开门。令丰朝他母亲努努嘴唇，他说，我不管他们的事，我从来不管他们的事。

什么开门不开门的？他要是真想回家，爬墙也爬回来了。孔太太掏出手绢擦了擦眼角，她的眼睑这几天始终是红肿的，孔太太叹了口气说，他的心已经不在家里了，院子里那些花草从不过问，他还到处说我得了精神病，我看这样下去我真的要被他气出精神病来。

令丰这时候忍不住噗哧笑出声来，很快又意识到笑得不合时宜，于是就用手套捂住嘴。他发现姑妈果然又白了他一眼。

怎么办呢？夫妻怄气是小事，最要紧的是他的消息，他失踪这么多天，你们居然还都坐在家里。姑妈不满地巡视着前厅里每一个人的脸，然后她说，没办法就去报警吧。

不，孔太太突然尖声打断说，报什么警？你不怕丢孔家的脸我还怕呢。什么失踪不失踪的，他肯定是跟哪个女人私奔了。

令丰的一只脚已经踏上了楼梯，他回头看了看母亲，猛地想起那天跟在父亲后面的人力车，那个戴白色大圆帽的陌生女人。令丰觉得他母亲有时候很愚蠢有时候却是很聪明的。

南方的四月湿润多雨，庭院里所有的花卉草木都在四月蓬勃生长，蔷薇科的花朵半含水意竞相开放，观叶的植物在屋檐墙角勾勒浓浓的绿影碧线，这是园艺爱好者愉悦而忙碌的季节。对于梅林路的孔家这年四月今非昔比，庭院四周笼罩着灾难性的阴影，孔太太每天在花木和杂草间徘徊着唉声叹气，她养的小波斯猫不谙世事，有一天在兰花盆里随意便溺，孔太太差点用剪刀剪掉它的尾巴。

孔太太心情不好，四月将尽，失踪的孔先生依然杳无音讯。

孔太太的惶惑和怨怼开始漫无目的地蔓延，侵袭家里的每一个人。孔太太怀疑女佣阿春那两天是不是睡死了，或者故意不起来给夜归的孔先生开门。阿春矢口否认，而且回话中不免带有阴阳怪气的成分，孔太太一下就被激怒了，她端起桌上刚熬好的参汤，连汤带锅全都泼到了阿春身上。

女佣阿春红着眼圈跑到令瑶的房间里诉苦，令瑶还在看张恨水的小说，目光飘飘忽忽地时而对阿春望一望，时而又落在书页上，也不知道她听进去了没有。女佣阿春诉了半天苦，令瑶突然问，你在说什么？最后令瑶总算弄清了阿春的委屈，她就对阿春说，别去理她，让她去发疯好了，她这是自作自受。

其实令瑶自己也未能避免她母亲的责难。下午令瑶洗过澡把换下的衣服塞给女佣阿春，孔太太在旁边厉声喊起来，阿春，不准洗她的衣服，让她自己动手洗。令瑶觉得她母亲的火气莫名其妙，低声嘀咕了一句，神经病。令瑶赌气自己端着盆往井边走，听见她母亲不依不饶地说，都是没良心的货色，从小把他们当奇花异草地养大，宠惯了他们，现在就这样对待父母。

莫名其妙，令瑶站在门边笑了一声，回过头问，你天天骂这个骂那个的，到底要让我们怎么样呢？

你知道该怎么样。孔太太拍了拍桌子尖声说，那天你为什么不给你父亲开门？你知道你要是硬去开门我不会拦你，你为什么就不去给他开门？

莫名其妙，是你不让我们去开门，怪得了别人吗？令瑶说完就端着盆走出了前厅，女佣阿春也跟出去了。阿春总是像影子似的跟着她，这种亲昵的关系曾经受到孔太太的多次讥嘲，但她们只把它当成耳边风。

剩下孔太太一个人枯坐在前厅，浊重地喘着气。天色已经暗下来了，室内的光线是斑斑驳驳的碎片，孔太太的脸看上去也是一团灰白，只有一双曾经美丽的眼睛放射着焦灼而悲愤的光。孔太太已经一天未进食物了，现在她觉得有点饿，她站起来到厨房里端了一碗藕粉圆子，在角落里慢慢地吃，孔太太不想让谁看见她又进食的事实。厨房的窗子就对着庭院的水井，孔太太现在在暗处注意着在井边洗衣的令瑶和女佣阿春，令瑶和阿春的亲密关系让孔太太感到不舒服，虽然这种状态由来已久，但孔太太总是难以接受，她觉得令瑶对阿春居然比对她要亲密得多。

孔太太看见她们蹲在井台上洗衣服，窃窃低语着什么。她猜她们是在议论自己，轻轻走过去把耳朵贴着窗玻璃听，果然就听见了一句，好像是令瑶说的，神经病。孔太太的心被猛地刺了一下，刚刚培养的食欲立刻就消失了，胃里涌上一股气，它翻滚着似乎要把她的前胸撑碎了。孔太太放下吃了一半的甜点，眼泪像断线的珍珠淌下来，孔太太就捂着胸踉跄着跑到了前厅，匆匆找了点清凉油涂在额角上，她真的担心自己一口气回不来，发生什么意外。

孔太太捂着胸坐在前厅里，等儿子令丰回家，到了该回家的时间令丰却没有回家，孔太太有点坐立不安。令瑶和阿春洗完衣服回来随手拉了电灯，发现孔太太像胃疼似的在红木椅上扭动着身子。女佣阿春倒了杯水递过来，试试探探地问，太太是不是不舒服了？

我从来就没有舒服的日子。孔太太厌恶地推开水杯，她的目光仍然盯着门廊那儿，令丰怎么还没有回家？你们知道他为什么不回家？

令丰大概是去打听先生的消息了。女佣阿春说。

他要是有这份心就好了，只怕又是在电影院里泡着。孔太太突然佯笑了一声，用一种幸灾乐祸的语气说，好坏也算个圣贤后裔，父子俩身上哪里有什么书卷正气，都是不成器的东西，别人背地里不知道怎么说我们孔家呢。正说着令丰从外面回来了，腋下夹了一卷厚厚的纸。令丰一边换鞋一边朝前厅里的三个女人笑着，看上去令丰今天的心情很好。

你手里夹的什么？孔太太朝令丰瞟了一眼。

没什么，是几张电影海报，你们不感兴趣的。

现在这种时候，你就有这份闲心去看电影？孔太太说，你也是个大男人了，家里遇上这么大的事，你却袖手旁观，你就不能想法打听一下你父亲的下落？

我怎么袖手旁观了？上午我去过报社了，有一个朋友在报社供职，我让他帮忙登一个寻人启事。

谁让你登寻人启事了？我跟你们说过多少遍了，这种不光彩的事少往外张扬，别人看到了报纸一猜就猜得到是怎么回事。孔太太皱紧了眉头，挥手示意女佣阿春退下，等到阿春退出前厅，孔太太换了一种哀婉的眼神对儿子看着，泪水一点点地流了出来，很长时间也不说话。

你到底想让我怎么做呢？令丰感到有点不安，他似乎害怕接触母亲的目光，扭过脸望着四面的墙壁，令丰想着刚刚带回家的电影海报，它们是贴在前厅墙上还是贴到他楼上的卧室里？

在一阵沉默过后孔太太终于想出了一个令人意料不到的计策。去找一个私人侦探，孔太太突然说，你明天就去找一个私人侦探，弄清楚你父亲到底跟哪一个女人跑了，到底跑到什么地方去了。

私人侦探？令丰嘻嘻地笑起来，他说，你不是开玩笑吧？

谁有心思跟你开玩笑？孔太太厉声喊了一句，马上又意识到什么，于是声音就压低了，我知道凤鸣路上有几个私人侦探，对门李家黄金失窃就是找的他们，陈太太捉她男人的奸也找的他们，孔太太说，明天你就去凤鸣路，不管花多少钱都要把这事办了，我就不信找不到他的人。

私人侦探那一套我都懂，你请他们找父亲不如找我呢，令丰半真半假地说，我收费比私人侦探低，你付我二百大洋就行了。

孔太太的喉咙里发出一声含糊的呻吟，你早就让我寒心了。孔太太说着从桌布下抽出一个牛皮信封抓在手中，明天你就带着钱去凤鸣路，她斜睨着儿子，要是这点事也办不了，你也别回家见我了，你们都走光了我也落一个清净。

令丰走过去把牛皮信封揣在西装的暗袋里，手在上面拍了拍。我明天就去凤鸣路，令丰说，不过你这钱要是扔在水里可别怪我，父亲也不是迷路的小孩，他要是想回家自己会回家，他要是不回家你也没法把他拉回家。令丰发现他的最后几句话有效地刺痛了母亲，孔太太的脸在刹那间呈现了木然和惊惶交杂的神态，但是这种神态稍纵即逝，孔太太很快就恢复了她的自信，唇边浮起一丝讥讽的笑意。

他不回家是他的事，我怕什么？孔太太对令丰说，你说我怕什么？家产他带不走，房子他也带不走，他愿意跟哪个下贱货走就走吧。你们都走了我也不怕，好在我养了满园子花草，养了猫，猫和花草都比你们通人性，有它们陪我我也不会闷死。

令丰一时无言以对，他看见母亲的脸在暗淡的灯光下显得苍白可怖，他突然发现她很像前不久上映的一部僵尸片里的女鬼，这个发现使令丰觉得既滑稽又可怕，于是令丰就嘻嘻笑着往楼上走。而孔太太却不知道儿子为什么突然发笑，她愠怒地盯着儿子细长瘦削的背影，儿子的背影比他父亲年轻也比他父亲优雅，但孔太太却从中看到了同样冷漠、自私和无情无义的细胞。上梁不正下梁歪，孔太太立刻想起了这句古老的民谚并脱口而出。

二

在霏霏晨雨中令丰来到了凤鸣路，这条狭窄而拥挤的小街对于令丰是陌生的，街道两侧的木楼破陋杂乱，而且似乎都朝一个方向倾斜着，石子路下面大概没有排水道，雨水在路面上积成大大小小的水洼，水洼里漂着垃圾、死鼠甚至人的粪便。令丰打着一把黑布洋伞，经过水洼时他不得不像歌舞明星一样做出各种跳跃动作，令丰怀疑这种地方是否真的有什么称职的私人侦探，同时也觉得这次雨中之行多少有些荒谬的成分。

猛地看见一座木楼上挂了一块显眼的招牌：小福尔摩斯，私人侦探，承办各类疑难案件。令丰站住了，仰起头朝楼上望，歪斜的楼窗用黑布遮得严严实实的，什么也看不见。令丰想他倒不妨先见见这个小福尔摩斯，令丰就收起雨伞敲门，应声开门的是一个蓬头垢面的老女人。

我找小福尔摩斯。令丰说。

谁？老女人似乎没听清，将耳朵向令丰凑过来，我听不清，你到底要找谁？

我找小福尔摩斯。令丰朝楼板指了指，话没说完自己先笑起来。

你找那个东北房客？他已经欠了我两个月房租了，欠了钱还骂人，他不是个好人。你要是他的熟人，就先替他还房租吧。

我比他更穷，一分钱也没有。令丰笑着把雨伞倚在门边，绕过老女人的身体往阁楼上走。楼梯上很黑，每走一步楼板就咯吱响一下，令丰掏出打火机点上，举着一点火苗往阁楼上走。一只幼小的动物与令丰逆向而行，嗖地穿过他的双腿之间，估计那是一只老鼠。令丰谨慎地观察四周，他想这地方倒是酷似那些侦探片里的凶杀现场。

阁楼上的竹片门紧闭着，令丰敲门敲了很长时间，里面响起了一个东北人的不耐烦的声音，大清早的谁在敲门？令丰想了想就模仿着东北口音说，我是小华生，是你的好搭档。门被里面的人怒气冲冲地打开了，令丰借着打火机的火焰看清了一张年轻而凶悍的脸。

你是什么人？敢跟我开玩笑？那人伸出手来抓令丰的衣领，大清早的你来搅我睡觉，你是欠揍还是疯了？

不开玩笑。令丰机警地躲开那只手，他退到一边把打火机举高了打量着对方，你就是小福尔摩斯？令丰忍不住又哂笑起来，他说，你有多大了？还不到二十吧？

别管我年龄多大，什么样的案子我都能查。那个东北男孩一边穿裤子一边对令丰说，快说吧，你找我办什么案子？

找一个人，他失踪了。

找人好办，先付三百块定金，我保证一个礼拜之内找到人。

人要是死了呢？

那就把尸体送还给你，一样是一个礼拜之内，收费也一样。

一个活人，一个死人，收费怎么能一样？我看你这个小福尔摩斯没什么道理吧？

你先别管我有没有道理，想办案子就先付三百块定金，付了钱我再陪你说闲话。

钱我带上了，令丰拍了拍西装的口袋，然后他毫不掩饰他对东北男孩的蔑视，不过把钱交给你我不放心，交给你还不如交给我自己呢。

令丰的一只脚已经退到了竹片门外，另一只脚却被东北男孩踩住了。令丰发现对方的眼睛里射出一种神经质的凶残的白光，令丰有点后悔自己的言行过于轻率了。

你他妈的是拿我开心来了？开了心就想溜？东北男孩脚上的木屐像一把锁锁住了令丰的左脚，令丰无法脱身，于是他换了温婉的口气说，好吧，就算我不对，你说你要我怎么办吧？我向你道歉行不行？

拿钱来。东北男孩猛然大叫了一声，你他妈的存心搅我的好梦，不办案子也要付钱，付二十块钱来。

我看你们东北人是穷疯了，这不是乱敲竹杠吗？令丰低声嘀咕着，他试图把自己的皮鞋从那只木屐下抽出来，但东北男孩的体力明显优于令丰，令丰想他只有自认倒霉了，他一边从西装暗装里摸钱一边向对方讨价还价，给你十块钱行不行？令丰说，算我倒霉吧，给你十块钱不错了。

二十块钱，一块也不能少。东北男孩坚决地摇着头说，我要付房租，还要吃饭，二十块钱哪儿够？

你付不起房租吃不到饭也是我的错？令丰哭笑不得，低头看那只可恶的木屐仍然紧紧地踩压着自己的新皮鞋，令丰朝天做了个鬼脸，终于把二十块钱响亮地拍到对方手掌上。

令丰逃似的跑到楼梯上，回头看见那个自称小福尔摩斯的男孩木然地站在原地不动，令丰就朝着那个黑影高声说，不就二十块吗？就当我给儿子的压岁钱啦。

跑到外面的凤鸣路上，看看空中仍然飘着斜斜的雨丝，令丰想起他的雨伞还在那栋破木楼里，就返回去敲门。

喂，把雨伞给我。令丰边敲边喊。

哪来的雨伞？老女人躲在门后说。

在门背后放着呢。令丰又喊。

门背后没有雨伞。老女人仍然不肯开门。

令丰立刻意识到老女人猥琐的动机，他想他今天真是倒了大霉了，碰到的尽是些明抢暗夺的人。你们这种人穷疯了？令丰狠狠地朝门上踹了一脚，他不想为一把伞再和老女人费什么口舌，于是快快地沿着屋檐往凤鸣路深处走，从檐缝漏下的雨水很快打湿了令丰的礼帽和西装衬肩，令丰感到一种陌生而坚硬的冷意。

令丰躲着雨线走了大约一百米，果然看见了王氏兄弟侦探所的招牌，他记得母亲曾提起过这家侦探所，令丰对凤鸣路的私人侦探虽然已不感兴趣，但他想既然路过了就不妨进去看一看。

这家侦探所似乎正规了许多，里面有两间不大不小的办公室，门厅里有布面沙发和电话机。令丰推开其中一间的门，看见里面一群男女围着一个秃顶男人吵嚷着什么，他没有听清其他人七嘴八舌的内容，只听见秃顶男人高声说，有线索了，告诉你们有线索了，你们还吵什么？令丰吐着舌头退出来，他觉得在私人侦探所出现这种乱哄哄的局面简直不可思议，它与令丰看过的侦探电影大相径庭。令丰又推开另一间办公室的门，这里倒是显得清静，一个时髦而妖冶的女人拖着一条狗向另一个秃顶男人诉说着什么。令丰想原来王氏兄弟都是秃顶，怪不得会有点名。

那个女人正从提包里掏着什么，掏出来的东西用手帕包裹着，上面有星星点点的血迹，女人小心翼翼地打开手帕，说，就是这只耳朵，你看那个凶手有多狠心。令丰果然看见一只血淋淋的耳朵，由于隔得远，他无法判定那是人的耳朵还是动物的，令丰怀着好奇心悄悄走进去，在椅子上坐下，专注地听着他们的谈话。

我去过警察局了，他们不管这事，女人重新抱起膝盖上的狗，愤愤地说，警察局的人都是吃饭不管事的蠢猪。

秃顶侦探用镊子夹起那片耳朵审视了一番，是新的刀伤，他皱着眉头说，你能不能给我看看它的伤口？

不行，别再弄疼它了。它已经够可怜的了。女人突然把狗紧紧地抱住，用嘴唇亲亲狗的白色皮毛，我的宝贝，我不能再让它受苦了，女人声音猛地又悲愤起来，你一定要帮我查到凶手，到底是谁害了我的宝贝？

令丰现在弄清了这件案子的内容，令丰忍不住嘻地笑了一声，这时候他看见了女人怀里的那条鬈毛狗，狗的右耳部位缚着白纱布，就像一个受伤的人。

这位先生请到外面等一会儿。秃顶侦探向令丰很有礼貌地点了点头。

我走，这就走。令丰连忙站起来朝外面走，因为欲笑不能他的脸看上去很滑稽。令丰刚刚跨出门槛，听见后面的女人离开椅子追了上来，女人说，喂，你不是梅林路孔家的二少爷吗？

不，令丰站住了，端详着那个抱狗的女人，对不起，我好像不认识你。

我是你母亲的姨表妹呀，女人亲昵地拍了拍令丰的肩膀，几年没见，你都成了个风度翩翩的美男子了，跟你父亲长得一模一样。

对不起，我真的不记得你。令丰有点惶恐地盯着女人涂满脂粉的脸和猩红的嘴唇，他不知道该如何应酬这个陌生的女亲戚。

你怎么也上这儿来了？是不是你家的狗也被人割了耳朵？

不，我不是为了狗。令丰边说边退，但他发现女亲戚过于丰满的身体正向他穷追不舍地靠拢、逼近。

不为狗？为人？女亲戚的眼睛闪闪发亮，你家出什么事了？

没出什么事，我只是随便到这里玩玩。令丰嗫嚅道。

到这里玩？不会的，你肯定在骗我。

真的只是玩玩，我真的只是想见识一下私人侦探什么样子。

你母亲好吗？她没事吧？

她很好，气色比你好多了。

那么你父亲呢，他也好吗？

他也好，两只耳朵都还长在脑袋上。

我听说你父亲跟一个女戏子好上了，是不是真的？

我不知道，你去问他自己好了。令丰已经无法忍受女亲戚不怀好意的饶舌，终于不顾礼仪地夺路而走。走到王氏兄弟侦探所门外的石阶上，令丰不由得喘了一口粗气，他听见那个女亲戚在里面气咻咻地骂道，什么狗屁圣人后代，一点礼貌教养都不懂。

外面的雨已经变得很细很疏了，太阳在肥皂厂的烟囱后面泛出一圈淡淡的橙红色，凤鸣路一带的空气里飘浮着一种腐烂的蔬果气味。令丰尽量绕着地面的积水走，但新买的皮鞋仍然不可避免地溅上泥浆。有人在露天厕所旁哗哗地刷洗马桶，雨后的空气因而更加复杂难闻了。令丰一手捂鼻一手提着裤管走，脑子里不时浮现出那只血淋淋的狗耳朵，他觉得在私人侦探所里的所见所闻既令人厌恶又荒唐可笑，不管怎样，令丰决定再也不来这条烂街了。

出了凤鸣路好远，令丰才看到第一辆黄包车，人就获救似的跳上去。车夫问他去哪里，令丰考虑了一下说，电影院，先去美丽华电影院吧。令丰记得昨天晚报的电影预告里美丽华正在放卓别林的《摩登时代》，这部片子他已经看过两遍，现在他要看第三遍。令丰知道自己对卓别林的迷恋是疯狂的，令丰在电影院或者在家中的床上，经常幻想自己是卓别林，幻想自己在银幕上逗全世界发笑，他清楚那只是幻想而已，但对于令丰那确实是一件美好的事情。

春雨初歇的街道上行人稀少，黄包车被年轻力壮的车夫拉得飞快，经过耶稣堂边的一条弄堂时，令丰想起他的小学同窗谈小姐就住在这条弄堂里，令丰灵机一动，约一个女孩同坐毕竟比独自一个看电影要浪漫一些，于是他让车夫把黄包车停在弄堂口稍等片刻，令丰想试试自己是否有足够的魅力，可以临时把一个女孩从家里约出来。

谈小姐家的窗口对着街道，令丰在楼下喊了一声谈小姐的名字，对方居然应声推开了楼窗。令丰仰首看见一个微胖的烫发的女孩倚窗而立，她的表情看上去既惊又喜，孔令丰，是你喊我吗？

肯赏光陪我去看电影吗？

看电影？什么电影呀？谈小姐莞尔一笑，一只手绞着花布窗帘，孔令丰，你上楼来说话好了。

不上楼了，肯赏光你就下来，黄包车在弄堂口等着呢。

楼上的谈小姐忸怩着朝下面张望了一番，终于说，我跟我母亲商量一下，你等一会儿。

令丰在外面等了足足有一刻钟之久，无聊地数着路面上铺的青石条，心里不免有些恼火，他想谈小姐论出身论容貌都无法与己匹敌，何必要像电影里的贵妇人一样姗姗来迟。好不容易看见谈小姐从石库门里出来，门后有张女人的脸诡秘地一闪而过，令丰猜那是谈小姐的母亲，他觉得这种举动庸俗而可笑，不过是一起去看个电影，何必要躲在门后偷看？令丰想我并没打算做你家的女婿，一切不过是礼拜天的消遣而已。

谈小姐似乎匆匆地梳妆过了，眉毛和眼睛都画得很黑，穿了件腰身嫌紧的旗袍，胸部和髋部显得异乎寻常地硕大，令丰忍住了批评她服饰打扮的欲望，他知道所有女人都不喜欢这方面的批评。两个人相视一笑，隔了双拳之距朝弄堂口走，互相都意识到此情此景有点突如其来的怪味。

孔令丰，怎么突然想起我来了？谈小姐跨上黄包车时终于说了她想说的话，她用手绢在嘴唇线四周小心地擦拭着，短促地笑了一声，我们又有半年没见面了，上回见面还是在校友会上吧？谈小姐瞟了眼令丰说，亏你还知道我家的住址。

这两天闷得厉害，特别想看电影。令丰朝街道两侧随意观望着，听见自己懒散的回答不太得体，马上又改口道，我出来办点事，路过这里来看看你，不是很正常的事吗？

你够忙的，礼拜天也在外面忙，忙什么呢？

私事。是我父亲的事，不，应该说是我母亲吩咐的事。

忙完了就找个女孩陪你看电影，你过得还是这么舒心。

事情还没个眉目呢，先搁一边吧，我不喜欢操心我家里的事。我喜欢电影和戏剧，你喜欢吗？喜欢卓别林吗？

我喜欢胡蝶，谈小姐忽然来了兴致，以手托腮想了想，我还喜欢袁美云，不过她的眼睛小了一点。

他们不是一回事。令丰敏感地意识到谈小姐的回答其实牛头不对马嘴，她对电影的见解明显流于世俗，令丰对谈小姐感到失望，一下又无话可说了。

黄包车穿越了城市繁华的中心，在雨后出门的人群中绕来拐去地走，令丰的腿和胳膊不时和谈小姐发生接触，他发现谈小姐的脸上隐隐泛出酡红，目光也有点躲躲闪闪的，令丰心里暗暗好笑，毕竟是个没见过世面的小家碧玉，就那么碰几下也值得脸红吗？

谈小姐等着令丰开口说话，但令丰却只是心不在焉地观望着街景，谈小姐就只好没话找话说了。

我母亲想拔两颗牙，谈小姐说，我知道你父亲是最好的牙医，能不能让我母亲去找你父亲拔牙？

行，不，不行，令丰的目光从街景和路人中匆匆收回，那句话脱口而出，我父亲失踪了。

失踪？为什么失踪？谈小姐惊愕地追问。

令丰发现自己已经违背了母亲的意愿，他居然轻易地把一个秘密泄露给谈小姐了，令丰有些懊悔，但转而一想这也不是什么大不了的事。

没什么，令丰对谈小姐懒懒地说，他们吵架，他没回家，然后他就失踪了。

人都失踪了你还说没什么，你不去找他吗？

要是找得到也不叫失踪了。这种事情着急没用，谁也不能确定他为什么失踪，电影里的悬念就是这样，所以你着急也没用，必须看到结尾才知道是怎么回事。

你父亲都失踪了，你却还在说电影里的东西，你还要去电影院？谈小姐的目光直直地滞留在令丰脸上，企盼他对她的疑惑作出解释。她发现令丰不以为然地把脑袋枕在车篷上，忍不住朝他推了一下，谈小姐说，孔令丰，天下没有你这样的铁石心肠，哪里有你这样的铁石心肠？

咦，你何必大惊小怪的？令丰朝谈小姐讥讽地咂着舌尖，他说，是我父亲失踪，又不是你父亲失踪，我不着急你着什么急？

谈小姐一时无话可说，令丰冷眼看着她僵坐的姿态和脸上的表情。令丰觉得谈小姐的脸现在暴露出愚昧和呆傻的本性，他因此更加轻视她了，早知道谈小姐是这么无趣无味，还不如另外约一个女孩。

两个人别别扭扭地进了电影院，里面黑漆漆的，片子已经开始了。令丰熟门熟路带着谈小姐找到座位，突然发现两个人的座号虽然连着，中间却恰恰隔了一条过道。谈小姐在黑暗中站着，似乎在等待令丰换座或作出适宜的安排，但令丰已经急迫地在过道那一侧坐下，脑袋向银幕自然地倾抬起来。银幕上的卓别林头戴高顶礼帽，手持文明棍，脚蹬大皮鞋，像一只瘦小而精致的鸭子在黑暗中浮游。令丰发出一阵被克制过的咔咔的笑声，他伸出手指了指谈小姐，大概是示意她在过道那一侧坐下来。

谈小姐只好掂起旗袍角坐下，嘴里不自觉地漏出一句流行的市井俚语，十三点，但她没让过道另一侧的令丰听到。

电影放过一半，令丰朝谈小姐的座位望望，人已经不见了，谈小姐什么时候走的他居然毫无察觉。令丰隐隐地感到不安，谈小姐明显是被他气走的，他也不知道自己是怎么回事，常常会把好事弄糟了，想做绅士却缺乏绅士的风范和耐心。令丰在黑暗中效仿银幕上的卓别林，耸肩，踢鞋，做啼笑皆非的表情，心情便轻松了许多，转念一想，女人天生就是心胸狭窄、喜怒无常的，即使是小家碧玉的谈小姐也莫不如此，随她去吧。

美丽华电影院离梅林路只隔了两个街区，令丰从电影院出来后决定步行回家，这样他可以在沿途的书报摊上从容地挑拣一些电影杂志和街头小报。令丰在闹市地段芜杂的人流里走着，身板笔挺，脚步富有弹性，他很注意从商店橱窗里反映出来的自己形象，并且思考着自己与那些银幕偶像的异同之处。令丰觉得本地女性崇拜的赵丹、金焰和高占非们不足为奇，真正伟大的是以鸭步行走的卓别林。然后令丰设想着自己与卓别林的差异，他现在有一种以鸭步行走的欲望，但他知道自己不会也不能这样在人流里行走，这使令丰感到一丝言语不清的忧伤，电影里的世界离他毕竟太遥远了。

整整一天令丰在外面晃荡着，一事无成，他知道回家后难以向母亲交代，可是谁能知道父亲究竟跑到哪里去了？谁又能说清楚父亲的失踪与令丰本人有什么相干？令丰在书摊上买了几份画报杂志，站在路边随意地浏览着，晚报上的一则影剧广告引起了他的注意。

新潮剧社最新献演

《棠棣之花》

领衔主演：

白　翎　　沈　默

陈　蓓　　杨　非

广告下面男女主角的照片很醒目，令丰一眼就认出他们是他家西邻公寓里的两个演员，名叫白翎的就是那个剪短发的美丽活泼的女孩，令丰记得她曾经拿一杯咖啡往男演员的裤子里灌。令丰抓着晚报感到一种莫名的兴奋，他从来没有观看过那群邻居的演出，他想他一定要看一看他们在台上会是什么样子，尤其是那个名叫白翎的女孩，他对她始终怀有某种隐秘的好感。

暮色初降，街道两侧的酒楼店铺已经有霓虹灯闪闪烁烁，小贩们在街角叫卖瓜果炒货，过路人的脚步随天色变得匆匆忙忙。令丰从清泉大浴室边的弄堂拐进去，想抄近路回家吃晚饭，走了一段路他改变了主意。令丰想与其在饭桌上受母亲没完没了的盘问，不如在外面吃了。于是令丰折回来走进一家西餐社，他在临窗的座位上坐下时，对面电信局的顶楼大钟敲了六下，离新潮剧社演出还有一个半钟头，令丰正好可以享受一顿正宗的法式大餐，他觉得自己对这个礼拜天的安排几乎丝丝入扣。

台上的那出戏并不怎么精彩，而且名叫白翎的女演员的声音尖厉而平板，冗长乏味的台词让人无法感动。令丰架着腿，把肩部斜倚在简陋的木排椅上，审视着舞台上的每一个人物，令丰听见自己内心的声音，不如让我来演，你们滚下台去，让我来演肯定比你好。

令丰现在跻身于一个偏僻街区的简陋的剧场，估计原先是那些外地小戏班子的演出场所，场内什么设施也没有，几盏白炽灯照着台上那群演员，他们始终扯着嗓子喊每一句台词，脸上汗水涔涔，令丰想所谓的新潮剧社原来是这么回事。木排椅上的观众稀稀落落，大多是从学校搭电车来的学生，令丰在看戏过程中始终闻见一股不洁净的鞋袜的臭味，这使他觉得很不适应。

台上的演员终于依次谢幕，令丰跑出去从卖花女那里买了一束红月季花，绕到后台去。他看见名叫白翎的女演员正对着一面镜子，用纸巾狠狠地擦着脸上的粉妆，她的样子看上去正在生谁的气。令丰穿过后台杂乱的人堆，径直走上去把花束放在白翎面前。

别给我送花，我演砸了，我知道你们都在嘲笑我，女演员把花往桌边一推，侧过脸望着令丰，她的眼睛里还噙着些伤心的泪水，你是给我捧场的？她想了想，又问，你是不是觉得我演得好？

你比别人演得好。令丰含笑说道。

是真话还是捧场？

真话，我看戏是行家。令丰说，不骗你，我这方面真的是行家。

你也喜欢演剧吗？

喜欢，我要是上台肯定比他们演得好。

那你就来演吧，我们最缺的就是男演员。女演员白翎的眼睛闪过喜悦的光，她突然背过身向一个戴鸭舌帽的男子喊起来，导演，你要的男主角来了。

戴鸭舌帽的男子从一把梯子上跳下来，跑过来跟令丰握手，他一边用力捏紧令丰的手一边审视着他的全身上下。你的外形条件很好，导演把半截铅笔咬在嘴里，两只手在令丰身上随意摸了几下，可是我怎么觉得你像个光玩不做事的人，导演皱着眉头问，没演过戏吧？

没演过，但演一场就会了，这对我很容易。

你家里很有钱吧？

有，有点钱。令丰对这个问题摸不着头脑，他说，你这是什么意思？

有钱就行，我们剧社现在最需要的是钱，谁能出钱租剧场谁就当男主角。导演拍拍令丰的肩膀说，我发现你是块明星的料子，就这么定了吧，你筹钱再租十天剧场，来当我们的男主角。

是这么回事，令丰若有所思地点了点头，他朝旁边的女演员们环视了一圈，然后严肃地说，我要演的话得换个好剧场，我不在这种地方演戏。

换个好剧场起码要花两倍的租费，这笔钱上哪去弄呢？

钱不成问题，我自然会有办法。剩下的问题是我怎么参加你们的剧社，什么时候开始排练呢？

你搬到我们公寓来吧，多一个人多一份热闹，一起住着你也能尽快熟悉剧情和台词。

这是个办法，令丰突然想起什么，又说，你们公寓里有盥洗间吧？

有一间，公用的，男女共用的。

房间怎么样？是单人间吧？

是单人间，不过要住四个人，当然是男的跟男的住。导演盯着令丰的眼睛看，突然哈哈大笑起来，与此同时后台的所有人几乎都从各个角度注视着这位不速之客。

令丰的脸微微涨红着，他想掩饰这种突如其来的局促的表现，身体倏而就松弛下来，他第一次在众目睽睽之下表演了他模仿卓别林的才能，原地转圈，帽子朝上面升，裤腿往两侧抻，双脚并成一条横线，往前走，头向左面张望，再往前走，头向右侧张望。令丰朝女演员白翎那里走过去，他听见她的略略的孩童式的笑声，但是让令丰失望的是其他人毫无反应，女演员白翎的笑声因而显得刺耳和夸张。

令丰和新潮剧社的人一起吃了夜宵，然后才分手。他没有向他们透露双方是近邻这个巧合，他不想让他们知道他经常悄悄偷窥他们的生活，否则这件事情就变得没有意思了。

令丰像一只夜猫钻回家，走过庭院的时候他留意地看了看他的三盆仙人掌，他发现仙人掌在冷月清光下的剪影酷似三个小巧精致的人形怪兽，令丰冷不防被它们吓了一跳。然后他疾步走向前厅，脱下了皮鞋，隔着纱帘他看见了里面的灯光，看见母亲正端坐在灯下喝茶，令丰心里咯噔一下，很明显她在等他回来。

这么晚回家，是不是已经打听到你父亲的消息了？孔太太站起来，也许是对令丰的行踪估计不足，她的表情并不像往日一样暴怒。

打听到了一点。令丰下意识地说，从早晨到现在，我一直在外面跑，他们说父亲十有八九是跑到外埠去了。

你找私人侦探了吗？侦探怎么说？

找了，他们都想接这个案子，但收费一个比一个高。令丰定下神来在沙发上躺下，他侧过脸朝孔太太瞥了一眼，两百块钱根本不够。

他们想要多少？

人要慢慢找着看，费用也要花着看，令丰顿了顿说，你明天先给我四百块吧，我可以让他们卖力一点去找人，钱多好办事。

孔太太审视着令丰的表情，她说，怎么会要那么多钱？你肯定花冤枉钱了。

你天天在家养花种草的，外面的行情你不懂，要不然你自己去凤鸣路打听打听，又想要人又怕花钱怎么行？你如果怕我多花钱我就撒手不管了，你自己去办这事吧。

令丰说完就从沙发上跳起来，他发现自己的西装衣袖上染了一块红斑，像是胭脂，估计是在后台的演员堆里不小心弄脏的，令丰唯恐母亲注意到他的衣袖，匆忙脱下西装卷在手里，往楼上走。他看见令瑶和女佣阿春都披衣站在楼梯口，满脸狐疑地等他上楼，令瑶说，怎么弄到现在才回来？令丰没好气地朝她们挥挥手，睡你们的觉去，别都来审问我，难道我是在外面玩吗？这时候他们听见楼下的孔太太突然怒声喊道，光知道花钱，什么事也办不了，到时候落个人财两空，等着别人笑话孔家吧。

令丰充耳未闻，他想着西装衣袖上的那块红斑，怎样才能秘密有效地把它洗掉？他走进自己的房间迅速地撞上门，把急于探听孔先生消息的令瑶和女佣关在门外。令丰坐在床上对着那块衣袖上的红斑发愁，倏忽又想到西邻公寓里的那群演员，他们现在在干什么？想到自己即将和他们同台演戏，令丰感到新鲜而有趣，似乎看见他多年来日复一日的沉闷生活出现了一个灿烂的缺口。

在新潮剧社那群人的再三鼓动下，令丰决定搬到他们的公寓去住，令丰下此决心的重要原因在于女演员白翎，他已经被她火辣辣的眼神和妩媚的笑容彻底倾倒，对于令丰来说这也是超出以往交际经验的一次艳遇，他居然如此快速地动情于一个来自北方的爱吃蒜头的女孩。

有人在庐山牯岭看见了父亲。令丰一边收拾行李一边从容地对孔太太编造着理由，他深知这也是唯一的事半功倍的理由。我得去堵他，令丰说，搭今天的快班船走，必须在庐山堵住他，否则等他去了上游人就不容易找了。

庐山？孔太太半信半疑绕着令丰转，看见他和谁在一起了吗？

一个女人，他们说是一个女人。

废话，当然是一个女人，我在问你到底是哪一个下贱女人？

他们说是一个唱绍兴戏的戏子，对了，他们说她戴了一顶白色的圆帽，很漂亮也很时髦。

这时候孔太太听得全神贯注，令丰看见他母亲眼睛有一簇火花倏地一亮，然后孔太太鼻孔里不屑地哼了一声，她说，我就猜到他勾搭上一个烂货，王蝶珠这种烂货，他居然跟她私奔了。

令丰不认识王蝶珠，孔太太脸上的猜破谜底的神情使他感到可笑。王蝶珠，令丰用一种夸张的声音念出这个名字，他想笑却不忍再笑。一句即兴编造的谎话已经使精明过人的母亲信以为真，这只是偶然的巧合，令丰心里隐隐地替母亲感到难过。

你去庐山几天？孔太太定下神来问道。

说不准，找到人就回来，我就是死拽硬拖的也要把他弄回来。

你不会是自己去庐山玩吧？

怎么会呢？你把我当什么人了？令丰抓起牙刷在桌上笃

笃地敲，嘴里高声抗议着，你要是不相信我我就不去了，是你跟他在闹，关我什么事？

孔太太悲怨地看着儿子，没再盘问。过了一会母子俩的话题自然地涉及去庐山寻人的盘缠和费用上来，令丰当仁不让地跟孔太太讨价还价，最后争取到了六百块钱。令丰拿过钱往皮箱里一扔，心里暗想这笔钱恰恰与他允诺导演的租场费相符，事情的前前后后确实太巧了。

与来自北平城的女演员白翎天天形影不离，令丰的国语有了长足的进步，这一点也印证了新潮剧社的人对他的评价：天生一块演员料子。不仅是说话的方式，令丰觉得他的整个生活发生了某种全新的变化，现在他摆脱了种满花草却令人厌烦的家宅，也逃避了公司职员琐碎乏味的事务，他秘密地来往于梅林路的演员公寓和市中心的剧院之间，每天像一头麋鹿一样轻盈而疾速地从孔家门前溜过。这种秘密而刺激的生活使令丰如入梦幻之境，也给他带来一份意料之外的喜悦。

令丰从演员公寓走廊的大镜子里发现自己变瘦了，瘦削的脸部看来比以前增添了几分英气和潇洒，令丰对此感到满意，无疑别人也对令丰的一切感到满意。女演员白翎在与令丰对台词的时候，常常不避众人地目送秋波。令丰预感到他们的关系很快会突破艺人圈打情骂俏的程式而发生什么，果然他的预感就被女演员白翎的一句悄悄话兑现了。

去盥洗间对台词。女演员白翎凑到他耳旁说了一句悄悄话。

令丰会意地一笑，他想装得不在乎，但是面颊却不争气地发烫了，身体绷得很紧。怎么你不敢去？女演员白翎的目光灼热逼人，她的一只脚从桌子底下伸过来在令丰的皮鞋上用力碾了一下。

去就去。令丰微笑着说。

他们一先一后穿过剧社同仁朝外面走，令丰在盥洗间门口迟疑的时候，听见后面传来几声别有用心的鼓掌声，他有点害怕这件事情的戏剧色彩，但是女演员白翎已经在盥洗间里了，他必须跟进去，不管他怎么想他决不让别人笑话他只是个自吹自擂的风月场中的老手。

女演员白翎的热烈和浪漫使令丰大吃一惊，她用双手撑着抽水马桶肮脏的垫圈，弯下腰，呢裙子已经撩到了背上。把门插上，她侧过脸命令令丰，令丰顺从地插上门，但他的手有点发颤，甚至呼吸也变得艰难起来。令丰倚着门，满脸通红地瞪着女演员白翎所暴露的部位，嘴里发出一种尴尬的短促的笑声。你笑什么？你还在等什么？女演员白翎用手拍着马桶垫圈。令丰呢喃着垂下头，这有点太，太，太那个了。你不敢来？女演员白翎猛地站起来放下裙子，轻蔑地瞄了令丰一眼，看来你有病，有钱人家的少爷都这样，嘴上浪漫，其实都是有病的废物。

令丰窘得无地自容，但他死死地把住盥洗间的门不让对方出去。令丰低垂的头突然昂起来，并且慢慢地逼近女演员白翎的胸部。谁说我不敢？谁说我有病？令丰抓住女演员的双肩慢慢地往下压，他的冲动在这个过程中从天而降。盥洗间里弥漫着便纸的酸臭和一丝淡淡的蒜味，四面墙壁布满了水渍和蜘蛛网，令丰的眼神终于迷离斑驳起来，在狂热的喘息声中他恍惚看见一顶巨大的白色圆帽，看见失踪多日的父亲和那顶白色圆帽在一片虚幻的美景里飘浮不定。

与女演员白翎两情缱绻后的那些清晨，令丰独自来到公寓的凉台，从此处透过几棵悬铃木浓密的树荫，同样可以窥视孔家庭院里的动静，只是现在的窥视已经变化了角度和对象，令丰觉得这种变化奇特而不可思议。

为了以防万一，令丰向导演借了副墨镜，他总是戴着墨镜在凉台上窥望自己的家，呈现在墨镜中的孔家庭院晦暗而沉寂，令丰看见女佣阿春在水井边浣洗毛线，看见姐姐令瑶坐在西窗边读书，看见母亲穿着睡衣提着花洒给她心爱的月季浇水施肥，这幕家庭晨景一如既往，动荡的阴云遮蔽的只是它一半的天空。令丰想起父亲暧昧的失踪，想起自己是如何利用父亲欺骗了母亲，终于尝试了崭新的富有魅力的演艺生活，令丰觉得恍若在梦中，恍若在银幕和舞台中。一切都显得离奇而令人发噱。

女佣阿春后来津津乐道于她首先识破令丰的大骗局。有一天为了置办孔太太喜欢的什锦甜羹的原料，女佣阿春一直跑到市中心的南北货店铺，当她买完货经过旁边的一家剧院时，恰巧看见令丰和一个浓妆艳抹的女人从黄包车里钻出来。女佣阿春怀疑自己看花眼了，追上去朝令丰喊了一声少爷，令丰下意识地回过头，虽然他很快就挽着那女人闪进剧院里去，女佣阿春还是可以断定那就是令丰，令丰没去庐山或者从庐山回来却没有回家。

女佣阿春先把这事告诉了令瑶，令瑶不相信，而且她怀疑素来迷信的阿春又在装神弄鬼，女佣阿春就去禀告孔太太，孔太太的反应正是她所希望的。看来令丰真的把我骗了，孔太太用一种绝望而愤怒的目光望着桌上摊开的一张报纸。报纸上的一则花边新闻登载了越剧名旦王蝶珠昨日晕倒于戏台的消息，它也证明了令丰说话中的漏洞，现在孔太太确信她被亲生儿子骗了一场。

孔太太立刻带着女佣阿春出门。主仆二人心急火燎地找到那家剧院，闯进去看见的是一群陌生的正在打情骂俏的男女，好像是在排戏。孔太太不屑于与这帮混江湖的演员交谈，她冷静地环顾着剧院里的每一个人，不见令丰的人影，孔太太的目光停留在女演员白翎的脸上，出于女人或者母亲的敏感，她从那个女演员的身上嗅出了儿子残留的气息。经过一番矜持而充满敌意的目光交战，孔太太款款地走到女演员身边。她说，请你转告孔令丰，我已经跟他断绝母子关系，他永远别再踏进我的家门。

孔太太带着女佣阿春昂首挺胸地走出剧院，听见里面传出一阵粗俗的起哄的声音，孔太太的眼里已经贮满了愤怒和屈辱的泪水。在那家素负盛名的剧院门口，孔太太看见了《棠棣之花》的新海报，她看见了儿子的名字和照片喜气洋洋地占据着海报一角。孔太太立刻像风中杨柳一样左右摇摆起来，女佣阿春眼疾手快扶住了女主人，她听见女主人的鼻孔里发出持续的含义不明的冷笑，过了好久孔太太才恢复了矜持的雍容华贵的仪态，她甩开女佣阿春的手。从手袋里取出藿香正气丸吞下，然后她咽了口唾沫说，你看我嫁的是什么男人，养了个什么儿子，他们想走就走吧，全走光了我也不怕。女佣阿春就赔着笑脸安慰她道，不会都走光的，太太别伤心了，令瑶小姐不还在家陪你吗？孔太太径自朝黄包车走去，边走边说，什么狗屁圣贤后代，指望他们还不如指望小狗小猫呢。

在返回梅林路的途中，孔太太始终以丝帕掩面，情绪很不稳定，时而低声啜泣，时而怨诉她的不幸，时而咒骂令丰的不孝和丈夫的不忠。快到家的时候孔太太终于感到疲倦，抬起红肿的眼睛望望天空，天空呈现出一种灰蒙蒙的水意，雨积云在西方隐隐游动，快要下雨了。孔太太突然想起庭院里插植不久的香水月季，它们正需要一场平缓的雨水，孔太太想这个春天对于她的花草倒是一个美好的季节。

令丰躲在戏台的帷幕后面亲耳听见了母亲最后的通牒，说这番话未免太绝情了，令丰想，何必要弄得大家下不来台？但是令丰深谙母亲的禀性为人，他知道她说得出也做得出，为此令丰只好取消了原来的计划，本来他是想回家与母亲继续周旋的，因为他已经向剧社的人夸下海口，回去一趟再弄一笔钱来，以解决新潮剧社到外埠演出的旅费。

现在一切都被戳穿了，令丰从帷幕后面出来时脸色苍白如纸。善解人意的演员们围住令丰七嘴八舌地安慰他，导演表示他还可以从别的途径弄到那笔旅费。令丰觉得他们的安慰其实是多余的，他并非为母亲的残酷通牒而难过，他耿耿于怀的是她当着这群人的面拆了他的台，使他斯文扫地，从这一点来说，令丰认为母亲的罪过已远远大于他玩弄的计谋，他决不原谅这个讨厌而可恶的女人。

整个下午令丰沉浸在一种沮丧的情绪中，导演很焦急，他认为这会影响令丰当天晚上的首次登台的效果，他把其他演员都遣散了，留下女演员白翎陪着令丰，于是偌大的剧场里只剩下《棠棣之花》的新任男女主角，女主角后来就坐到男主角的腿上，和他说着剧情以外的一些事情。

听说你父亲失踪了？是跟哪个女演员私奔了？女主角突然问。

失踪？焦躁不安的令丰恍若梦醒，对，我父亲失踪了。

现在怎么办呢？女主角又问。

怎么办？我跟你们去外埠演出。令丰答非所问。

我是说你父亲，你不想法找找他？

找过了，没找到，反正我是没本事找他了。令丰像好莱坞演员一样耸了耸肩，然后他说，我家里还有个姐姐，我走了她就脱不了干系了，我母亲会逼着她去找父亲的。

这天晚上《棠棣之花》在更换了男主角以后再次上演，观者反应平平，人们对孔令丰饰演的男主角不尽满意，认为他在舞台上拘谨而僵硬，尤其是国语对白在他嘴里竟然充满了本地纨绔子弟斗嘴调笑的风味，使人觉得整场戏都有一种不合时宜的滑稽效果。

《棠棣之花》的男主角后来又换人选，令丰成为坐在后台提词的 B 角，这当然是令丰随新潮剧社去外埠巡回以后的事了。

三

春天滋生的家事终于把楼上的令瑶卷入其中，当孔太太阴沉着脸向她宣布令丰的忤逆和对他的惩罚时，令瑶惊愕地张大了嘴，半天说不出话来，打开的张恨水的新版小说像两扇门一样自动合拢了。现在令瑶意识到一块沉重的石头已经被家人搬到了她的肩上。

你父亲最疼爱你，他失踪这么多日子，你就一点不着急吗？孔太太果然话锋一转，眼睛带着某种威慑逼视着令瑶，你就不想到外面去打听一下他的下落？

他跟外面的女人在一起，是你自己说的。令瑶转过脸看着窗子。

不管他跟谁在一起，你们做子女的就这样撒手不管？令丰这个逆子不提也罢，你整天也不闻不问的让我寒心，孔太太说着火气又上升，声音便不加控制地尖厉起来，万一他死在外面了呢？万一他死了呢？

令瑶的嘴唇动了动，她想说那是你害了他，但话到嘴边又咽回去了，令瑶知道要是比谁刻毒她绝不是母亲的对手。于是令瑶以一种息事宁人的态度面对母亲的诘难，要让我干什么？你尽管吩咐，你让我怎么办我就怎么办。

孔太太也终于平静下来，她走过去挽住了令瑶的手，这份久违的亲昵使令瑶很不习惯，但她还是顺从地跟着母亲进了她的卧室。

母女俩谋划着寻找孔先生的新步骤，令瑶静静地听母亲列举那些与父亲有染的女人，她们决定由令瑶明察暗访，从那些女人身上寻找一些有效的线索。令瑶从心里反感这种偷偷摸摸的行为，但她深知自己已经无路可逃。在倾听孔太太的安排时，令瑶的目光下意识地滑向墙上的父亲的相片，父亲的脸被照相馆的画师涂得粉红娇嫩，嘴唇像女人似的鲜红欲滴，唯有那双未被涂画的眼睛真切可信，它们看上去温和而浪漫。多日以来令瑶第一次感觉到父亲的形象对于她已经遥远而模糊了，她竭力回忆父亲在家时的言行举止和音容笑貌，脑子里竟然一片空白，令瑶有点惶惑。与此同时，她对目前事态殃及自身又生出了一些怨恨，怨恨的情绪既指向父亲也指向母亲。事情是你们闹出来的，令瑶想，是你们闹出来的事情，现在却要让我为你们四处奔忙。

令瑶这一年二十五岁了，这种年龄仍然待字闺中的女孩在梅林路一带也不多见，这种女孩往往被人评头论足，似乎她身上多少有些不宜启齿的毛病。而令瑶其实是一个容貌清秀举止高雅的名门闺秀，她的唯一的缺陷在于腋下的腺体，在衣着单薄的季节它会散发出一丝狐臭，正是这个缺陷使令瑶枯度少女时光，白白错过了许多谈论婚嫁的好机会。令瑶的脾性慢慢变得沉闷和乖张，孔家除了孔太太以外的人都对她怀有一种怜香惜玉的感情，女佣阿春虽然也常常受到令瑶的呵斥，但她从不生令瑶的气。这家人数令瑶的心肠最好。女佣阿春对邻居们说，她脾气怪，那是女孩子家被耽搁出来的毛病。

第二天令瑶挟带着英国香水的紫罗兰香味出门，开始了寻找父亲下落的第一步计划。令瑶典雅而华丽的衣着和忧郁的梦游般的神情使路人侧目，在春天主动活泛的大街上，这个踽踽独行的女孩显得与众不同。

按照孔太太提供的路线，令瑶先找到了越剧名旦王蝶珠的住所，那是幢竣工不久的西式小楼，令瑶敲门的时候闻到一股呛鼻的石灰和油漆气味，她不得不用手帕掩住了鼻子。

王蝶珠出来开门，令瑶看见的是一张贴满了薄荷叶的苍白失血的脸，她想起小报上刊登的王蝶珠晕倒戏台上的消息，相信这位越剧名旦确实病得不轻。令瑶刚想自报家门，王蝶珠先叫起来了，是孔小姐吧，我到你家做客时见过你，什么风把你给吹来了？

王蝶珠很客气地把令瑶拉进屋里，两人坐在沙发上四手相执着说话，简短的寒暄过后王蝶珠开始向令瑶诉说她的病症和晕倒在戏台上的前因后果，王蝶珠一口绍兴官话滔滔不绝，令瑶却如坐针毡，她的目光不由自主地滑向盥洗间，挂衣钩、楼梯及其他房间的门，希望能发现某些父亲留下的痕迹。

你怎么啦？王蝶珠似乎察觉到什么，她猛地松开令瑶的手，孔小姐你在找什么？

令瑶窘迫地涨红了脸，几次欲言又止，她想按母亲教授的套路去套对方的口风，但又觉得这样做未免是把王蝶珠当白痴了，于是令瑶情急中就问了一句，你怎么不养猫？

王蝶珠的脸色已经难看了，她揪下额上的一片薄荷叶放在手里捻着，突然冷笑了一声，我知道你在找什么了，她斜睨着令瑶说，怎么，你父亲失踪了就跑我这儿来找，难道我这儿是警察局吗？

不是这个意思。令瑶嗫嚅道，我只是想各处打听一下他的消息。

不瞒你说。我也是昨天才听说孔先生失踪了，王蝶珠换了一种坦诚的语气说，我有半年多没跟他来往了，孔先生那种票友我见多了，玩得来就玩，玩不来就散，没什么稀奇的，我就是要靠男人也不会靠孔先生的。

不是这个意思。令瑶又苦笑起来，她发现她无法跟这个女戏子作含蓄的交谈，只好单刀直入地问，你知道我父亲最近跟哪个女人来往吗？

王蝶珠认真地想了想，眼睛倏地一亮，对了，我听戏班的姐妹说，先生最近跟一个舞女打得火热，大概是东亚舞厅那个叫猫咪的，孔先生说不定就让那个猫咪拐走了吧。

令瑶凭她的观察判断王蝶珠没有诓骗自己，她一边向王蝶珠道谢一边站了起来，就是这时她看见了大门后挂着的一顶白色的宽边帽子，它和令丰私底下向她描述的那种帽子完全相仿。令瑶忍不住问了一句，那顶白帽子是你的吗？

当然是我的，你问这问那的到底要干什么？王蝶珠勃然大怒，她抢先几步打开大门，做了一个夸张的逐客的动作。

关于白帽子的问题也使令瑶受到了一次意外的伤害，令瑶走过王蝶珠身边时看见她用手在鼻子前扇了几下，令瑶的心猛然一颤，疾步跑下了台阶，但是她害怕的那种语言还是清晰无误地传到她的耳边，熏死我了，哪来的狐狸钻到我家里来了？令瑶站住了回过头盯着倚门耍泼的王蝶珠，她想回敬对方几句，可是令瑶毫无与人当街对骂的经验，眼泪却不听话地流了下来。

令瑶用手帕掩面走了几步，终于止住了旋将喷发的哭泣，在一个僻静的街角，她从手袋里找出粉盒在眼睑下扑了点粉来遮盖泪痕。自从离开市立女中飞短流长的女孩堆以后，令瑶还是第一次受到这种羞辱，被刺破的旧伤带来了新的疼痛。令瑶脸色苍白地沿街道内侧走着，在一家服装店的橱窗前她站住了，她看见橱窗里陈列着一种新奇的女式内衣，袖口和腰部竟然都是用松紧带收拢的。令瑶朝四周观望了一番，毅然走进了那家服装店。

从更衣间出来，令瑶的心情好了一些，现在除了英国香水的紫罗兰香味，她的身上像所有女人一样正常。令瑶在服装店门前看了看手表。时间尚早，与其回家看母亲不满的脸色，不如去找一找那个舞女猫咪，她想假如能从舞女猫咪那儿了解到一星半点父亲的消息，她对母亲也算有所交代了。

舞女猫咪却很难找。东亚舞厅的大玻璃门反锁着，里面的守门人隔着玻璃对令瑶吼，大白天的哪来的舞女？她们现在刚刚睡觉，找猫咪到铁瓶巷找去。守门人发了一顿莫名其妙的脾气后又嘀咕道，谁都想找猫咪，连太太小姐也要找猫咪。

令瑶知道铁瓶巷是本地隐秘的达官贵人寻欢作乐的地方，所以令瑶拐进那条狭窄的扔满枯残插花的巷弄时，心跳不规则地加快了，她害怕被某个熟人撞见。最后令瑶像做贼似的闪进了舞女猫咪的住处。

这所大房子的复杂结构使令瑶想起张恨水小说里对青楼妓院的描写，她怀疑这里就是一个高级的妓院，只是门口不挂灯笼不揽客人罢了。令瑶惶恐地站在楼梯口驻足不前，有个茶房模样的男人上来招呼道，这位小姐有事吗？令瑶红了脸说，我找人，找舞女猫咪。茶房戒备地扫视着令瑶，又问，你找她什么事？猫咪上午不会客。令瑶急中生智，随口编了个谎话，我是她表姐，从外地回来看望她的。

令瑶按茶房的指点上了二楼，在舞女猫咪的房间外徘徊着，却怎么也鼓不起敲门的勇气。令瑶发现面向走廊的圆窗有一个裂口，她试着从裂口处朝里窥望，里面是一扇彩绘屏风，令瑶第一眼看见的居然是一顶白色的宽边帽子，它与令丰向她描述过的那种帽子一模一样，与王蝶珠的那顶也如出一辙，令瑶轻叹了一声，她的心似乎快跳出来了。彩绘屏风阻隔了后面的一对男女，令瑶只闻其声不见其人，他们似乎在调笑，舞女猫咪的笑声银铃般地悦耳动听，男人的声音却压得很低听不真切，令瑶无法判断那是不是失踪的父亲。走廊的另一端传来了茶房的脚步声，令瑶正想离开圆窗，突然看见彩绘屏风摇晃起来，后面的两个人似乎厮打起来，先是裸女猫咪俏丽年轻的身影暴露在令瑶的视线里，她咯咯地疯笑着绕屏风而逃，紧接着令瑶看见了那个男人，那个男人已经鬓发斑白，上身穿着一件毛茸茸的兽皮背心，下身竟然一丝不挂地裸露着。

令瑶惊叫了一声返身朝楼下跑，半路上遇见茶房。茶房想挡住她，但被令瑶用力推开了。令瑶一口气逃离了铁瓶巷，最后就倚着路灯杆喘着粗气。太恶心了，令瑶自言自语道，实在太恶心了。

这是一次意外的遭遇，令瑶后来失魂落魄地回到家，女佣阿春出来开门，她发现令瑶神情恍惚，脸色苍白如纸，似乎在外面受到了一场惊吓。

连续几天令瑶懒得说话，孔太太每次问及她出外打听孔先生消息的进展时，令瑶就以一种怨艾的目光回答母亲，手里捧着的是张恨水的另一本小说《金粉世家》。孔太太什么都问不出来，又气又急，上去抢过令瑶手里的书扔在地上，你们都着了什么魔？孔太太跺着脚说，一个个都出了毛病，这家究竟撞了什么鬼了？

令瑶冷冷地说，我不出去了，要打探父亲消息你自己去。

让我自己去？好孝顺的女儿，你知道我关节炎犯了，知道我不好出门还让我去，你要让我短寿还是要我马上死给你看？

令瑶半倚在沙发上无动于衷，她瞟了眼地上的《金粉世家》，手伸到身后又摸出一本《八十一梦》翻着。过了一会儿她突然说了一句，什么也没找到，只看见了那种白帽子。

什么白帽子？谁的白帽子？孔太太追问道。

就是女人戴的白帽子，令瑶自嘲地笑了笑说，没什么用，后来我发现街上好多女人都戴那种白帽子。

孔太太终于没问出结果，她烦躁地摔摔打打着走出前厅，在庭院里漫无目的地踱步，她看见两只波斯猫在门廊前的土垒里嬉打，那是孔太太讨厌而孔先生钟情的爬山虎藤的发祥地。几年前孔先生用砖土砌那个花垒时夫妻俩就发生过争执。孔太太觉得丈夫为这棵爬山虎浪费的地盘实在太多了，而孔先生我行我素，他一直认为孔太太容不下他的所爱，包括这棵多年老藤。它是孔先生夫妇诸种争执的祸端之一。孔太太每天照顾着她心爱的花圃和盆景，但她从来未给爬山虎浇过一滴水，经过那个土垒时她也不屑朝里面望上一眼，假如那棵讨厌的老藤因无人照管而自然死亡，那是孔太太求之不得的事。

从早晨到现在两只波斯猫一直在那个花垒里嬉戏，孔太太不想让她的猫弄脏了皮毛，她过去把猫从里面抱了出来。

花垒里的土看上去是翻过不久的，上层很松也很湿润，隐隐地散发着一股腥臭。孔太太不无怨恨地想他肯定又往土里埋死狗死鸡了。他总是固执地认为这是培养花木的最好途径，是园艺的关键，而孔太太则信仰草木灰和淡肥，他们夫妇的园艺向来是充满歧异的。

孔太太把波斯猫逐出花垒，眼睛里再次闪现出愤怒的火花。爬山虎藤下的死狗死鸡无疑是孔先生出门前夕埋下的，因为他唯恐它会长期缺乏营养而枯死，孔太太由此判断孔先生那天的寻衅和失踪都是他蓄谋已久的计划了。一阵东风吹来，满墙的爬山虎新叶飒飒地撞击着灰墙，而花垒里散发的那股腥臭愈发浓重。孔太太捂着鼻子匆匆离开了门廊，她想她这辈子注定是要受孔先生的欺侮的，即使在他离家出走的日子里，他也用这种臭味来折磨她脆弱的神经。

孔先生失踪已将近一月，儿子跟着一个三流剧社去外埠演出了，女儿令瑶整天待在楼上拒绝再出家门，这是梅林路孔宅的女主人眼里的罕见的春季。以往孔太太最喜爱的就是草木熏香的四月，可是这年四月孔太太眼眶深陷瘦若纸人，她多次对上门的亲朋好友说，我快要死了，我快要被他们活活气死了。

随着明察暗访一次次无功而返，孔太太又把疑点集中在牙科诊所的方小姐身上，据孔太太安插在诊所的一个远房亲戚称，方小姐与孔先生关系向来暧昧，孔先生失踪后她也行踪不定起来，有时几天不来诊所上班。孔太太心里立刻有一种石破天惊的感觉，无论如何她要把赌注压在方小姐身上试一试。

孔太太开始催逼令瑶到方小姐家去。但是不管孔太太怎么晓以利害，令瑶依然沉着脸不置一词，逼急了就说，你自己去吧，你能浇花能剪枝，为什么自己不去？我看你的腿脚精神都比我好。一句话呛得孔太太差点背过气去，孔太太边哭边到桌上抓了一把裁衣刀说，你到底去不去？你不去我就死给你看，反正死了也落个省心，一了百了。

令瑶看着母亲发狂的样子不免惊慌失措，连忙放下小说往外面冲，我去，我这就去。令瑶的声音也已经接近哭号了，她把前厅的门狠狠地撞上，忍不住朝门上吐了口唾沫，活见鬼，天晓得，怎么你们惹的事全落到我头上来了？

外面飘着细细的斜雨，天空微微发暗，女佣阿春拿了把伞追到门外想给令瑶，令瑶手一甩把雨伞打掉了。

令瑶在微雨里走着，脸上的泪已经和雨珠凝成一片，现在她觉得自己就像张恨水笔下那受尽凌辱的悲剧女性，心里充满了无限的自怜自爱。方小姐家她是去过的，走过一个街区，从一家布店里走进去就到了。令瑶就这样很突兀地出现在方小姐家里，头发和衣裙被细雨淋透了，略显浮肿的脸上是一种哀怨的楚楚动人的表情。

方小姐却不在家，方小姐的哥哥方先生热情有加地接待了家里的不速之客，那是这个街区有名的风流倜傥的美男子：令瑶记得少女时代的夜梦多次梦见过这个男人，但现在让她湿漉漉地面对他，这几乎是一种报应。

多年不见，孔小姐越来越漂亮了。

令瑶很别扭地坐着以侧面回避方先生的目光，她假装没听到对方的恭维，我来找方小姐，有点急事。令瑶咳嗽了一声，你告诉我她在哪儿，我马上就走。

为什么这样着急？我妹妹不在，找我也一样，一般来说女孩子都不讨厌和我交谈。

我不是来交谈的，请你告诉我方小姐去什么地方了。

陪我父母回浙江老家了，昨天刚走。方先生说着朝令瑶温柔地挤了挤眼睛，然后他开了一个玩笑，什么事这么急？是不是你们合谋杀了人啦？

不开玩笑，你能告诉我她和谁在一起吗？

我说过了，陪我父母走的，当然和他们在一起。

真的和父母在一起？令瑶说。

真的，当然是真的，是我送他们上的火车。方先生突然无声地笑了，他注视着令瑶的侧影说，这一点不奇怪，我妹妹现在还单身呢，能跟谁在一起？方先生掏了一支雪茄叼在嘴上慢慢地点着烟丝，他在烟雾后叹了口气，现在的女孩怪了，为什么不肯嫁人？好像天下的好男人都死光了似的，孔小姐现在也还是独身吧?

令瑶的肩膀莫名地颤了一下,她转过脸有点吃惊地看了看方先生,那张白皙而英俊的脸上洋溢着一种不加掩饰的自得之色。他在居高临下地怜悯我,他在揶揄我,他在嘲弄我,令瑶这样想着身体紧张地绷直了,就像空地上的孤禽提防着猎手的捕杀。他马上就要影射我的狐臭了,令瑶想,假如他也来伤害我,我必须给他一记响亮的耳光。

但是方先生不是令瑶想象的那种人,方先生紧接着说了一番难辨真假的话。我妹妹脾气刁蛮,模样长得又一般,她看上的人看不上她,别人看上她她又看不上别人,自己把自己耽搁了,可是你孔小姐就不同了,门第高贵,人也雅致脱俗,为什么至今还把自己关在父母身边呢?

不谈这个了。令瑶打断了对方的令人尴尬的话题,她站起来整了整半干半湿的衣裙,假如方小姐回来,麻烦你给我拨个电话。

方先主有点失望地把令瑶送到门口,也许他怀有某种真正的企图,这个美勇子的饶舌使令瑶犹如芒刺戳背,在通往布店的狭窄过道里,方先生抢先一步堵着令瑶说了最后一句话,想去青岛海滨游泳吗?

不去,我哪儿也不想去。

为什么? 我们结伴去,再说你的形体很苗条,不怕穿游泳衣的。

令瑶的目光黯淡，穿过方先生的肩头朝外面看，她不想说话，喉咙里却失去控制地滑出一声冷笑。某种悲壮的激情从天而降，它使令瑶先后缓缓举起她的左右双臂，可是我有狐臭。令瑶面无表情，举臂的动作酷似一具木偶，她说，方先生你喜欢这种气味吗？

方先生瞠目结舌地目送令瑶疾步离去，他确实不知道孔家小姐染有这种难言的暗病，同时他也觉得貌似高雅的孔令瑶做出如此举动有点不可思议。

又是一个难眠之夜，庭院里盛开的花朵把浓厚的香气灌进每一个窗口，新置的喷水器已经停止工作，梅林路的孔家一片沉寂，但家里剩下的三个女人都不肯闭眼睡觉。楼下的孔太太躺在床上高一声低一声地呻吟，楼上的令瑶抱着绣枕无休止地啜泣，女佣阿春就只好楼上楼下地跑个不停。

女佣阿春给令瑶端来了洗脸水，正要离开的时候被令瑶叫住了，令瑶向她问了一个奇怪的却又是她期待已久的问题。

狐臭有办法根治吗？

有，怎么没有？女佣阿春在确定她没有听错后响亮地回答，然后她带着一丝欣慰的笑容靠近了令瑶。我早就想告诉你了，可是怕你见怪，不敢先开口说。我老家清水镇上有个老郎中，祖传秘方，专除狐臭，手到病除，不知治好了多少人的暗病。

你带我去，令瑶的脸依然埋在枕头里，她说，明天你就带我去。

女佣阿春看不到令瑶的脸部表情，但她清晰地听见了令瑶沙哑而果决的声音，她相信这是令瑶在春天作出的真正的选择。

孔太太没有阻拦令瑶去清水镇的计划，但令瑶猜得到母亲心里那些谵妄而阴郁的念头，她和女佣阿春带着简单的行李走出家门的时候，孔太太躺在一张藤椅上一动不动，令瑶在门廊那里回头一望，恰恰看见母亲眼里那种绝望的光。令瑶感到一丝轻松，而且在这个瞬间她敏感地意识到春天的家事将在她离去后水落石出了。

在早晨稀薄的阳光里孔太太半睡半醒，她迷迷蒙蒙地看见孔先生的脸像一片锯齿形叶子挂在爬山虎的老藤上，一片片地吐芽，长肥长大，又一片地枯萎、坠落。她迷迷蒙蒙地闻到一股奇怪的血腥气息，微微发甜，它在空气中飘荡着，使满园花草噼噼啪啪地疯长。孔太太在藤椅上痛苦地翻了个身，面对着一丝她最心爱的香水月季，她看见一朵硕大的花苞突然开放，血红血红的花瓣，它形状酷似人脸，酷似孔先生的脸，她看见孔先生的脸淌下无数血红血红的花瓣，剩下一枝枯萎的根茎，就像一具无头的尸首。孔太太突然狂叫了一声，她终于被吓醒了，吓醒孔太太的也许是她的臆想，也许只是她的梦而已。

孔太太跟跄着走到门外，邮差正好来送令丰的信，孔太太就一把抓住邮差的手说，我不要信，我要人，帮我去叫警察局长来，我男人死了，我男人肯定让谁害死了。

人们无从判断孔先生之死与孔家家事的因果关系。凶手是来自城北贫民区的三个少年，他们不认识孔先生。据三个少年后来招认，他们没有想要杀死那个男人，是那个男人手腕上的一块金表迷惑了他们的目光，它在夜色中闪出一圈若隐若现的光泽。孔先生在深夜的梅林路上走走停停，与三个少年逆向而行。他们深夜结伴来梅林路一带游逛，原来的目的不过是想偷取几件晾晒在外面的衣物，为此他们携带了一条带铁钩的绳子，但孔先生孤独而富有的身影使他们改变了主意，他们决定袭击这个夜行者，抢下他腕上那块金表。那个人好像很笨，三个少年对警方说，那个人一点力气也没有，我们用绳子套住他的脖颈，他不知道怎么挣脱，勒了几下他就吐舌头了。三个少年轻易地结束了一个绅士的生命。当时梅林路上夜深人静，三个少年从死者腕上扒下金表后有点害怕，他们决定就近把死者埋起来，于是他们拖着死者在梅林路上寻找空地。最初他们曾想把死者塞进地盖下的下水道里，但孔先生胖了一点，塞不进去。三个少年就商量着把死尸埋在哪家人家的花园里，他们恰巧发现一户人家的大门是虚掩的，悄悄地潜进去，恰巧又发现一个藏匿死尸最适宜的大花垒。那夜孔家人居然没有察觉花园里的动静，孔先生居然在自己的花垒里埋了这么多天，这使人感到孔家之事就像天方夜谭似的令人难以置信，一切都带上天工神斧的痕迹。

至于孔先生深夜踯躅街头的原因人们并不关心，梅林路一带的居民只是对孔太太那天的表现颇有微词。当花垒里的上层被人哗啦啦掘开时，孔太太说了声怪不得那么臭，然后她就昏倒在挖尸人的怀里。过了好久她醒过来，眼睛却望着门廊上的那架爬山虎，围观者又听见孔太太说，怪不得爬山虎长得这么好，这以后孔太太才发出新寡妇女常见的那种惊天动地的恸哭。最后她边哭边说，阿春是聋子吗？把死人埋到家里来她都听不见，让她守着门户，她怎么会听不见？

四月里孔太太曾经预约她熟识的花匠，让他来除去爬山虎移种另一种藤蔓植物茑萝，年轻的花匠不知为何姗姗来迟，花匠到来之时孔太太已经在为孔先生守丧了。

别去动那棵爬山虎，那是我丈夫的遗物。孔太太悲戚地指了指她头上的白绒花，又指了指覆盖了整个门廊的爬山虎藤。她对花匠说，就让它在那儿长着吧。茑萝栽到后面去。

三盏灯

平原上的战争像一只巨大的火球，它的赤色烈焰吞掠过大片的田野、房屋、牲畜和人群，现在它终于朝椒河一带滚过来了。

雀庄的村民们已经陆陆续续地疏散离村。几天来偌大的村庄鸡犬不宁，到处充斥着慌乱和嘈杂的声音，主要是那些女人和孩子。女人们抱着盐罐爬上牛车，突然又想起来要带上腌菜坛子，她们就是这样丢三落四的令人烦躁。而孩子们对这次迁徙的实质漠然不知，他们在牛车离村的前夕仍然玩了一次游戏。娄宽家套车的牛被几个孩子拴住了前腿，娄宽赶车，车不动，路边的老枣树却哗啦啦地摇晃起来。娄宽以为是老牛偷懒，大骂道，你个畜生也敢来闹事呀？啪的一鞭下去，牛就炮了蹶子，娄宽一家人全从牛车上栽了下来。

村长娄祥没说什么，娄祥蹲在地上喝粥，眼睛不时地瞟一下几米开外的茅厕，娄祥最小的儿子还蹲在那儿。娄祥一边喝粥一边说，也没什么给他吃，哪来这么多屎尿？娄祥的女人却性急，在旁边跺着脚喊，你好没好，好没好呢？都什么时候了，你还黏在那缸上！

娄祥一边喝粥一边推了女人一把，让孩子蹲吧，拉光了上路才痛快。娄祥毕竟是个闯过码头见过世面的人，牛车套好了，粮食和箱子都搬上了车，娄祥还慢吞吞地喝完了一大碗粥。吃饱了肚子，娄祥才有力气维持村里混乱的秩序。

慌什么？你慌什么？娄祥突然跳起来，直奔娄福家的牛车，耳朵里长猪屎啦？告诉你们多少遍了，带上粮食就行了，牵那么多牲口干什么，就你们家有猪有羊？人家是来打仗，脑袋都拴在裤腰带上，谁稀罕你的猪你的羊？

娄福仍然将他的大黑猪往车上赶，谁稀罕？娄福气咻咻地说，就是不打仗，我家还少了好几头羊好几只鸡呢。

娄祥刚想骂什么，一转眼看见娄守义一家正喊着号子把他家的衣柜往牛车上搬，不怕把牛压坏啦？这帮人，耳朵都让猪屎堵住了！娄祥这回可真着急了，他挥舞着手里的碗，冲过来冲过去，手里拿着筷子朝这人捅一下，朝那人捅一下，都给我上车，马上走，再不走路上就碰到十三旅，十三旅见人就杀，你们要是不怕就别走啦！娄祥把手里的碗狠狠地砸碎，你们把房子也背上走吧，你们这帮猪脑子的东西！

正午之前最后一批村民离开了雀庄。村长娄祥坐在牛车上隐隐地听见县城方向的枪炮声，别慌，军队离我们还有三十里地呢，娄祥对他一家人说，我们去河西躲一躲，躲个十天半月的就回来了，怕什么呢？打仗可不像种田，稻子一季一季的都得插秧，打仗总有打完的一天。人可不像稻子，割下来还能打谷留种，不管是十三旅还是三十旅，打仗就得死人，人死光了怎么办？仗就不打了，我们就回家啦。

牛车走得很慢，村长娄祥回头望了望雀庄的几十间房屋和几十棵杂树，突然觉得自己丢下了一件什么东西。没丢下什么东西？他问身旁的女人。女人说，把一筐白菜丢下了，你偏不让带。娄祥说，我不是说白菜。娄祥皱着眉头数了数他的一堆儿女，大大小小男男女女的，一共六个，一个也不少。这时候牛车经过村外的河滩地，娄祥看见河滩上的一群鸭子和一间草棚，倏地就想起了养鸭子的扁金。扁金呢，怎么没有捎上扁金？娄祥打了一下自己的额头，我让他们气晕了，怎么没有捎上扁金？

娄祥要回去找扁金，被他女人拉住了。女人说，你以为扁金是傻子？人家早跑了，你没见他把鸭子都丢下啦？就是傻子也知道躲打仗，没准他跑得比你快呢。

娄祥说，扁金满脑子都是猪屎，也差不多是个傻子，扁金没爹没娘的，他要是有个三长两短，别人还不是说我这个村长吗？娄祥说着就从屁股底下拿出铜锣，当当地用力敲了几下，一边敲一边朝前后左右喊着，扁金，扁金，谁看见扁金了？

娄福的儿子在前面说，前天还看见他爬在树上掏鸟窝呢，他不是掏鸟，是掏鸟粪，扁金给他的鸭子喂鸟粪呢。

屁话，说了等于没说。娄祥又扯高嗓门喊了一遍，你们谁看见扁金了？

娄守义的女人在后面说，早晨看见他往河边去了，说是去找鸭子。

这种日子还在找鸭子？他是傻子你也是傻子，你就没告诉他打仗的事？

怎么没告诉他？他说他不怕打仗嘛，他说他后脑勺上也长眼睛嘛，他一定要找他的鸭子。

村长娄祥收起铜锣骂了一声，这个傻子，死了活该。娄祥放眼瞭望冬天的河滩地，视线所及尽是枯黄的芦苇杂草，椒河两岸一片死寂，远远地从河下游又传来了零星的枪声。这种日子谁还会满地里找鸭子呢？娄祥想扁金看来真的是个傻子，扁金若是为了只鸭子挨了子弹，死了也是白死，那也怪不到他的头上啦。

原野上的风渐渐大了，风把淡黄色的阳光一点点地吹走，天空终于变成了铅色。快要下雪了。疏散的人们途经马桥镇时，最初的雪珠泻落下来，不知从哪儿飘来布幔似的雾气，很快弥漫在马桥镇人家的青瓦白墙上。石子路上空无一人，只有一两只野狗在学校里狂吠着，很明显镇上的居民已经疏散了。来自雀庄的牛车第一次畅通无阻地穿过这个小镇，这种情形也使雀庄人散漫的逃难变得紧迫了一些。村长娄祥不断地催促着他的村民，甩鞭呀，让你们的牛走快点，不想挨子弹就走快点吧！

牛车队路过昌记药铺的门口，许多人看见了一个扎着绿头巾的女孩。女孩大约有十二三岁的样子，绿头巾蒙住了大半个脸蛋，只露出一双漆黑的圆圆的眼睛，那双眼睛直视着雀庄疏散的人群，大胆而泼辣。她的寻寻觅觅的目光让人疑惑，她手里提着的两件东西更加让人摸不着头脑。许多人都看见了，女孩的一只手提着一只铁皮油桶，另一只手提着一条鱼。

你是谁家的孩子？跟家里人走散啦？娄祥勒住了牛车招呼药铺门口的女孩，都什么时候了，你还傻站在这儿？上车来吧，你要是不想挨流弹就上车来吧。

女孩摇了摇头，她仍然倚在药铺的杉木门板上，但她的一只脚突然抬起来，脚掌反蹬着药铺的门板，开门，怎么不开门？女孩的声音听上去焦急而尖厉，我要抓药，我娘的药呀！

镇上人早都走光了，你不知道要打仗吗？娄祥在牛车上喊，这种时候谁还到药铺来抓药，你脑子里长的是猪屎吗？没人在怎么开门？

你脑子里才长猪屎。女孩瞪了娄祥一眼，猛地转过身，用手里的铁皮油桶继续撞着药铺的门板，开门，快开开门。

女孩的哭声突然惊雷似的钻进雀庄人的耳朵。女孩一边哭一边对着药铺门上的锁孔大声叫喊着，朱先生你不是人，你怎么不把药挂在门上？你吃了我家多少鱼呀，吃了鱼不给药，你就不是个人。

牛车上的人们一时都惊呆了，他们现在看清了女孩手里的那条鱼。娄祥的儿子大叫起来，是条大黑鱼。但娄祥转身就了儿子一个巴掌，你管它是黑鱼白鱼？娄祥悻悻地说，从来没见过这么傻的女孩子，比扁金还傻，她要抓药就让她去抓药吧，我才不管这份闲事。

娄祥带着雀庄的牛车队继续赶路，空中的雪花已经像棉絮般地飘落下来。雪花其实不是花，它们湿湿地挂在人的棉帽和眉毛上，凝成冰凉的水滴，抹掉了又长出来。娄祥摘下头上的棉帽，掸去上面的雪花，一转脸看见那个扎绿头巾的女孩追上来了。女孩追着娄守义家的牛车跑，女孩跟娄守义的女人说着什么。娄祥听不清，后来他看见她站住了。她站住了，左手提着铁皮油桶，右手拎着那条鱼。娄祥看见漫天的雪花把那个小小的身影与雀庄的牛车隔绝开来，后来铁皮油桶和鱼都看不见了，只看见女孩的绿头巾在风雪中映出一点点绿色。

那女孩跟你说什么？娄祥问娄守义的女人。

她要用鱼跟我换灯油。娄守义的女人说，哪来的灯油呢，这种日子谁还顾上带灯油呢？

她要灯油干什么？娄祥嗤地笑了一声说，从来没见过这么傻的女孩子，灯油？要是挨了子弹白天黑夜还不是一样亮，要灯油干什么？你们说要了灯油干什么？

雀庄的人们在疏散途中愁眉苦脸，没有人乐于说那个陌生女孩的事情。现在他们的耳朵里灌满了风雪的沙沙之声，还有令人心焦的牛铃和车轴的鸣响，除此之外就是东南方向那种凌乱的没有节奏的枪炮声了。

谁都知道，战争中的人们想得最多的还是有关战争的事。

二

鹅毛大雪一朵一朵地落下来，椒河两岸已经是白茫茫的一片了。无论扁金怎么诅咒，大雪还是在扩张它刺眼的白色，大雪纷纷扬扬地落下来，扁金就更加找不到他的鸭子了，这种天气鸭子不肯下河，鸭子要是躲进芦苇丛里，那扁金就休想在天黑以前找到它们了。

丢了三只鸭子，不是丢了，是它们自己离群跑了。扁金手持鸭哨在河滩地上搜寻他的鸭子，手里的鸭哨扫遍了芦苇，干枯的苇絮飞扬起来，混在漫天飞雪里，落满扁金的肩头，但他却看不见三只走失的鸭子。该死的天公，让你下雪你不下，不让你下雪你偏偏下了。扁金诅咒着天公，忽然想起村里人说天公骂不得，谁骂天公谁就会让雷电劈掉半边脸。扁金有点后悔，就拧了把自己的嘴。扁金这么生气，不骂几声心里堵得发慌，后来他就开始骂他的三只走失的鸭子，贱货，不要脸的畜生，就你们长了两只脚，就你们会跑？扁金说，我不信抓不到你们，抓到你们谁也饶不了，一、二、三，全扔开水锅里，烫你们的毛，吃你们的肉，谁也饶不了！

扁金沿着河滩地走出去大约半里地，没有看见一只鸭子的踪影，却看见漫天的雪越下越大，椒河在前面拐了个弯，河汊被折成一个弓形。扁金发现河汊边多长了半亩沙地，有一条捕鱼船泊靠在那里。扁金不是傻子，他知道每年冬天椒河水会瘦下去，瘦到河底就露出这片荒沙地了，但那只捕鱼船却来得奇怪，很少有人到这里来捕鱼的，椒河流到雀庄水里就只剩下些小鱼小虾了，只够喂扁金的鸭群。扁金不喜欢在雀庄的地盘上看见捕鱼船。扁金觉得这条又破又旧的捕鱼船来得真是奇怪。

喂，看见鸭子了吗？扁金一边喊一边朝捕鱼船走去，他用鸭哨捅了捅船篷，没听见任何回应。人上哪儿去了？让鱼虾吞到肚子里去了？扁金嘀咕着跳到船上去，船剧烈地摇晃起来，扁金就一把抱住了大橹。这是什么鬼船？晃得这么厉害。扁金好不容易站稳了，一转眼看见篷顶上站着两只鱼鹰。两只鱼鹰扑扇着翅膀，抖落了羽毛上的雪花，它们红色的明亮的眼睛充满威胁的意味。这让扁金有点惊慌，扁金说，你们盯着我干什么？想咬我呀？你们是什么鬼东西？这么黑这么难看。两只鱼鹰像人一样转了个身，扁金就拿着鸭哨在一只鱼鹰的脚上撩了一下，这是一次试探。那只鱼鹰却猛地张开双翅跳进了河水，紧接着另一只鱼鹰也跳下去了。扁金松了口气，他说，什么鬼东西，还想来咬我？

从船舱里突然传来了一种微弱的声音，好像是一个女人。扁金掀开草帘，舱内暗沉沉的，一股大蒜和鱼腥混合的气味扑鼻而来。扁金只能看见那个女人苍白的脸和蓬乱的头发，它们几乎埋在一堆破棉絮里。

别去惹我的鱼鹰，它们会咬人。女人说。

你说什么呢？我听不清。扁金蹲在那里，但他的脑袋好奇地探进了舱内。扁金说，你快死了吗，你说话怎么像死人一样有气无力的？

别去惹鱼鹰，会咬人。女人说。

我没惹它们，是它们想惹我。扁金说，我才不会惹那两个鬼东西，我是来找鸭子的，喂，你看见我的鸭子了吗？

看不见了，我的眼睛坏了，什么也看不见。女人的声音听上去仍然很微弱。

你是个瞎子？呃，瞎子怎么还在河上捕鱼？扁金说，你是瞎子怎么把船摇到这里来的？这里要打仗啦，人都跑光了，你来干什么？告诉你，人都长着眼睛子弹可不长眼睛，告诉你吧，我前几天去马桥镇卖鸭蛋，看着肉铺掌柜的女儿给流弹打死了。那女孩还在吃棒棒糖呢，一蹦一跳的，砰的一声就扑在地上了，那女孩嘴里还咬着棒棒糖呢。

船舱里的女人不再说话，女人不说话的时候，喉咙里仍然发出一种声音，很浑浊的，像是在喘气，也像是呜咽。

他们都跑光了，吓得都尿了裤子。扁金说，告诉你吧，子弹不长眼睛，可我扁金后脑勺上也长眼睛，我才不会让子弹打到我头上。

船舱里的女人不再说话，她似乎是没有力气说话了。她没有力气说话，但扁金觉得她的喉咙像一架纺车纺出一种单调而固执的声音，碗儿……小……碗……碗儿。

你要一只碗？扁金说，你不要碗？我猜你也不要碗，没有吃的要碗干什么？不过人要是没有吃的迟早会饿死，我扁金却饿不死，没有米吃我就吃鸭蛋。扁金说到鸭蛋人便突然跳了起来，鸭子！我得去找鸭子了，我哪有闲工夫跟你说话呀？扁金说着急急忙忙地下了船，下了船回头一望，恰巧看见两只黑鱼鹰从水中钻出来，它们的嘴里各自咬住了一条小鱼。扁金顿时有一种愠意，他觉得它们抢走了鸭子的食物。你们是什么鬼东西？扁金挥起鸭哨朝它们打去，嘴里高声叫道，放下，放下，不准你们吃这里的鱼。

就在这时，雪地里响起了一串细碎急促的脚步声，扁金看见一个扎绿头巾的女孩朝自己疯狂地奔来，女孩眼睛里的愤怒之光使扁金感到一丝紧张。你要干什么？扁金横过鸭哨杆挡住自己的身体，他说，我没干什么，你要干什么？

女孩像一头小母牛似的朝扁金撞过来，她挥起左手那条鱼打了扁金一下，又将右手的铁皮油桶砸向扁金。扁金慌忙之中用他的鸭哨挡住了几下，听见极其清脆的噼啪一声，他的鸭哨被拦腰截断了。

你疯啦？你是个傻子吗？扁金大叫起来，你把我的鸭哨杆子弄断了，要你赔！

女孩拉住扁金的鸭哨不放，扁金以为她会骂人，但女孩只是用她的黑眼睛瞪着他。

你瞪着我干什么，想吃了我？扁金说。

女孩松开了手，但那只小手不依不饶，几乎是在眨眼之间，扁金脸上被她重重地掐了一把。你掐我干什么？扁金说，你把我的鸭哨杆子弄断了，你要赔，赔不出来给我一条鱼也行。女孩已经跳到了捕鱼船上，女孩一上船就呜呜地大哭起来，那种凄厉的突如其来的哭声同样让扁金觉得茫然。扁金凑近了船舱听那女孩的哭声，掐了我你还哭？你还占理啦？扁金嘀咕着，但女孩渐渐把扁金的心哭乱了，扁金摸不着头脑。他说，哭什么呢？我不要你赔鸭哨了，我不要你的鱼了，你还哭什么呢？扁金又想会不会是舱里那个女人咽气了？他透过草帘子朝里面张望，看见那母女俩抱在一起，女人并没有死，她的脸色虽然比雪还要白，但她的嘴唇还在动呢。扁金摇着头说，人还活着嘛，又没死人，你哭什么呢？哭得人心里难受。

人与船都在雪中，大雪未有停歇的迹象，椒河上空的天色其实已经被大雪染得灰白不清了。扁金又想起了那三只走失的鸭子，于是对着捕鱼船喊，喂，那女孩，我说你别哭了，你看见我的鸭子了吗？

那女孩——扁金后来才知道那女孩就是小碗，原来碗儿是那女孩的名字。

三

大雪封门。大雪封住了一座空荡荡的村庄。从河滩通往娄氏祠堂的土路已经被积雪所覆盖，村里人抛下的几只鸡几只兔子都在圈栏里与柴草为伴，雪地上唯一的人迹是养鸭人扁金的脚印。

扁金的脚印杂乱地铺在许多人家的门前窗后，更多是嵌在人家的鸡窝或猪厩门口。两天来扁金一直在找那三只走失的鸭子。他想鸭子又不是麻雀，鸭子不会飞走的，它们能跑到哪里去呢？扁金的脚印有时一直踩到别人家的房顶上，偌大的村庄看不见一个人影，也就没有人来阻止扁金越轨的行为。假如现在娄福看见了扁金，他的鼻子一定会被气歪的，现在扁金就站在娄福家新盖的大瓦房顶上。

扁金手搭前额朝四周瞭望，到处都是白茫茫的，村里村外一片死寂。扁金知道一村人都跑光了，就剩他一个。扁金想剩下他一个人才好，要不他怎么敢爬上娄福家的房顶呢？扁金听见娄福的新瓦在他脚底下咯吱咯吱地响，那是娄福家的新瓦，扁金一点也不心疼。他想起娄福平日挂着一只怀表在村里走来走去的模样，心里就很生气，娄福从来不搭理他，娄福的女人也总是斜着眼睛看他。娄福家有钱有地还有新瓦房，可他们就不如村长娄祥，村长还常常从自家地里挖几只红薯给他呢，娄福是未出五服的血亲，可他连一根针也舍不得送他。扁金突然压抑不住一股怒火，他走近烟囱，朝里面塞进去一片瓦，那片瓦卡在烟囱里了，扁金想象着娄福家浓烟倒灌的景象，想象着娄福吹胡子瞪眼睛的样子，嘴里便咯咯地笑出了声。

椒河上游的那座岗楼是扁金无意中发现的，扁金并不知道那是战争的特殊建筑，他以为是砖窑。他想花村什么时候有了砖窑呢，他竟然一点也不知道。雪晴后的阳光非常刺眼。扁金脑袋转了一圈，后来他就看见了河滩边的那只捕鱼船，白雪盖住了船篷，船远远地望去更显单薄破败了，但扁金看见了女孩小小的身影，她的绿头巾像一片树叶在他视线里飘来飘去的，他不知道女孩在干什么。过了一会儿，他看见了船头上的那堆红火，也许捕鱼船的母女俩在生火煮饭了。别人家的饭锅总是让扁金饥肠辘辘，他从不喜欢看别人煮饭，但现在不同了，捕鱼船上的那堆红火使扁金感到某种莫名的安慰。不知为什么，他看见那堆红火心里就不再那么冷清了。

空寂的村庄没有人迹。没有人才好呢。扁金告诉自己这是他从小到大最自由的时光。扁金的嘴里发出一串快乐的呼啸声，他支开双脚像鸭子一样走了一程，又伸出双臂像水鸟一样飞了一程。扁金发现他的脚已经踩在王寡妇的菜园里。他想起去年他的鸭子跑进王寡妇的菜园，王寡妇横眉竖目骂得多么难听，她还放狗咬他的鸭子，那条恶狗竟然咬了一嘴鸭毛！那女人不是东西，她心疼自己的菜园，那我就不心疼自己的鸭子吗？扁金抓过一根树棍砍击着菜园里的萝卜秧子，但砍了几下就把树棍扔掉了。他想起王寡妇是个寡妇，村里人都说她可怜，再说他扁金堂堂男子汉，不该跟妇道人家一般见识的。

扁金翻过菜园的篱笆，跳进了娄守义家的院子，娄守义家的院子堆满了柴草和坛坛罐罐，扁金几乎一眼就看见柴堆上一摊干结的鸭屎。扁金的目光发直，脸却慢慢地白了。他知道娄守义家不养鸭子只养鸡，而鸭屎与鸡屎就是变成灰他也能区分出来。扁金呼呼地喘着粗气，在院子里转了一圈，这个杂乱的院子里塞满了破烂，扁金就把所有的破烂挪了窝，没有看见鸭子，但他看见一只破篮从柴堆中滚落下来，一大堆棕黑相间的鸭毛从篮子里滚到扁金的脚边，一大堆松软而温暖的鸭毛洒着许多猩红的血珠。扁金的脑袋嗡地响了一下，扁金的肺砰地爆炸了。娄守义家吃了我的鸭子！吃了我的鸭子，我的鸭子，三只鸭子！扁金捧起那堆鸭毛，他看见那堆鸭毛抖个不停，他知道鸭毛是不会发抖的，是他的手在发抖。扁金捧着那堆鸭毛不知拿它们怎么办，娄守义偷吃了我的鸭子！过了好一会，扁金突然狂叫了一声，他听见自己凄厉的声音在村庄上空回荡，没有人会听见他的叫声。

扁金坐在娄守义家的院子里，他知道自己的屁股埋在一堆积雪中，但他站不起来。他想弄明白娄守义家什么时候偷走了他的三只鸭子。昨天还在村外看见娄守义的女人呢，昨天那女人还笑眯眯地跟他说话呢。她还说，鸭子丢不了的，你别找啦，它们明天自己就回棚了。这个不要脸的馋嘴女人！扁金的牙齿咬得咯咯响，这个不要脸的馋嘴的一家人！他们舍不得宰自己的鸡杀自己的羊，却把我扁金的鸭子偷吃啦！

报复的念头来得突然而猛烈，扁金把手里的鸭毛一点点地撒在地上，身子像一个爆竹从地上蹿了起来。还我的鸭子！扁金大叫着抓起一只鸡食盆，用力摔在地上。还我的鸭子！扁金又抱起一只水坛砸成了碎片。这么砸掉了所有的坛坛罐罐，扁金的怒火未见一丝的消退。他突然意识到砸坏的东西本来就是破烂，它们不能补偿三只活蹦乱跳的鸭子，要是娄守义家的猪羊还在就好了，但他们大概带走了所有的牲畜。扁金抬起头绝望地瞪着天空，天空其实没什么可看的，昨天下雪时阴沉着脸，今天雪停了天也就蓝了，蓝得刺人眼睛，就像娄守义女人身上穿的蓝棉袄，刺人眼睛。扁金的视线绝望地下沉，掠过娄守义家的屋顶，屋顶下的一条绳子在风中晃来荡去的，有一只干辣椒还孤单地挂在绳上。扁金跳起来摘下那唯一的干辣椒，放在嘴里狠狠地咬了一口，然后他看见了娄守义家门上的春联，春联的红纸黑字都完好无损。扁金不认识字，但他猜出那是什么五谷丰登六畜兴旺的意思。让你丰登让你兴旺，扁金这么叫喊着就去撞娄守义家的门。

娄守义家的门和门的铁锁都很结实，怎么撞还是结结实实的；如此结实的门和锁让扁金添了一丝新的愤怒，让你的门结实去，让你的锁结实去！扁金灵机一动，他绕到房后，跳上了猪厩的顶棚，然后便异常轻松地爬上了娄守义家的房顶。

你知道娄守义家也是瓦房，雀庄的人们所谈论的六间大瓦房之一，娄守义家房顶的两个檐头还雕着龙凤图案呢。你知道娄福就为了和娄守义赌一口气，才盖起了雀庄最高最大的新瓦房。但是现在扁金跳上去了。扁金怒发冲冠，现在就是让娄守义一家九口人跪在地上哭，就是赔给扁金三百只鸭子也没用了。扁金才不管盖一座瓦房是多么不易，他要毁掉娄守义家的大瓦房了。

扁金用房顶上的磨盘做了帮手，他推着磨盘在房顶上滚了几遍，那些青瓦就发出一串清脆的碎裂声。扁金怒发冲冠，就是那些青瓦都像女人一样哭闹起来也没用了。扁金干脆就坐在房顶上乒乒乓乓地敲打起来，直到把娄守义家的房顶敲出一个大窟窿，一个很大的大窟窿。

是一颗呼啸而过的子弹惊醒了扁金，子弹不知从何处飞来，但它似乎是冲着他射来的。扁金吓了一跳，扔下磨盘就跑。扁金扒住屋檐朝四周环视了一圈，他看见北面的官道上有一列军队通过，大约有三百多号人，带着枪炮辎重过来了。扁金看见几个士兵半跪在河沟边，他们手里的枪管明白无误地指向他，指向娄守义家的这间房子。

扁金吓坏了，他从娄守义家的房顶摔到猪厩棚上，又从猪厩棚上滚到地上。子弹，子弹，扁金尖叫了两声就跑到了村巷里，兵来了，打仗啦！扁金沿途拍打着各家各户的门窗，手都拍疼了才想起村里人都跑光了，就剩下他一个人了。这时候扁金真正感到了恐惧，而且他的裤带不知怎么断了。扁金提着裤子在村里狂奔，他想去鸭棚圈好他的那群鸭子，他朝河滩地跑了一段路又折回来了。他想现在我不能去管鸭子了，现在我还去找鸭子我不成了傻子吗？他想他得躲起来，找一个好地方躲起来，不能让子弹飞到他身上来。

扁金拾起王寡妇家窗台上的一口破铁锅，他把破铁锅顶在头上，一直跑进了村长娄祥家。扁金选择村长家作为藏身之处最自然不过了，扁金想不出还有什么地方比村长家更安全了。

起初扁金钻在灶边的草堆里，扁金不知道那支军队会不会进村，也不知道刚才他们为什么瞄准他放了那一枪。上人家的房顶揭人家的瓦当然不好，可这碍着他们了吗？再说他们怎么会知道娄守义家偷吃了他三只鸭子？扁金侧耳倾听着村里的动静，村巷里一片死寂，他们好像还没有进村，从河滩那边却隐隐地传来了鸭群的叫声。扁金的心一下就提起来了，鸭子，我的可怜的鸭子，他们一定有人闯进鸭棚了，他们会抓走我的鸭子吗？鸭群的叫声像刀子一样割着扁金的心，扁金的心很疼，眼泪就一滴一滴地流了出来。你们打你们的仗，我才不管，可你们怎么能打我的鸭子，你们要是打我那些鸭子我就饶不了你们。扁金一生气就从草堆里钻了出来，扁金刚从草堆里钻出来就听见了村巷里的那串杂沓的脚步声。

左邻右舍的门都被撞开了，村长家的木窗被什么东西哐地敲掉了半扇，窗口伸进来两根黑漆漆的枪管，枪管上还带着锃亮的刺刀。扁金目瞪口呆，他想钻回草堆里，但身体突然不能动弹。他想这回他要死了，子弹就要朝他脑门上飞过来了。但奇怪的是那两根枪管突然缩回去了，然后他听见了士兵们的一番莫名其妙的谈话。

别搜了，赶紧撤出雀庄。一个士兵的声音说。

那人不是十三旅的探子？另一个士兵说。

我说过那人不会是探子，大概是个傻子，雀庄这一带有

119

很多傻子。第三个声音说。

外面士兵们的这番谈话后来一直让扁金纳闷，扁金猜不出十三旅的探子是什么意思，但不管怎么他要感激那第一个士兵。士兵们的子弹不长眼睛。扁金唯一痛恨的是那第三个声音，傻子，傻子，谁是傻子？难道我是傻子吗？扁金蹑足走到门后偷听，他听见士兵们朝村口去了，傻子？你才是傻子呢。扁金就冲着门外低声骂了一句。扁金惊魂甫定，十三旅的探子是什么意思？他怎么也捉摸不透，但扁金隐隐地觉得自己闯下了大祸，他相信那群士兵是在搜寻自己。他们要是搜到我会怎么样？扁金的眼前，倏地浮现出县城城门口悬挂的一颗人头，他们会割下我的头示众吗？扁金这样想着，脖子上觉得又痒又冷，伸手一摸，是几根干草黏在脖子上。扁金抱住自己的脑袋摇晃了几下，脑袋还长在脖子上，但是一种劫后余生的虚弱使他两腿发软，跌坐在墙边的棺材上。

那是村长娄祥为他母亲准备的寿材，是整个雀庄最好最大的一口棺材。就像娄福家的大瓦房名冠雀庄一样，村长家的这口棺材让所有的老人歆羡不已。假如你看见那被无数老人的手摸得油光锃亮的棺盖，你就会知道了，那是一口多么好的棺材。现在扁金的手就在棺盖上一遍遍地滑过，扁金突然发现了一个最安全最舒适的藏身之处。在开启棺盖以前，他想起了村长娄祥的两只大手，他的两只手真是大如铁耙，它们要是拧住你的耳朵，你的耳朵就会疼上三天。村长娄祥是扁金最敬畏的人，但扁金现在顾不上许多了，他决定把自己藏在棺材里。

四

棺材里很暖和，扁金从来没有想到棺材里会这么暖和，更让他喜出望外的是棺材里竟然贮存了半棺稻米和红薯。当扁金合上棺盖时，一股粮食与木材的清香包围了他，饥肠辘辘的扁金几乎产生了醉酒的感觉。为了防止自己闷死在棺材里，扁金很机智地用一块柴火架在棺盖下。这样扁金仍然能看见一条狭窄而笔直的光带，那其实是冬日午后的阳光，它从村长家的木窗里透过来。虽然很淡很薄，但扁金在棺材里因此格外地安心了。

扁金一口气吃了六块红薯，吃红薯的时候，他想起了自己的鸭子，心里充满了愧意，我在这里吃得肚子发胀，那些鸭子却不知怎么样了。他想鸭子们现在要是活着，肯定是在等他去喂食，可他却不敢回去，鸭子怎么会知道他的危险呢？士兵，子弹，打仗，鸭子怎么会知道这些呢？它们有事没事只会嘎嘎地叫。扁金想着他的鸭子，眼皮却沉沉地耷拉下来。他用双手抓住自己的眼皮不让它们耷拉下来，他提醒自己现在不是睡觉的时候，但或许是肚子吃得太饱了，或许粮食和木材的清香催人入眠，扁金还是睡着了。

扁金在雀庄战役的前夕，睡了一个好觉。他睡着的时

121

候，有一只老鼠从棺盖下的空缝里钻进来，异常大胆地舔掉了他嘴角上的几星红薯渣子，扁金一点也不知道。

扁金后来是被窗上的声音惊醒的。他听见有人在村长家外面推那扇北窗，起初扁金以为是那群士兵又回来抓他了，他听见自己的心跳得像大槌击鼓。他脑子里闪过他的鸭群，假如他难逃一死，还不如回到河滩去，与他的鸭子死在一起。窗子吱吱地响着，那个推窗子的人似乎显得很胆怯，那个人不像是荷枪实弹的士兵。扁金想假如是士兵，不会像小偷一样慢慢地推窗子的，小偷，肯定是个偷贼。扁金轻轻地掀开棺盖，然后他就看见了一张贴在窗格上的脸，准确地说是被绿头巾蒙去一半的脸，是一双惊惶而明亮的眼睛。

是捕鱼船上的那个女孩。扁金不知道她推村长家的窗子干什么，他张大了嘴，看见那扇木窗的边榫终于裂开，女孩的绿头巾先钻进来，钻进来又缩回去了，一件什么东西扔进窗内。扁金认出来是一条大鱼，就是那条大黑鱼。接着是哐啷一声，那只铁皮油桶被女孩扔进来了，铁皮油桶恰巧落在棺材的旁边。

扁金不知道女孩为什么爬村长家的窗子，扁金想村长家没有人，村里没有人，他理应把那些偷贼撵出雀庄。于是他突然从棺材里站了起来，他知道从棺材里站起来很吓人，但他不管这些。女孩刚从窗口爬进来，被扁金吓得跳了起来。

女孩倚在墙上，一只手抖索着去抓一根树棍，你是鬼吗？女孩乌黑的眼睛直直地盯住扁金，她尖叫道，你别过来，你过来我就打你。

扁金嘻地笑了，他张开嘴斜着眼睛扮了个鬼脸，他说，我就是一个鬼，你是个贼，你原来是个小女贼呀？

你不是鬼，你是那个傻子。女孩突然看清了扁金的面目。她松了一口气，扔掉了手里的树棍。女孩说，你不是在河滩上放鸭子的吗？你怎么跑到棺材里去了？吓死我啦！

扁金觉得女孩把他的问题抢去了，他有点生气，就瞪着眼睛说，那你呢，你不在船上待着跑村长家干什么？你想偷东西吧。

你才想偷东西呢，我想跟谁家换点灯油。女孩俯下身子拾起地上的那条鱼，说，我才不偷呢，我要是在谁家找到灯油，就把这条鱼留在谁家，你知道这家的灯油放在哪儿吗？

我不知道灯油，外面在打仗，你还在找什么灯油？扁金说，找灯油干什么？

不告诉你，你要是帮我找到灯油就告诉你。

我才不帮你找灯油呢，你把我也当贼啦？

我不是贼，我是船上的小碗！女孩从灶上拿起一只缺了口的碗说，看见了吗，我就叫这个名字。

你叫一只碗？扁金嘻嘻地笑起来。

不叫一只碗，我叫小碗，我娘这么叫我的。

你骗我，人怎么能叫个大碗小碗呢？你把我当傻子，你把我当傻子我可不饶你。扁金逼近了女孩，朝她晃了晃拳头说，别骗我，你到底叫什么名字？

骗你我就是小狗。女孩一猫腰，从扁金的肘下逃出来，女孩急得快哭出来了，急死我了，女孩叫起来，我没心思跟你说话，我要找到灯油，找不到灯油我娘要死的。

我知道灯油放在哪儿。扁金仍然追在女孩身后，说，我帮你找到灯油，不过你得告诉我找灯油干什么，你娘喝了灯油就不会死了？

不是喝，是点桅灯，点三盏桅灯。女孩冲着扁金大叫起来，告诉你了你也不懂，你活像个傻子，你不帮我找灯油，光知道问这问那的，你不是傻子是什么？

扁金愤怒地瞪着女孩，女孩的黑眼睛也毫不示弱地瞪着扁金，但女孩突然扭过脸呜呜地哭了。急死我了，女孩一边抽泣一边说，你帮我找找吧，你帮我找到灯油我给你熬鱼汤喝，我再也不骂你傻子了。

我不爱喝鱼汤，鸭子才爱那腥味呢。扁金气咻咻地说，不准你骂我是傻子，骂别人傻子的人自己才是傻子。

但扁金见不得别人的眼泪，别人一流泪他的鼻子就会发酸，胸口就堵得发慌。所以扁金后来就在村长家里找灯油。他记得村长家夜里的灯点得很亮，村长家肯定存着灯油。扁金后来壮着胆子钻到村长夫妇睡的大床底下，果然找到了一桶灯油。扁金记得女孩伸出食指在桶盖上蘸了蘸放进嘴里，是火油，这油点灯可亮啦！女孩高兴地叫起来，她把村长娄祥家的灯油灌到自己的铁皮油桶里。灌了一半，她有点犹豫起来，她说，你说一条大黑鱼换多少油才公平，我不该再灌了吧？

扁金摇了摇头说，村长是个好人，反正他也不在家，你爱灌多少就灌多少吧。

女孩后来提着油桶匆匆离开了村长娄祥的家。女孩跑出去没多远，扁金也跟了出去，扁金顶着一口破铁锅站在村巷里，朝四处警惕地张望了一番。女孩回过头，看见扁金头上的破铁锅就扑哧笑了。

你跟着我干什么？女孩站住了。她说，我要回去挂灯，要挂三盏灯呢！

谁跟着你啦？我去看我的鸭子，扁金说，你刚才听见鸭子叫了吗？那帮鸭子肯定饿坏了，你们船上有小鱼烂虾吗，有螺蛳什么的也行。

有一篓泥鳅，可我得喂我家的鱼鹰呀。女孩歪着脑袋想了想，又说，你帮了我我也得帮你，我分一半泥鳅给你吧，你跟我来拿。

现在可不敢乱跑，扁金仍然朝四周张望着说，你不知道在打仗吗？子弹可是不长眼睛的，除非你跟我一样后脑勺也长着眼睛，才能躲过子弹。扁金突然又想起那几个士兵的谈话，你知道十三旅的探子吗？扁金问女孩道，探子是什么意思，我就是十三旅的探子吗？

女孩没有听见扁金说什么，女孩提着铁皮油桶飞奔如兔，不一会就消失在暮色里。扁金眺望着那个小小的背影远去，女孩的绿头巾最后消融在椒河的水光里。扁金闻到了女孩沿路挥洒的一股特殊的气味，是灯油、鱼腥和一种说不出的清香混合的气味，它在雪后清冽的空气中久久不散。扁金突然觉得和女孩待在一起比一个人好，一个人走在空空荡荡的雀庄，这种滋味让扁金感到莫名的心慌。

那是著名的雀庄战役打响前的一个黄昏，五里地以外的花村岗楼上，有哨兵监视着战区范围内的动静。哨兵用望远镜发现了一个奇怪的人，那个人顶着一口铁锅在河滩地上东张西望，后来消失在一大群鸭子中间，当然哨兵也看见了更远的地方泊了一条打鱼船。

显而易见，那个人那条船都是令人生疑的。

五

扁金抱着一只鸭子坐在鸭棚里生气。你看看这只可怜的鸭子吧，它的脖颈被人扭成一个麻花，垂在翅膀下面，看上去就像一个无头的怪物。扁金一眼就在鸭群里看见了它，它跌跌撞撞地朝扁金扑来，扁金能听出那只鸭子不是在叫，它是在号哭，受到惊吓的鸭子就是这样向主人号哭的。扁金急忙解开了鸭子的脖颈，但它却无法挺直了，它像一截枯断的树枝往下垂，鸭喙软软地贴着扁金的手掌。扁金的心都碎了，他觉得自己的脖颈也被几只手扭过来扭过去，扭成了一个麻花，他觉得自己的脖颈也无法挺直了。扁金垂着脑袋坐在鸭棚里生气，他恨死了那群士兵，他们仗着有枪有刀就随便欺负人，欺负了人还欺负鸭子。我没有惹他们，我的鸭子也没有惹他们，他们这么欺负人不就像一群野狗吗？野狗才会这样乱咬乱吠呢，野狗才追着鸭子不放呢。扁金想他是没法找到那个该死的士兵了，去问鸭子吧，鸭子又不会说话，鸭子说了话他也没办法。他们有枪，枪里有子弹，子弹朝你脑门上飞过来你就死了，你就什么办法也没了。

扁金什么办法也没有，正因为什么办法也没有，扁金才这么生气。鸭子们不知道主人正在生气，它们大概饿了，它们围住主人嘎嘎地叫成一片。扁金真是烦透了，扁金突然冲着鸭子怒吼起来，你们再敢叫——你们再敢叫——怎么，还在叫呀？要打仗了你们知道吗？

鸭子不听扁金的话，扁金一赌气冲出了鸭群，他要让它们后悔。扁金跑出去一段路，听见鸭子还在嘎嘎乱叫，气得跺了脚说，你们也是野狗吗，野狗才这样乱叫呢，你们什么也不懂，我凭什么要陪着你们担惊受怕，你们叫吧，你们饿死我也不管了，我再也不管你们啦。

扁金想吓住他的鸭子，但他的怒吼声首先把自己吓住了，这么大的声音会不会引来那群士兵呢？扁金又害怕又愤怒，他就用手指捏住自己的双唇往椒河的河汊跑。鸭子不知道主人为什么往椒河的河汊跑，只有扁金自己知道，他记得打鱼船上的女孩的许诺，他要为不听话的鸭子弄回半篓泥鳅来。

椒河两岸沉浸在冬日暮色里，风把芦苇上的积雪吹下来，风把枯萎的芦花也吹下来了，所以你分不清满天飘飞的是积雪还是芦花，而河流尽头的落日若有若无，你看着它一点点地沉下去了，可你知道落日到底沉到哪儿去了呢？你知道养鸭人扁金现在不该沿着椒河奔跑，可谁会知道他为什么沿着椒河奔跑呢？

扁金看见了河汊里的打鱼船，看见了打鱼船，也就看见了船上的三盏灯。三盏灯挂在船桅上，一盏比一盏高，一盏比一盏亮。扁金惊喜地叫了一声，三盏灯！扁金记得女孩说过要在船上挂起三盏灯，但三盏灯真的挂在船上时他却把它们当成了奇迹。

女孩的脸从船舱里探出来，三盏灯的灯光一齐映在她的脸上，照亮了她的笑容，也照亮了她脸上的所有油污。女孩对扁金说，我就知道你会来，我把半篓泥鳅给你留下了，你看见那篓子了吗？我替你挂在水里了。

扁金提起了水里的鱼篓，扁金的眼睛却盯着那三盏灯看，他说，三盏灯就是比一盏灯亮，没有太阳那么亮，可比月亮亮多了。扁金转过脸仰望西天上的月亮，西天上涌动着暗红的云彩，月亮还没有钻出云彩。月亮还没出来呢，扁金说，还能看见呢，这么早点灯不费灯油吗？

娘让我点的，女孩说，你别来管我家的事，我家的事你们谁也不懂。

点就点了，为什么要点三盏灯呢，你娘不吝惜灯油吗？

娘让我点三盏灯，三盏灯是有意思的，可我不告诉你，告诉你你也不懂。女孩抿嘴一笑，竖起一根手指咬在嘴里说，让你猜，让你猜也猜不出来。

鱼，点三盏灯肯定是引鱼的。扁金想了想说，我懂你们打鱼的门道，蛾子喜欢扑灯，鱼也一样，哪儿有灯就往哪儿游。

我就知道你猜不出来。再猜，看你是不是傻子。女孩嗤地一笑，我娘也说你像个傻子。

你才是傻子！扁金的脸幡然变色，傻子才不吝惜灯油，傻子才一口气点三盏灯。扁金突然跳到船上，回过头对女孩说，你再骂我一声傻子，我就把三盏灯摘下来，我就把灯油倒回村长家的油桶里去。

女孩慌了，女孩几乎是扑上来抱住扁金的胳膊，你别生气，我再也不逗你玩了。女孩尖叫着，你别摘灯，摘下灯娘会死的！

扁金放下了手，扁金以一种得胜的姿态坐到船头上，他说，你又在逗我，三盏灯难道可以当灵丹妙药吃吗？阎王爷在他的小本本上勾掉你娘的名字，你娘就死了，死了就进棺材了，进了棺材就出不来了，三盏灯有什么用？就是九盏灯也没用！

你们谁也不懂我们家的事。女孩踮起脚尖，重新挂好了顶端那盏灯。女孩说，没有三盏灯，爹就找不到我们的船了，爹这次要是再找不到我们的船，娘就会死，这是命，你不懂的。

你爹在哪儿？在河里？难道你爹是一条鱼吗？

不是鱼，你这个傻子！女孩一生气就忘了刚才的誓约，她的乌黑的眼睛怒视着扁金，爹在十三旅当兵，他有许多枪，你要再撒泼，我就让爹一枪打死你！

十三旅什么？扁金这次没有发作，他听见女孩嘴里蹦出了十三旅这个字眼，十三旅？你说什么十三旅？是十三旅的探子吧？扁金说，你别吓唬我，我可知道十三旅的探子是怎么回事，你爹不是什么兵，跟我一样，他肯定也是专门爬人家的房顶的。他哪来什么枪，整天爬在房顶上，说不定什么时候就挨了子弹。

你才爬人家的房顶，你才会挨子弹呢！女孩的脸已经涨得通红，女孩拿了根竹竿朝扁金晃了晃。扁金以为她要打人，就闪了闪身子，但女孩却拿着竹竿在水面拍打起来，扁金不知道她在干什么。直到两只黑鱼鹰倏地钻出水面，直到女孩把食指含在嘴里吹出一声响亮的嗯哨，扁金才意识到来自打鱼船的危险，他知道打鱼船上的女孩这次是真的气急了。

咬他，咬这个傻子一口，咬他两口，咬他三口。女孩的声音中已经没有了稚气和羞怯，她的黑眼睛里有一滴晶莹的泪珠。正是这滴泪珠使扁金怦然心动，扁金跳下打鱼船后，忍不住回头去看那滴泪珠。你怎么啦，我没欺负你，是你骂我傻子，你还让那两只鬼鱼鹰咬我，扁金一边逃一边叫，我没哭你怎么哭了呢？

扁金不知道女孩为什么这么愤怒，怪不得她会叫个小碗呢。她的脸也像七月的天气一样怪，说变就变。扁金想他并没有说错什么话，十三旅的探子就是爬在房顶上的，十三旅的探子就是会挨子弹的，否则那群士兵怎么会在雀庄挨门逐户地搜他呢？扁金跑了一段路，忽然想起他忘了拿半篓泥鳅，他不能空手回去，现在不敢下河捞螺蛳，鸭子再饿上一天也许就下不了蛋啦。为了鸭子，扁金就硬着头皮返回去了。他想他不怕那两只鱼鹰，鱼才怕它们呢，它们会咬人，人就不会咬鱼鹰吗？

你得把半篓泥鳅还给我，答应我的事不能反悔。扁金站在船下喊，你要是让鱼鹰咬我，那我也咬它们，看谁咬死谁！

船篷上的草帘子动了动，女孩的绿头巾闪了一下又缩回去了。女孩不理睬扁金，扁金就自己搜寻着鱼篓。扁金知道他找不到什么，他的目光忍不住地往上升，看船桅上的三盏灯。天快黑透了，扁金发现那三盏灯越来越亮了。

把半篓泥鳅还给我，你给了我就是我的泥鳅了，你不能把它藏起来。扁金抓住船舷，一下一下地摇晃着船，泥鳅换灯油，你不能反悔！

舱里传来了那个垂死的女人的声音，小碗，小碗。女孩仍然躲在舱里沉默着，扁金不知道她在想什么。你没听见你娘在叫你吗？叫你把泥鳅还给我，扁金敲着船舷，一边仰望着船桅上的三盏灯，他说，没有我你哪来的灯油？没有灯油你怎么点三盏灯？扁金已经想好了下面威胁性的措辞，但那只鱼篓突然从舱里飞出来，掉在扁金的脚下。扁金就拾起了鱼篓，我可没说要摘三盏灯，他抬头又看了看三盏灯，嘴里嘀咕，让它们挂着吧，浪费灯油是你们的事，不关我的事。

扁金记得突如其来的枪声是从河对岸的树林里传来的，他能感觉到密集的子弹穿越河面，挟起风声和烟雾。扁金下意识地去找他的破铁锅，破铁锅距离他至多有六七步远，但猛烈的枪声使扁金裹足不前，扁金抱着半篓泥鳅痛苦地蹲了下来。别蹲，快躺下来，你这个傻子，快躺下来呀！他听见女孩在船上大声叫喊着。扁金躺了下来，起初扁金是紧闭着眼睛的，他依稀听见一种清脆的玻璃爆裂的声音，他猜有几颗子弹击中了船桅上的三盏灯。不知过了多久，扁金觉得枪声骤然停歇下来，他歪过脑袋试探了一下，河对岸的树林真的没有动静了。于是扁金睁开了眼睛，扁金一眼就看见了船头上的三盏灯，三盏灯仍然在夜色中熠熠闪亮。但他发现最顶端的那盏灯现在不是挂在船桅上，那盏灯现在被女孩提在手里了。

女孩站在船头上，一只手提着一盏灯，另一只手里则拿着一块白布。女孩对扁金喊道，起来吧，现在没事啦，他们知道我们是老百姓，他们不会再打枪啦。

扁金坐在河滩上窥望着对岸的树林，扁金喘着粗气说，我知道了，子弹这回不是冲着我来的，是冲着那三盏灯来的，打仗怕灯你懂吗？我让你别点那么多灯，你偏不听。

灯罩子让他们打破了。女孩提起那盏灯仔细看了看，叹了口气说，我要早点出来挥白布就好了，可刚才白布找不到，要是早点找到，灯罩子也不会让他们打破了。

你又骗人啦，一块白布有什么用？就是十块白布也挡不住一颗子弹。

我一挥白布他们就认出我来了，他们认出是我家的船就不再打枪了。女孩说，我才不骗你呢，十三旅在哪儿打仗，我们的船就往哪儿去。他们认识我了，他们知道我是老百姓，我在等我爹上船嘛。

扁金张大了嘴，他很想反驳女孩，一时却说不出话来。他相信是女孩平息了刚才这阵枪林弹雨，问题是扁金不能想象这件神奇的事情，一块白布，就是那块白布吗？扁金走过去想好好看看那块白布，他对女孩说，让我看看你手里那块白布，那块白布是什么白布？

就是一块白布呀。女孩抖开了手里的白布，她捏住白布的一角，将白布上下左右挥舞着，我来教你怎么挥白布。女孩说，开始的时候我也害怕，后来就不怕了，你一挥白布，他们就知道你没有枪，你是老百姓，他们就不会朝你开枪了。来呀，我来教你，女孩抢过扁金的一只手，把白布塞在他手里，女孩说，挥吧，挥起来你就不怕了。

扁金的手被一只温热而粗糙的小手抓着，你别教我了，挥白布谁不会呀，扁金说，可我还是不敢相信，一块白布就能躲过子弹了？

那是著名的雀庄战役打响前的一个夜晚。养鸭人扁金突然得知了白布在战争中的用途，他抱着半篓泥鳅离开打鱼船时，名叫小碗的女孩仍然手提一盏灯站在船上，他记得女孩在灯光下的微笑。女孩说，我知道爹就在对岸的树林里，他看见三盏灯啦，他就要上船啦！

六

被雀庄人抛下的几只公鸡站在草垛上观察黎明的天色，公鸡终于此起彼伏地啼起来了。椒河两岸的许多树林、坟地和农舍有大片的人影活动起来。据我们所知，雀庄战役的得名就是缘于雀庄的几只公鸡，雀庄的公鸡在椒河一带总是最早啼叫的，公鸡一叫雀庄战役就打响了。

扁金听见一种巨大而沉重的响声震荡着河滩，所有的鸭子都乱跑乱叫起来。扁金手拿一块白布从鸭棚冲出来，他知道这次是真的打仗了。椒河的水不再向下游流了，黎明的天空破碎了。扁金觉得天空被他们打出了许多洞，流着黑红交杂的脓血。真的打仗你看不见飞来飞去的子弹，也听不见士兵们冲锋陷阵的声音，只是看见一片一片的硝烟，像大雾一样升起来，看见一群一群的麻雀惊慌地掠过河滩，它们昏头昏脑地迷失了方向。这是真的在打仗了。扁金没想到打仗会打出这么大的黑雾，也没想到打仗的枪炮声会响过马桥镇除夕夜的爆竹声。

雀庄战役的战场沿着椒河呈丁字形铺开，河汉那里是双方火力最密集的地方，远远地可以看见干芦苇燃烧起来了，一条火龙借助风势蜿蜒地朝雀庄这里游走。扁金看见那条火龙走得飞快，被火苗吞噬的干芦苇噼噼啪啪地发出爆裂的声响。扁金无法估计交战军队与他的距离，但他看见一颗流火落在鸭棚顶上，顶上的茅草转眼之间也烧起来了。扁金不知道子弹会不会打到他身上，他只是急着要把受惊的鸭群集合起来，让它们离开无遮无掩的河滩，他要把鸭群赶到村子里去。

扁金赶着鸭群往村子里去，他头上的破铁锅突然一震，他知道那是一颗流弹打在破铁锅上了。扁金现在对枪弹没有以前怕了，他拼命地摇晃着手里的白布，我是老百姓，我没有枪！他朝每一棵树每一个草垛这么喊着，但他只遇见几棵树几个草垛，村里似乎没有什么危险。扁金目睹了战火横飞的场面，却还没有看见一个士兵。扁金猜想那些士兵的身形大概是让火光和黑雾湮没了。

走到娄家祠堂那里，扁金终于看见了人，看见人扁金就吓呆了。祠堂仅有的半扇门被那群士兵卸掉了，门口停着两辆大轱辘的板车，两个士兵从板车上搬下了什么东西。扁金很快就看清了，那不是什么东西，是一个人，只是那个人不像一个人了，他的脸也不像一张脸了，那个人血肉模糊，他的裤子被烧毁了大半截，露出一条断腿，它像被砍了一大半的树杈挂在那儿晃晃悠悠的。扁金吓呆了，原来他想把鸭子赶到祠堂里去的，现在祠堂也不能去啦。扁金进退两难，看见路边有个草垛就闪进去了，但是他闪躲的动作明显迟笨了点，而鸭子们不知闪躲，反而叫得更响，你就是长了三头六臂也没法把它们藏起来。于是扁金听见有人从祠堂里冲出来，有人高叫着，草垛后面有人！

扁金知道他藏不住，他想起女孩小碗在捕鱼船上挥动白布的情景，横下一条心走了出来。当然他没有忘记女孩教他的挥动白布的动作，他向祠堂门口的士兵们挥动着白布，我是老百姓，我没有枪，扁金说，我不是十三旅的探子呀。

士兵拉开了枪栓，他们几乎同时喊道，口令，口令！

口令！口令在哪儿？扁金朝身后望了望，但头上的铁锅遮挡了他的视线，我没带口令，扁金说，就这些鸭子，我是养鸭子的老百姓呀。

把你头上的铁锅拿下来！士兵喊道。

扁金拿下了铁锅，他看见五六支黑漆漆的枪管对着他。有一个士兵冲上来把他的双手反剪了，在他身上从头到脚摸了一遍。你摸好了，扁金驯服地站在那里不动，他说，那你们就在祠堂待着吧，我把鸭子赶到别处去。

那个士兵最后用枪在扁金肋下拍了一下，你是傻子呀？这种时候到处乱跑，你想找死？他看见扁金站在原地发愣，又朝扁金屁股上踢了一脚，傻子，你还不从这里滚开？

扁金知道他应该离开这里，一时却不知该把鸭子往哪里赶。他在记忆中搜寻着雀庄最安全最可靠的地方，想到的仍然是村长娄祥的家。于是在雀庄战役如火如荼之际，扁金赶着鸭进了村长家的院子。

扁金没有让鸭子进屋，他知道村长的女人是特别爱干净的。扁金走进屋里就闻到了粮食和木材的清香，那口棺材的棺盖仍然打开着，几粒谷糠在棺盖上闪着小小的金黄色的光。扁金的一颗惊兔般的心现在安静了，不知为什么进了村长的家他就不觉得害怕。他走到屋子一角对准尿桶，不慌不忙地撒了一泡尿，然后就跳进了那口棺材。

你不能不信那口棺材在战争中奇妙的作用，棺材里真的很暖和。你知道一个饥寒交迫的人假如觉得暖和了，那他的瞌睡很快也来啦。扁金起初还竖着耳朵倾听村外的枪声，隔着厚厚的棺板，那枪声听来像锅里的爆豆，而且越来越远了，越来越淡了。那时候椒河南岸绵延数里的开阔地上血光冲天，雀庄战役进入了激烈的白刃肉搏阶段，而瞌睡的扁金在棺材里错过了这幕百年难遇的战争场景。他依稀看见村长家的木窗被推开了，一个扎绿头巾的女孩把铁皮油桶放在窗台上。你又来了，扁金嘀咕道，三盏灯，你还要点三盏灯呀？扁金听见自己在说话，但同时也听见了自己香甜的鼾声。

扁金其实看不见打鱼船上的女孩，其实钻进木窗的是一只鸭子，只是一只鸭子而已。

七

平原上的战争是一朵巨大的血色花，你不妨把腊月十五的雀庄一役想象成其中的花蕊。硝烟散尽马革裹尸以后，战争双方吸吮了足够的血汁，那朵花就更加红了，见过它的人对于战争从此有了一种热烈而腥甜的回忆。

午后的椒河一片死寂，河面上漂浮的几具死尸像鱼一样顺流而下。像鱼一样的死尸意味着枪炮声暂时结束，这种常识连养鸭人扁金也明白。扁金刚刚走出村子就扔掉了头上的破铁锅，后来又扔掉了手里的白布。扁金之所以确信打仗已经结束，还因为麻雀又栖在树枝上叽叽喳喳了，天空中的黑雾已经消散，冬日的阳光又照到了屋顶的积雪上，更重要的是祠堂里的那群士兵不见了，祠堂门口的烂泥地上留下几道深深的车辙印，一直延伸到远处的官道上。扁金走过祠堂，忍不住把头探进去，墙上地上到处都是血污，他看见一个红白斑驳的东西浸在血污中，很像人的半条腿。扁金好奇地走近它，一下子就跳了起来，那真的是人的半条腿。扁金大叫起来，腿，一条腿。他的惊叫并非出于恐惧，而是一种错愕。扁金不知道祠堂在雀庄战役里曾经作了临时医院，他不知道一个人的腿为什么被锯断了扔在地上。

战争的垃圾与战争一样使扁金充满了疑惑。扁金先是沿着路上的几道车辙印走，沿途捡到了许多新奇的东西，一个子弹夹和几枚弹壳、一只黄帆布胶底的鞋子、半盒老刀牌香烟，还有两只散了架的木条箱。扁金试着把那只鞋穿在脚上，大小尺寸很合适，但他觉得脚底黏黏的。脱下鞋一看，原来鞋子里面汪了一摊血，血还没凝干呢。扁金就把鞋放在木条箱里，他想等血干了穿就不黏脚了，长这么大他还没穿过胶底鞋呢。扁金拖着木条箱走了一段路就止步了，空旷的大路和野地使他感到某种危险。他想该去河滩看看，仗打完了，谁知道河滩那里现在是什么样子呢？

被烧过的芦苇秆子散发着焦糊的气味，除了芦苇，还有另一种奇怪的气味随风而来。扁金分辨不出那是腥味还是甜味，扁金朝着那股气味走，实际上也是朝着河汊那里走。渐渐地他的目光不再留意椒河上那些顺流而下的死尸，死尸开始凌乱地出现在野地里，地上残存的积雪被他们染成了深红或者淡红色。扁金不怕死人，他在一具死尸边捡到了一支冲锋枪，钢质的枪管和上了亮漆的枪把显示了它奢华的气派。扁金举起枪比画着，不知怎么就扣动了扳机，一束子弹喷着火苗朝天空射去。扁金吓得扔下了枪，他望了望四周，四周仍然一片死寂，幸亏没有人听见。扁金长长地吁了一口气，他对自己说，就剩下我一个了，他们都死光啦！

扁金走到红薯地边，才看见了雀庄战役最庞大的尸山。那是一次罕见的白刃战后留下的尸山，扁金惊呆了，他甚至从来没有看见过这么多聚在一起的活人。那么多死人像一捆一捆的柴禾堆在红薯地里，红薯叶子和沙土都是暗红色的了。扁金透不过气，现在他明白那种又腥又甜的气味就是来自这片红薯地。那么多人，他们穿着黄色或灰色的棉衣棉裤，还有棉帽和棉鞋。他们有枪有刀，他们不知道是从哪儿冒出来的，刚冒出来就死了。有人用枪口对着扁金，有人手里还抓着刺刀，但扁金知道死人是不会开枪的，现在他不用害怕子弹会飞到脑门上来啦。

扁金站在那里思考了几分钟，后来他就开始捡尸堆里散落的棉帽。那种棉帽是有护耳的，冬天戴着它耳朵上就不会生冻疮了。扁金一口气捡了二十几顶棉帽，收拢在一只木条箱里。他的手上很快就沾满了血，黏黏的很难受。他跑到水边去洗手，沟里的水却也是血水，扁金只有草草涮了涮双手。他拖着一箱棉帽在尸山里穿梭，他想赶快回到村里去。但是死人脚上的那些胶底棉鞋，攫住了他的目光。那些鞋也是好鞋呀，就是娄福的新棉鞋也没它暖脚没它结实。扁金舍不得走，他开始为死人脱鞋，一口气就脱下了六双鞋。脱到第七双鞋时，扁金被那死者吓了一跳，他竟然在扁金的肚子上踹了一脚。扁金跳起来，他发现那个满脸血污的士兵还只是个少年，他的年纪也许还没自己大呢。扁金看见少年的眼睛愤怒地瞪着他，少年的脑袋却无力地歪到一边。扁金相信他已经死了，他大概是刚刚咽气的。你死了嘛，扁金对着少年嘟囔了一句，你要是没死我就不会扒你的鞋。

但是扁金不忍心再扒第七双鞋了，少年愤怒的眼睛使他心神不宁。扁金把木箱里的棉帽和鞋子码好了，拖着木箱在尸堆里穿梭。他想回村子去，他想这些帽子这些鞋子够他穿戴一辈子了，以后他再也不怕冬天的北风和冰雪了。扁金走出了红薯地，这时候他突然想起了那条打鱼船，那个名叫小碗的女孩，还有女孩垂死的母亲。她们的船原先就停在附近的河滩上，应该能看见那条船的。扁金极目四望，在一片枯焦的芦苇后面，他看见了三个小小的金黄色的光点。三盏灯，扁金认出那是船上的三盏灯，是冬日斜阳下的三盏灯。那三盏灯不如昨天夜里那么明亮，但三盏灯亮着船就在那里，三盏灯亮着女孩小碗就会在灯下守候着。

后来扁金就拖着木箱朝三盏灯跑去。

扁金是在半途上遇见那个伤兵的。伤兵在泥泞的河滩地上爬行，拖着一条长长的弯弯曲曲的血线，那是扁金在雀庄战役结束后看见的唯一一个活人。扁金起初有些惊慌，但他注意到那个人身上没有枪，他的两条腿肯定被打断了，否则他为什么要在地上爬呢？否则一个人怎么比蜗牛爬得还慢呢？

扁金屏住呼吸，悄悄地跟在那个伤兵的后面。他的脚时不时地踩住了泥地上的血线，他猜不出那些血滴是从伤兵的胸前还是腿上淌出来的。扁金觉得那个伤兵发现了自己，伤兵的头往旁边侧转，他似乎想回头看一眼身后的人，但很明显他无力回过头来。现在扁金意识到那个人对自己丧失了任何威胁，他三步两步地就跑到了伤兵的身旁。

你要爬到哪儿去？扁金轻轻地朝伤兵肩上捅了一下，他说，你爬得比蜗牛还慢，要爬到哪儿去？

伤兵艰难地侧过了脸，他的喘息声显得急促而粗重。去那儿，伤兵说话的声音模糊不清，但扁金还是听清了。三盏灯，伤兵抬起一只手指着芦苇丛后面说，三盏灯。

你看见三盏灯了？扁金说，你要去那条打鱼船上？去干什么？你是个兵呀。

三盏灯。伤兵说。

我知道那儿有三盏灯，我又不是瞎子。扁金说，可你不该往那儿爬，那是小碗的家，又不是你的家。

我要回家。伤兵说。

你是小碗的爹吗？扁金蹲下身子捧住伤兵的脸，仔细地审视着，你不是小碗的爹，扁金说，你是个老头了，你这么丑，小碗那么水灵，你不像小碗的爹。

小碗……碗儿……小……碗儿。伤兵说。

伤兵其实已经虚弱得说不出话来了，他在泥地里爬着，爬得越来越慢。现在扁金看清了那条血线的渊源，这是从伤兵的腹部、肩部和腿部分别滴淌下来的。扁金看见了伤兵的眼睛，深深塌陷的布满血丝的眼睛。他觉得这个人很奇怪，人快死了，但眼睛里的光却闪闪发亮。

你要真是小碗的爹，我就把你背到船上去。扁金说，可你怎么证明你是小碗的爹呢？

三、盏、灯。伤兵说。

伤兵吐出这三个字后便不再说话了。扁金猜他是没有力气说话了。扁金想这个人是不是小碗的爹，很快会水落石出的。他们离三盏灯已经很近了，他们离那条打鱼船只有几步之遥了。

扁金高声地喊着小碗的名字，他没有听见女孩的回应。女孩不在船头上，似乎也不在舱里。扁金看见了那条被战火熏黑的打鱼船，油毡制成的船篷已经毁于一旦，只剩下几根木架歪斜地竖在那里，奇怪的是船头的桅杆，桅杆和桅杆上的三盏灯在一夜炮火中竟然完好如初。那三盏灯现在淡如萤光，但它们确确实实地亮着，它们让扁金想起灯油和有关女孩小碗的所有事情。

小碗，去捡棉帽呀，红薯地里有好多棉帽。

打鱼船上寂然无声，女孩不知道跑到哪儿去了。

小碗，去红薯地里捡东西吧，去晚了就让别人捡走啦。

扁金的喊声突然沉了下去，他看见打鱼船的船舷上露出一只黑黑的小手，一块白布从那只小手的指缝间垂下来，白布的下端浸在了水中。扁金认出那是女孩的手，女孩没有离开她家的船，女孩躲在残破的舱里。

小碗，别害怕，仗打完了，你出来吧。

扁金疾步跳到了船上，他先是看见了船头上的那只铁皮油桶。油桶打翻了，灯油淌了一地。你怎么把油桶打翻了？没有灯油你还点什么灯啊？扁金扶起了油桶，然后他看见了船舱，船篷毁于炮火，打鱼船便再也没有遮蔽了。扁金看见了那母女俩，母亲紧紧地搂抱着女孩，但女孩一只手挣脱了母亲的怀抱，那只手顽强地伸出了船舷，挥动一块雪白的布，当然那只小手现在已经安静了，手里的白布也已经垂入了水中。扁金不再对女孩说话，一天来见了无数个死者，他已经能准确地区分活人和死者，他知道名叫小碗的女孩和她母亲已经死去。

两只黑鱼鹰却活着，一只站在船尾，一只蹲在船头，它们像两个哨兵守护着打鱼船。

她不是有白布吗？她不是挥白布了吗？扁金对鱼鹰说，挥了白布怎么还会死？

扁金知道他不该问鱼鹰，鱼鹰跟他的鸭子一样，主人对它再好也不会对你说话。扁金突然觉得眼角那里冰凉冰凉的，是一滴泪，他流泪了，流泪是心里难受的缘故。扁金心里有说不出的难受。扁金想昨天她还是个活蹦乱跳的小女孩呢，他不希望子弹打到她身上，现在他情愿用一百只鸭子换回她的性命。扁金抓起女孩的手，他用了很大的力气才把她手里的白布拽出来。扁金迁怒于那块白布，他把它狠狠地揉成一团，扔进了河里。没有用的，白布有什么用？扁金突然哽咽起来，他说，你还小，你不懂事，子弹从来是不长眼睛的。

那个伤兵爬过来了，伤兵的身子在剧烈地颤抖，而他的右臂艰难地向前抓攀着什么。扁金看出来他是想抓住船舷上的那只小手，那是女孩小碗的手。扁金不想让他抓那只小手，他用自己的大手盖住了那只小手，你别抓她，她已经死了，扁金哽咽着说，她们都已经死了。

扁金忘不了那个伤兵的眼睛，他眼睛里的亮光倏地黯淡下去。他眼睛里原来也有一盏灯，但扁金觉得从自己嘴里吹出了大风，大风倏地吹熄了那盏灯，也吹断了伤兵那条颤抖的右臂。他看见那手臂沉重地落下去，落在水里，溅起了几星水花。他看见伤兵脸上掠过一道绝望的白光，那张布满血污的脸也沉重地落下去，埋在椒河的河水里。

扁金狂叫起来，直到此时他仍然不能确信伤兵与打鱼船的关系。但扁金意识到自己的手盖住的不是小碗的手，是那个人游丝般最后的呼吸。扁金有了一种杀人后的恐惧的感觉。扁金跳下了船，他把士兵从水里搬起来，你不是说你是小碗的爹吗？你不是说要回家吗？扁金摇晃着那具沉重的滑腻的身体，他说，你怎么死了？你是傻子呀？死了怎么能回家？扁金失声恸哭起来，他把死去的士兵拖到了船上。你说你是小碗的爹，就算你是小碗的爹好了，扁金说，你想回家就回家好了，可你为什么会死，好像是我害死了你们。我没有枪，我是老百姓，我是养鸭子的扁金呀。

扁金哭泣着把死去的士兵推进了舱里，他看见三个死者恰巧躺在了一起，三个死者的脸上有一种相仿的悲伤肃穆的表情。一个男人，一个女人，还有一个名叫小碗的女孩，他们看上去真的像一家人。扁金的心现在变得空空荡荡，他注意到船桅上的三盏灯相继熄灭了。暮色从椒河上缓缓地升起来，而那三盏灯却终于熄灭了。椒河两岸一片苍茫，假如你极目西眺，你能看见落日悬浮在河的尽头，天边还残留着一抹金色的云影。但扁金看见三盏灯熄灭了，扁金的心碎了，他的稚笨的灵魂和疲惫的身体已经沉在黑暗中。

扁金后来做了一件令人不可思议的事情。你想象不出他是怎么把一条打鱼船从岸边推向河心的，后来扁金打着寒战走进冰冷的河水里，他用尽了全身力气把船推向了河心。离开这儿吧，这儿不是一个好地方。扁金对着船头的鱼鹰说。船头的鱼鹰沉默不语，扁金又对着船尾的鱼鹰说，带着他们离开这儿，到不打仗的好地方去吧。

打鱼船在暮色中顺流而下，两只鱼鹰不知道它们的船会漂向何处，去哪个好地方呢？其实扁金也不知道。

那是雀庄战役结束后的第一个黄昏，打扫战场的士兵和车辆姗姗来迟。他们途经雀庄的时候，看见一个形迹可疑的人，那个人拖着一只木条箱在河滩地上走，对所有的警告置若罔闻。士兵们看不清木条箱里装了什么东西，有人想过去盘问他，但好几个士兵都认出了扁金。他们说，别去管他，那人是雀庄的傻子。

八

战争的火球在雀庄留下了许多焦状物和黑色擦痕。连续几天出了太阳，满地的积雪化成了泥泞，满地的泥泞被阳光烤干了，土地便露出了土地的颜色，晒场是黄里泛红的，村巷是灰中透黄的，河滩是黑色的，但是村外那片广袤的红薯地里的黑土却变成了红色。

曾经被枪炮声吓昏了的家禽牲畜现在醒过神来，它们饿坏了，成群结队地跑到晒场上来寻觅食物。晒场上除了散落的子弹壳，没有任何柔软可食的东西。饥饿的猪羊鸡鸭们开始追逐扁金，向他发出各种乞食的叫声。它们似乎也没有错，偌大的村庄里只有扁金一个人，它们不向他要吃的又向谁要呢？可是扁金顾不上别人家的畜生，他自己的一大群鸭子还半饥半饱的，从河里捞来的螺蛳小鱼只够喂他自己的鸭子，所以扁金一路走着一路驱赶着那些讨厌的畜生。扁金很忙碌，他要趁着好天气洗洗木条箱里的一堆东西，十几顶棉帽，好多只棉鞋，那些棉鞋棉帽都沾着血迹，不洗干净怎么能戴在头上，怎么能穿到脚上呢？但是要把它们全部洗干净真不容易，扁金蹲在河边拼命地洗，腰都蹲酸了。

扁金把洗好的东西整齐地晾在河滩地上。那些棉鞋，那些棉帽，它们在阳光下仍然散发出一股暖暖的甜腥味，那是钻进了棉花深处的人血的气味。扁金逐个地把那些棉鞋棉帽嗅了一遍，他想这股怪味还真不容易洗掉，但那又有什么呢？你要知道它们比娄福的棉鞋好上一百倍，比娄守义的狗皮帽好上一百倍。扁金爬上草垛守护着他的东西，冬天的椒河水就在他视线里流淌。扁金从来没有见过这么肮脏的漂满垃圾的河水，几天来大堆死去的牲畜、烧焦的木头和腐烂的衣物浩浩荡荡穿过椒河，战死的士兵们早就被一车车地拖走，但河面上仍然有死尸顺流而下。扁金看见了他不想看见的东西，他想看见的东西一时却想不出来。后来他看见一块白布条在水边漂浮着，扁金就想起来了。他想看见的就是这块白布条，不，是手摇白布的女孩小碗，以及女孩家的那条船和船上的三盏灯。

三盏灯已经熄灭，那条打鱼船不知漂到哪里去了。椒河水很长，流经三城七县二百多里地，谁知道那条船漂到哪儿去了呢？有关女孩小碗的记忆总是伴随着震耳欲聋的枪炮声，想起女孩小碗扁金就感到难过。有一些看不见的子弹在他体内疯狂地爆响了，扁金的手便狂躁地在身上摸索着，他想把那些可恨的子弹拔出来，但扁金所做的一切都是徒劳的，他的全身甚至骨头都被那些子弹炸疼了。扁金痛苦地蜷缩起身子，他无法理解他体内的那些砰然作响的子弹，他安然地躲过了雀庄战役的枪林弹雨，可这么多的子弹是怎么钻进他身体的呢？

雀庄战役的幸存者扁金突然沉浸在一种意想不到的痛苦中。几天来扁金的脖子、胳膊和胸前新添了许多淤血和疤痂，那都是他自己弄伤的，扁金怎么弄都不能消除他体内的那些子弹。后来他发现了唯一能够减轻痛苦的方法，他闭上眼睛堵住耳朵去想，想女孩头上的绿头巾，想那条打鱼船上的三盏灯，想起这些，他的身体就变得松软了，体内的那些子弹也渐渐地沉寂了。

你知道扁金的生活必将改变，现在他生活中不仅仅只有那些鸭子了，鸭子对扁金的影响终于无法与女孩小碗匹敌。

149

有一天，扁金发现他晾在河滩上的棉帽棉鞋落满了鸭屎，扁金就追赶着鸭子大发雷霆，你们就会拉屎，你们就会嘎嘎乱叫。扁金在河滩挥舞着拳头吼道，你们怎么没让子弹打死？你们一百只鸭子也顶不上小碗一个人！

腊月二十八那天，村外的官道上开始出现了疏散归来的车马人群，人们急于归来是因为春节临近，虽然平原上的战争未见偃旗息鼓的迹象，有万人的军队从西南向东北方狂流般地挺进，战车马蹄腾起的黄尘狼烟在十里以外仍然清晰可辨。但是你想想吧，雀庄有多少人会愿意在异乡他壤燃放除夕的爆竹呢？所以村长娄祥带着七八户思家心切的村民先回来了。

离了很远扁金就看见了那几辆马车，他欢呼了一声，他扔下手里的一只棉鞋，朝乡亲们跑去，但跑了几步就站住了。扁金看见村长的身影就想起自己做错的事，他想起自己曾睡过村长母亲的大棺材。村长是个出名的孝子，为了这件事他肯定能拧下自己的耳朵。而他的鸭子也惹了祸，鸭子们把村长家洁净整齐的院子弄得满地污秽，村长的女人最不能容忍牲畜在她家拉屎，村长又怕他女人，为这件事村长也绝不会轻饶了他。扁金撒腿就往村里跑，他要赶在村长回家之前，把他留下的痕迹抹掉。

扁金冲进村长娄祥家，他做的第一件事情全部围绕着那口棺材展开。他想在棺材里放回十几个红薯，但这么着急上哪儿去找红薯呢？扁金一时没有主意，就匆匆地到灶旁抓了几块木样子扔进棺材里。木样子与红薯看上去很不一样，扁金情急之中就拖过一捆干草盖在上面。他知道他无法让棺材里的东西恢复原状了，他没有办法，没有办法就只好拉上了棺盖。扁金要做的第二件事就是如何把村长的灯油桶灌满，这似乎容易一些，他很快地解开裤带对着灯油桶撒了一泡尿，然后把桶放回到村长的大床底下。剩下的那些鸭屎其实是最好办的，扁金抓过一把破笤帚扫地。他用的力气太大了，那些干结的鸭屎甚至飞过院墙，落到了外面的村巷里。

扁金跑出村长家时，稍稍松了一口气。他爬到一棵树上观望着远处的乡亲，那几辆马车刚到村口。扁金坐在树上，他想不如就在树上迎接乡亲们。直到此时，他才发现自己是坐在娄守义家的老桑树上，他眼前的大瓦房就是娄守义家的大瓦房。扁金的心倏地往树下坠去，他的身子也一起坠到了树下。现在他意识到那大瓦房顶上的窟窿才是他惹下的大祸，他想爬到那房顶上去，但他知道自己连茅草屋顶都不会苫补，怎么会苫补大瓦房的房顶呢？扁金急得大汗淋漓，他想起娄守义有五个力大如牛的儿子，还有三个凶神恶煞的女儿，他们肯定饶不了他，他们每人踢他一脚就能要了他的命。扁金蹲在老桑树下茫然失措，一种巨大的恐惧压得他直不起腰来。后来扁金就捂着脸蹲在那里，他听见体内的那些子弹又乒乒乓乓地爆响了，他的全身上下甚至骨头都开始疼了。

村长娄祥发现扁金的时候，欣喜若狂，娄祥跳下牛车，张开双臂扑过来，像鹰捕小鸡一样抓住了扁金。

娄祥说，你个傻子，你还活着嘛，都说子弹不长眼睛，谁说子弹不长眼睛，它就是不打傻子嘛。

扁金说，我不是傻子。

娄祥说，谁说你傻子？傻子能从枪炮下活过来？谁说你傻子他自己就是傻子。

扁金说，子弹打到我了，就是拔不出来，我身上到处都疼，疼死我了。

娄祥伸过手在扁金身上捏了几下，哪儿挨子弹了？你这身皮比牛皮还结实呢。娄祥抓着扁金的耳朵说，你个傻子，又跟我胡说八道了？

别拧我耳朵。扁金满脸惊慌地瞟了眼村长的大手，我没去你家。扁金突然叫起来，我的鸭子也没去你家拉屎。

你去我家干什么？你的鸭子跑我家拉屎？怕我拧不下你的耳朵？

别拧我耳朵。扁金仍然叫喊着，他的脑袋始终躲避着娄祥的大手。他说，我没拿过你家的灯油，小碗也没拿，你家的灯油桶还在床底下放着呢。

娄祥突然不说话了，他的光头凑到扁金面前，他的犀利的目光刺得扁金双颊通红。好你个傻子，娄祥冷笑道，我就猜到你干了坏事，给我说实话，你到底干了什么坏事？

扁金垂下头，他用两只手紧紧地护住了两只耳朵。他说，我没睡过你家的棺材，棺材是给死人睡的，我没睡过。棺材里的红薯有油漆味，我也没吃过棺材里的红薯。

娄祥的嘴里吐出了脏话，他的大手终于掰开扁金的十指，他的两只大手同时揪住了扁金的两只耳朵，同时狠狠地拧了几下，然后娄祥就急如火星地奔回家了。

扁金捂着耳朵站了起来，他觉得耳朵快掉下来了，但他还是忍着疼痛朝村长的背影喊了一声，村长，我告诉你，娄守义家的房顶让子弹打了个窟窿！

许多村里人朝扁金围过来，他们七嘴八舌地向扁金打听雀庄战役的各种细节。扁金一句也听不进去，扁金粗鲁地推开人群往外走。你们像老鼠一样逃走了，你们的房子却没起火，我在这儿守着我的鸭子，可我的鸭棚让他们毁啦。扁金说，你们知道吗，我在祠堂里睡了好几天啦。有个孩子拉住扁金的衣角问，扁金，你怎么没让子弹打着呢？扁金甩掉了孩子的手，他突然哽咽了一下，想哭而又忍住了，扁金哽咽着说，你们知道什么？子弹都藏在我的肉里，我都快疼死了！

在雀庄人看来扁金说话从来都是语无伦次傻里傻气的，他对雀庄战役的描述虽然莫名其妙，但还是引起了一阵嬉笑声。他们疑惑不解的是扁金最后的呐喊，你们不是好人，扁金扯着嗓子在村口呐喊，你们一百个人也顶不上小碗一个人！

他们当时不知道那是扁金在雀庄留下的第一次呐喊，也是最后一次呐喊。

九

养鸭人扁金在腊月二十八的夜里离开了雀庄，也许是腊月二十九的凌晨，这已经无关紧要。村长娄祥那天气冲冲地走遍雀庄附近的每一个角落，却没有看见扁金和他的鸭子的影子。王寡妇的儿子在椒河边捉螃蟹，他告诉娄祥扁金赶着鸭子顺河滩走了，他说扁金一边走一边还在哭呢。

村长娄祥以为扁金在天黑以前会回家，但扁金再也没回家。说起来扁金在雀庄也没有什么家，他带走那群鸭子就把家也带走了。后来是娄福娄守义他们回家了。他们不会不回来，雀庄人谁也不愿意在外面过年嘛。扁金离村那天，娄祥在他家的柴堆上发现了一只棉帽和一双棉鞋。他是个闯过码头见过世面的人，一眼就认出那是军用品，而且他很快猜到它们是从死人身上扒下来的。娄祥咒骂着扔掉了棉帽和棉鞋，刚扔掉又捡了回来。他是个识货的人，这么暖和实用的棉帽，这么结实耐穿的胶底棉鞋，娄祥实在舍不得扔掉它们，他知道那是扁金赎罪的一份礼物。

收到棉帽和棉鞋的还有娄守义一家。娄守义起初喜出望外，但后来弄清了那些棉鞋棉帽和房顶上大窟窿的联系，娄守义的脸便气白了，几只烂鞋烂帽来换我家的房顶？娄守义咬牙切齿地骂道，这个傻子，这个傻子怎么会没挨子弹？他就是被子弹打成个蜂窝，也解不了我心头的恨！

不管是村长娄祥还是娄守义，他们都舍不得扔掉扁金的礼物。大年初一的早晨，娄守义去娄祥家拜年，看见娄祥头上戴着和自己一样的棉帽，脚上穿着和自己一样的棉鞋，他们两个盯着对方愣了一会儿，突然一齐会意地笑起来。

娄守义说，这帽子很好，有两个护耳，冬天不冻耳朵。

村长娄祥说，棉鞋也很好，又结实又暖和，我还没穿过这么好的棉鞋呢。

过年那几天，村长娄祥常常想起扁金，他不知道扁金为什么像个老鼠一样逃离雀庄。过年了，别人都回家了，他却像个老鼠一样地逃啦。娄祥想起扁金以前也做过不少让人痛恨的事，有一次他差点把人家的猪拖进椒河呢，以前他从来不害怕，从来没跑过，这次为什么怕成这样？娄祥后来很自然地联想到雀庄战役的枪林弹雨，他猜扁金大概是让子弹和炮火吓破了胆。

直到这年秋天，雀庄的乡亲们没有谁再见过养鸭人扁金。秋天的时候，娄福跟着一条稻米船去椒河下游贩米，船过桃县地界的时候，娄福看见了养鸭人扁金，扁金赶着一群鸭子在椒河岸边走。娄福说他认出了扁金，扁金却不认识他了。娄福问他去哪儿，扁金说他不去哪儿，他要找一条打鱼船。娄福问他要找什么样的打鱼船，扁金说是一条有三盏灯的打鱼船。娄福说从来没见过有三盏灯的打鱼船，他问扁金找那条船干什么。扁金就不说话了，扁金像个哑巴一样赶着鸭子走，后来扁金就埋下头，像个哑巴一样赶着鸭子在椒河边走。

什么打鱼船？什么三盏灯？娄福回村后说起这件事就咯咯地笑，他对乡亲们说，我早就说过扁金是傻子，你们偏不信，现在你们该相信了吧？

现在我们该相信了，扁金和他的鸭群仍然在椒河边走，他们大概会一直走到椒河下游，走到椒河水与其他河流交汇的丘陵地区。这其实是一条异常险恶的行走路线，我们知道平原上的战争是一只巨大的火球，它可以朝四面八方滚动。秋天的时候，战争的火球恰恰正在向丘陵地区滚来。

棚 车

　　祖母五十多年没坐过火车了。祖母把火车叫做棚车，她说，现在的棚车比以前好多了，都说现在的棚车上每人都有座位，没想到是这么好的座位，都是皮沙发呀。姐姐说，什么皮沙发，其实就是椅子上蒙了一层人造革。祖母说，人造革比皮沙发还光滑呢，那人造革不比猪皮牛皮强？你没坐过以前的棚车，以前的棚车上连硬板凳都没有，现在，现在的棚车比以前好到天上去啦，你还噘着嘴？你还嫌挤？

　　姐姐不知道祖母为什么把火车叫做棚车，祖母的解释听上去振振有词，她说，运货的火车叫煤车，运人的火车就是棚车，我没有说错，你别以为我什么都不懂，我五十年前就坐过火车啦！姐姐仍然不明白，而且她始终觉得棚车这个字眼听上去很可笑。棚车，棚车，姐姐嘀咕着朝邻座人扮了个鬼脸。邻座的人笑了。那是一个五十多岁的干部模样的男人，没想到他很乐意接过我祖母的话茬。棚车，棚车就是货车的空车厢，那人说，我年轻时也坐过棚车的，买棚车票很便宜，没有座位给你，你可以站着，也可以坐在地上，有时还可以铺张报纸在车上睡一觉。

姐姐看了看邻座，又看了看祖母。姐姐对以前的老掉牙的事情根本不感兴趣，她以为祖母会附和那个邻座的话，但她听见祖母鼻孔里嗤地响了一声，祖母对邻座男人的回忆明显表示了不以为然。嘁，还坐在地上呢，还在车上睡一觉呢，祖母瞥了那人一眼说，连站的地方都没有，一个人挤着一个人，人都踩在人的脚背上站着，孩子就吊在大人肩膀上，哪有地方给你坐给你睡呀？邻座一时语塞，想了一会儿讪讪地说，那么挤的棚车我没坐过，你坐那会儿大概是战争年代吧？姐姐再去看祖母的脸，祖母的脸上终于出现了得胜者的满意表情。就是到处打仗那会儿呀，到处兵荒马乱的，你们知道我是怎么挤上棚车的？怀里抱着一个孩子，手上还牵着一个，肚里还拖着一个呢，这还不算，我背上还背着一篓鸡蛋。祖母的手开始前后左右地游动着，模拟当时上火车的情景，她的声调也变得生动活泼起来。你们想一想我受的那份罪，为了逃命，就那样在棚车上站了一天一夜，人最后就像一根木头了，下了车想坐，可腰背却弯不下来，怎么也弯不下来啦！

姐姐扑哧笑了一声，但她立即捂住嘴低下头来，不让祖母发现她笑了。姐姐后来埋头一心一意地嗑瓜子，她听见祖母絮絮叨叨地向邻座说着五十年前的往事。姐姐不想听，但她的眼前渐渐地浮现出五十年前的一列火车，火车在遍地的炮火弹雨中驶过原野，在姐姐的想象中那列火车驮载了许多木棚，木棚里站满了衣衫褴褛面如菜色的难民，其中包括青年时代的祖母。不知为什么姐姐无法想象祖母年轻时的模样，她依稀看见白发苍苍的祖母站在五十年前的火车上，拖儿带女，背上还驮着一只装满小鸡的篓子。姐姐无法想象祖母当时的心情，但她能够准确地想象那篓小鸡惹人喜爱的模样，它们肯定是鹅黄色的毛茸茸的，它们叽叽喳喳地挤在祖母的篓子里，一定可爱极了。

那篓小鸡呢？姐姐突然抬头问祖母。

什么小鸡？祖母没听清，她说，我没说鸡的事。

你带的那篓小鸡，小鸡后来怎么样了？

小鸡能怎么样？死了几只，活了几只，公鸡卖了，母鸡留着生蛋。祖母朗声笑起来，她在姐姐腮上拧了一把。傻孩子，鸡能怎么样？又不是人，能活上五十年吗？

姐姐觉得祖母根本没有说出小鸡的故事，祖母总是这样，有意思的事情她都不记得了，没意思的事情却说个没完。为什么鸡不能活上五十年？假如人不杀鸡不吃鸡，鸡或许就能活上五十年，姐姐想到这里就忍不住抢白道：只有人才能活五十年吗？那可不一定。

祖母灿烂的笑容一下子凝住了，祖母最恨的就是姐姐跟她顶嘴，她的干瘪的嘴唇嚅动了几下，想说的话没有说出来。姐姐记得祖母就是从这时候开始生她气了。祖母不高兴的时候，她的头会向左侧轻轻摆动，不停地摆动，它让姐姐想起了祖母房间里的那只老式挂钟。

火车在一个小站停靠了五分钟，车上乱了一阵，下车的人还没有挤出去，上车的人群行李已经拥了进来，一个背着铺盖的汉子从人堆里跌跌撞撞地冲出来，恰巧撞在祖母的身上。姐姐听见什么东西嘎嗒一下折断的声音，便慌忙地去抓祖母的手，抓住的却是那汉子的衣角。

原来是祖母脚下的篮子被那汉子踩住了，篮子里的锡箔元宝溅了出来。你干什么？姐姐愤怒地推了那汉子一把。那汉子仍然是满脸紧张之色，目光在车厢四周搜寻着，他说，我不干什么，我在找座位呀。姐姐又推了他一下，你找座位干吗要撞人？篮子给你踩坏了，你要赔！姐姐一边骂着一边转向祖母问，他有没有撞疼你？有没有撞疼？祖母已经把篮子抱到了膝上，她捡起了地上的几只锡箔元宝，放在嘴边吹了吹。祖母对孙女的关心似乎置若罔闻，她饶有兴味地打量着那个汉子。第一回坐棚车吧？祖母说，座位肯定没有啦，我们先来的才有座位，你现在上车当然就没有座位啦，这过道不是还空着吗？你还是坐在过道上吧。

过道上不能坐，他坐了别人怎么走路？姐姐高声叫道。

怎么不能走？偏一下身子就过去了，祖母说，这棚车比从前的空多了，座位没有，可过道还都空着呢。你还嫌挤？

一点也不挤！

姐姐愤愤地瞪了祖母一眼，但祖母仍然不理睬姐姐，她好像还在生孙女的气，姐姐便把愤怒的目光投向那个汉子，她想把他赶走，故意把一只脚伸到过道上。但是她看见那汉子朝祖母咧嘴一笑，卸下背上的铺盖卷朝地上一放，然后就稳稳地坐下去了。姐姐想不出别的办法，眼睁睁地看着那汉子和祖母一高一低地坐到了一起。你这是去哪儿呀？祖母说，去走亲戚吗？

不，回家去。汉子瓮声瓮气地答道。

家在哪儿？听你口音像是塔县的，我听得出来，你是塔县人吧？

跟塔县隔着条河，我是宝庄人。

咳，什么塔县宝庄的，喝的还不是一条河里的水？祖母说，我娘家嫂子也是塔县人，塔县北关的老孙家，你知道吧？

不知道，我不是塔县的，我是宝庄人。

那汉子神情木讷，祖母很快看出来那是一个少言寡语的人，与这样一个人攀谈并没有多大乐趣，祖母便叹了口气说，出门在外不容易呀。祖母说这句话的时候目光又移向邻座的那个干部，那个干部含笑点了点头，但随后他就拿起报纸挡住了自己的脸。

姐姐看见祖母脸上掠过一丝惘然之色，她的白发苍苍的头部又开始向左侧轻轻摆动起来。挤什么？一点也不挤！祖母又说。姐姐知道祖母这会儿又想与她说话了，但姐姐心里也在生祖母的气，她故意侧转脸去望着窗外。

祖母一时找不到人说话，便从篮子底部摸出一沓锡箔，后来祖母便专心致志地叠起元宝来了。

我姐姐说其实那个坐铺盖卷的汉子还不算讨厌，他上车不久便开始打瞌睡了，只是他侵占的面积大了些，我姐姐的腿再也不能伸来伸去，而且那汉子的鞋隐隐约约地飘出一股臭味，很多时候她不得不捂着鼻子。

最讨厌的是一个又黑又瘦头扎花毛巾的老妇人，姐姐说她看着那老妇人拎着一只大篮子从车厢那头过来，一路搜寻着座位，谦卑的笑容像一朵凋谢的菊花。她走近祖母身边时眼睛兀自一亮，就像找到了亲人。姐姐看见了她篮子里的东西，与祖母的一样，也是一篮锡箔叠成的元宝。

我这儿不挤，坐我这儿吧。祖母盯着老妇人的篮子说。

事实上祖母看见那个老妇人时眼睛也亮了，姐姐说两篮子锡箔元宝成了什么联络暗号，她眼睁睁地看着那个老妇人与祖母挤坐在一起，而且是祖母主动地为对方腾出了一半位子。

清明啦，该上坟啦。老妇人说。

可不是吗，我是回老家上爹娘的坟，祖母说，我五十年没回老家了，老家里也没什么人了。本来不想回去，可前一阵做梦，梦见我爹娘坟上的草枯了，树上的叶子掉光了。醒来一想，是不是爹娘在阴间没钱花了呢，五十年啦，爹娘从来没向我要过什么，这回想起我来啦，想起跟我要钱花啦。

可不是吗，清明雨一下，死人们全都跑来托梦了，老妇人说，你还算清净的，我这几天就没睡过一个好觉，谁都来向我要这要那的，就连我那个死鬼叔叔，他是喝酒醉死的，他在阴间还喝着酒呢，那天梦里就摇着个酒瓶对我说，酒瓶空啰，酒瓶空啰。死人张嘴你又不好回绝的，我就只好多买了一沓锡箔给他做酒钱。

我姐姐说她在一旁听得又好笑又生气，忍不住就大声刺了那老妇人一句，既然他跟你要酒喝，那你就买一瓶白酒给他送去嘛。

那老妇人脸上幡然变色，但她忍住没有发作。阳世的酒瓶是送不到阴间去的，过了一会儿老妇人悻悻地说，要不然锡箔纸扎派什么用处呢？烧成了灰，变成了烟才能送过去呀。

变成了烟就没有了，谁收得到呀？你这套鬼话能骗谁？姐姐没有能尽兴地批驳那个老妇人，因为她的脚被祖母重重地踩住了。

祖母停止了叠锡箔的动作，她用罕见的严厉森然的目光盯着姐姐，眼睛里渐渐地闪出怒火，姐姐便慌乱地低下头去，低下头去嗑瓜子。后来她听见了祖母悲伤沉痛的声音，你看看现在这种孩子，将来我们去了什么也不会有的，这种孩子，他们不会送一个锡箔元宝给你的。

姐姐心里在说，当然不送，但她不敢说出声来，姐姐把瓜子壳吐在那汉子的铺盖卷上，吐在那老妇人的脚下，但她不敢再惹我祖母生气了。姐姐咯嚓咯嚓地嗑瓜子，火车就轰隆轰隆地往前开。

火车就轰隆轰隆地往前开，火车将把我祖母送到我曾祖母的坟茔边，送她去上坟。

火车开到我老家大约要九个小时，对于我姐姐来说，这段旅程已经变得乏味而难以忍受，姐姐的耳朵里灌满了她讨厌的闲言碎语，鼻子里则钻进了任何人都讨厌的脚臭味。祖母对此浑然不觉。祖母恰恰变得愈来愈活泼了，因为她发现自己渐渐成了半节车厢几十个人的中心，她与老妇人关于阴曹地府的谈话吸引了许多人的注意，有人干脆就跑过来站在祖母身边，竖起耳朵听她说阎王爷抓人的故事。

阎王爷抓女人就抓她的头发，不过阎王爷的心也是肉做的，你要是不想跟他去，他也会手下留情，祖母说，我六十三岁那年就让阎王爷抓过头发，我不想去，我力气大，拼命地攥呀，攥呀，结果阎王爷就松手了，只带走了一绺头发。祖母说着低下头，分开她的白发，让众人看那个真实的痕迹，你们看见了吗？让他抓去一绺头发呀！

头扎花毛巾的老妇人仔细鉴别着我祖母的一小片光裸的

头顶，她沉吟了一会儿说，是被抓过的，不过我看那不是阎王爷抓的，是阎王爷派来的小鬼抓的，阎王爷不会轻易出马来抓人。

姐姐不止一次听祖母说过头发的故事了，姐姐不敢阻止祖母继续这个话题，就把怒气撒到那个老妇人头上，你怎么知道是小鬼抓的？姐姐说，难道你也是阎王爷手下的鬼吗？

但是姐姐的出言不逊没有什么作用，那个老妇人只是朝她翻了一下眼睛，她仍然和我祖母挤坐在一起，叠着元宝一唱一和。我姐姐悲哀地发现那节车厢里装的都是无知的崇尚迷信的人，他们竟像黄蜂采蜜一样朝我祖母这边涌来，人挤着人，塞满了旁边的过道和座位前的空隙，所有的脑袋都像向日葵一样对准我祖母。挤死了，挤死了！我姐姐嚷着开始推搡身边的那些人，她说，你们都是傻瓜呀，都跑来听这些鬼话，你们真的相信这些鬼话呀？

那堆人却不理睬我姐姐，他们像木桩一样坚固地立在我祖母四周，有的张大了嘴满脸惊悸之色，有的窃窃私笑，只有一个男人对我姐姐说，你推什么推呀？这儿热闹就站这儿，坐火车闷，听她们说说解个闷嘛。

姐姐气得满脸绯红，她为祖母充当了这个角色而生气，也为自己的空间被一点点蚕食分割而愤怒。挤死我啦！姐姐最后尖叫了一声，推开人堆逃了出来，她一边冲撞着那些人一边说，我不坐这儿了，让你们坐，让你们坐吧！那群人对我姐姐的愤怒无动于衷，更让姐姐生气的是她刚离开座位就有一个男人坐了下去，一个肥头大耳的男人，坐下去的时候还很舒服地叹了口气。

火车当然还是向前开着，但姐姐现在只能站着了，姐姐满腔怒火地站在车厢尽头，目光狠狠地盯着车厢中部人头攒动的地方。姐姐站了一会站累了，她想凭什么把座位让给那个可恶的男人，她想祖母关于阎王和头发的故事该讲完了，那堆人也该散了，姐姐就一路吆喝着走过去。姐姐走过去就听见了一种苍老的嘶哑的哭诉声，她这才明白了那堆人迟迟不散的原因，现在他们竖着耳朵，就是在听那种苍老的嘶哑的哭诉声。

幸好不是我祖母，是头扎花头巾的老妇人突然哭起来了。姐姐在一旁听了很久才明白了事情的原委，她没想到老妇人的悲伤居然是从她身上引起的。你有福气呀，回家扫墓有孙女陪着，老妇人涕泪横流地拍着我祖母的手说，我也有一群儿女子孙，你别以为我没有儿女子孙，可他们谁肯陪我去？谁肯陪我去？想想就害怕，哪天我也让阎王抓了去，那就一粒米也吃不上一块布也穿不上呀！

我姐姐说她一开始对那老妇人还动了恻隐之心，但听着听着就烦了，而且她看见祖母也被老妇人弄得凄惶惶，祖母的眼睛湿了，她从前襟里抽出自己的手帕给那老妇人擦泪，但那个老妇人接过手帕却擤了一把鼻涕。

姐姐不能忍受这列火车了，她想从人堆里钻进去回到自己的座位，钻来撞去的却怎么也过不去，那群人或者是听得入了迷，或者是不让姐姐占据什么，他们像一堵墙挡住了她。姐姐被挤在人堆中间进退两难，这样持续了很久，姐姐突然急中生智，她扯着嗓子对我祖母喊，奶奶，下车啦！我们到啦！

要知道我祖母坐火车最担心的就是下错了站，最担心的就是火车到站时她不知道。姐姐这么一叫我祖母立即从椅座上跳了起来，祖母慌忙地提起她的篮子，慌忙地推着她身边的那堆人，她说，你们别堵着我，你们堵着我怎么下车呀？急死我了，你们快让我下车呀！

我姐姐后来向全家人描述人群散开的情景时得意地笑了。我们认为那是一次有趣的旅程，可是我姐姐并不这么看，她说，那叫什么坐火车，坐的简直就是，棚？对，就是棚车，棚车。

事实上我们只能想象祖母五十年前坐过的棚车了。火车就是火车，棚车就是棚车，反正火车和棚车是两种不同的车。这个区别我祖母现在也弄清楚了，现在我们要出门远行时祖母会嘱咐几句：要坐火车去，不要坐棚车，棚车上人挤，火车一点也不挤。

小　猫

　　他们家是一座婴儿生产作坊。从六十年代到七十年代初，那个嗓音洪亮丰乳宽臀的女人让邻居们刮目相看。她在家门口倚墙而立时，怀里总是像塞了一个米袋，她的浑圆的双臂交叉着做成一个容器，里面盛着一个毛茸茸的婴儿。你或许已经注意到那些婴儿的脸颊泛出粉红的光彩，是那种健康而美丽的粉红色，有点近似于月季花花瓣外侧的颜色。

　　女人们都叫她蓬仙。蓬仙生下了九个孩子，她自己对别人说，生到最后她咳嗽一下孩子就会出来，这叫什么事呢？都是冯三害了我。有一次蓬仙对几个女邻居赌咒发誓说，冯三要是再逼我做那档事，我，我他妈的就把他阉了！说着蓬仙还亮出了一把新的锋利的剪刀，她一边晃着那把剪刀，一边咯咯笑着。女邻居都知道蓬仙是在开玩笑，她们猜想蓬仙骨子里也是喜欢那档事的。

　　鬼才相信蓬仙那番话呢。蓬仙的衣裳又扣不住了，过了几个月，有人看见蓬仙又在剪尿布，手里抓着的正是那把缠了红线的剪刀。又过了几个月，蓬仙怀里的米袋看上去要掉下来了。又过了几天，冯家的第九个婴儿来到了我们的世界，没怎么就来了，只是啼哭了几声。

是个女孩，冯家人都叫她小猫。

冯家夫妇商量好了把小猫送给别人家当女儿。东门小学的老秦家无子嗣，又跟冯三沾亲带故的，蓬仙就在一大堆名单中挑选了老秦家，她说，那两口子不是老师吗？图他们是文化人，知书达理的，孩子给了他们家，日后没准也能戴上个金丝眼镜呢。冯三挥挥手说，你说送谁就送谁，孩子一窝窝的都是你下的，我不管。

小猫生下来第三天老秦夫妇就来了。男的抱来一床棉胎，女的提着半包红糖。他们一来就被这个家庭吓着了，老秦抱着的棉胎被几个男孩撞落在地上，他刚要俯身去捡，从桌底下冲出两个女孩，争先恐后地跳到棉胎上蹦开了。老秦叫起来，别在上面蹦，这是新棉胎呀。冯三闻声出来，朝两个女孩头上一人扇了一巴掌，转脸对老秦说，到我家来不能带东西，什么好东西都让他们糟蹋了。老秦说，棉胎带来包孩子的，那包红糖是送给嫂子补身子的。冯三瞟了眼女人手里的半包红糖，有点鄙夷地说，没用，这些东西到我家都没用，我们的孩子三九天光着身子也能出门，冻不死他们。红糖更没用，蓬仙她什么都不爱吃，就喝粥。

蓬仙坐在床上纳鞋底，老秦夫妇一进里屋她就把脸转向墙壁，蓬仙说，抱走吧，我不心疼，我转着身子，你们别让我看见就行。

老秦夫妇绕着婴儿的摇篮转了几圈，夫妇俩交换着眼色，不时地耳语几句，却不跟蓬仙说话。蓬仙就用鞋底往墙上笃笃敲了几下，她说，喂，你们葫芦里卖什么药？是我送孩子给你们，难道还要我来下跪求你们吗？

老秦慌乱之中把婴儿的摇篮摇得吱吱地响，他说，嫂子，你别催我们，让我们再考虑考虑。

蓬仙对着墙嗤地一笑，说，考虑考虑？那能考虑出个孩子来吗？

老秦的女人脸上有点挂不住，她伸手摸了摸婴儿的胳膊，吞吞吐吐地说，这女孩儿怎么不如他们结实健康，瘦得像只小猫，哭起来也不响亮嘛。

蓬仙对着墙说，你说这话就像个三岁的孩子，小宝宝生下来才三天，她才喝了三天的奶，怎么能比得上哥哥姐姐呢？

老秦的女人又伸手按了一下婴儿的鼻子，她说，这女孩的模样长得也不如哥哥姐姐周正，眼睛就不大，鼻梁也有点塌，女孩儿家鼻梁塌一点是常有的事，但眼睛吃亏不得。

这次蓬仙按捺不住了，她忽然从床上冲下来，抱起摇篮里的小猫放进她的被窝，她像赶鸭子一样朝老秦夫妇挥着手，嘴里嘘嘘地叫着，走吧，你们快走，我还以为你们有文化，你们的墨水都灌到膀胱里了？我的孩子，刚生下三天的小宝宝，你嫌她丑？你这样的女人要是能生孩子，那才是老天瞎了眼睛。

老秦的女人当场就捂住脸哭起来了，她捂住脸跑到门边，还是回敬了几句，你有什么了不起？你怎么知道是我不会生？你们这种人除了生孩子什么也不懂，你们不懂科学！

蓬仙坐在床上拍了拍受惊啼哭的婴儿，她的嘴角上浮起一抹冷笑，哼，怪到男人头上去了？蓬仙低声嘀咕道，科学？科学也不能让公鸡下蛋呀！

你知道蓬仙是那种脾气火暴口无遮拦的人，一般人斗嘴斗不过她，更何况老秦夫妇多少有些理亏。他们夫妇脸色煞白地跑到门外，冯三还在后面追着说，孩子抱不抱都行，别这么走呀，喝口水再走。老秦的女人果然回来了，她想带走那半包红糖，但那些红糖其实已经不存在了，冯家的几个孩子每人手里都抓着一把，每人嘴里都发出吧嗒吧嗒品味的响声。她看见两岁的男孩小狗坐在桌子底下，正舔着包红糖的那个破纸包。老秦的女人站在一旁朝那堆孩子巡视了一番，出来就对老秦说，冯家的孩子，哼，我一个也不想要。

小猫还在蓬仙的怀里，小猫要送人的消息却传出去了。街上有人在谈论冯家的事情，那些菩萨心肠的妇人看见冯家的孩子，眼睛里便泛出湿润的悲悯的光，他们追上了玩铁箍的小牛和小羊，争着去摸小羊的辫梢，去替小牛翻好肮脏的衣领。绍兴奶奶毕竟有点老糊涂了，她没弄清楚冯家要送掉哪一个女孩，抓住小羊的胳膊不肯松手，绍兴奶奶说，这么俊俏的女孩儿，女孩儿大了比男孩疼爹妈呀，蓬仙怎么舍得把你送走？绍兴奶奶从衣襟上抽出手帕抹着眼睛，六岁的女孩小羊却朝她狠狠翻了个白眼，小羊尖声说，谁说我要送走啦？老东西，你才会让你妈送走呢！

与蓬仙交好的几个妇人则相约一起去看那个可怜的女婴。她们看见那个被唤作小猫的女婴，真的像一只小猫一样躺在蓬仙的怀里，两只小手也像小猫的爪子似的抓挠着蓬仙硕大的乳房。蓬仙一边喂奶一边缠旧毛线，或者说蓬仙在缠旧毛线时腾出了身子给小猫喂奶。

一个妇人替蓬仙绷起毛线说，喂着奶手也不肯闲着，你要累死自己呀？

蓬仙说，我要不把自己累死，这些孩子怎么长得大？

另一个妇人上前抢过小猫抱住，在她脸上亲着，嘴里忍不住含沙射影开了，她说，可怜的小东西，你还笑呢，你妈要把你送人了你还在笑，你怎么笑得出来呀？

蓬仙的眉头跳了跳，沉下脸说，你要是心疼你抱回家去。

第三个妇人说，羊圈大了好养羊，七个孩子九个孩子还不是一样养，蓬仙你怎么会舍得把她送人？

蓬仙说，站着说话不腰疼，你才生了几个？告诉你们你们也不懂，生孩子生到我这份上，男孩女孩，长壶嘴的没壶嘴的，个个都心疼，个个都不心疼。

妇人们一时哑口无言，都愕然地看着蓬仙。蓬仙的眼圈有点红，抓过一块尿布嗤啦嗤啦地擤了把鼻涕，突然又笑起来说，我也糊涂了，我一心要找个比我疼孩子的人家，那不是糊涂？天底下的父母疼的是自己的骨血，哪儿会有我找的那户人家？我还在想呢，我这九个孩子个个跟野孩子似的，就不能有个白白净净戴金丝边眼镜的？细想想也不对，女孩子家眼睛坏了才麻烦，日后嫁了人，要是大伯子小叔子什么的爬错了床，她也看不清楚，那不是白白吃大亏吗！

你知道蓬仙就是这种像黄梅雨季的女人，雨下得急，太阳也说出就出。那天也一样，几个妇人后来被蓬仙逗得蹲在地上笑，蓬仙却不笑，瞪着女婴的手怔了一会儿，没头没脑地说，我是可怜他们。

你知道我们街上的妇人们大多是爱管闲事的，她们不打算把自己的孩子送给别人，但她们开始热心地为小猫物色一户好人家，当然她们每个人都清楚蓬仙心目中的好人家是什么条件。有一天她们终于与化工厂的女会计碰了头，女会计与一个海军军官结婚十几年了，还没有孩子，丈夫远在南海疆域，没有谁比女会计更需要一个孩子，几个女人在化工厂一角与女会计嘁嘁咕咕说了半天，后来她们就把女会计领到蓬仙家里来了。

那天恰逢小猫满月，蓬仙煮了一锅红蛋，顺手蘸了点蔻汁点在小猫的前额上，而冯家的其他孩子脸上额上也都画得红红绿绿的，分成两排伏在桌上，他们正吸溜吸溜地享受着小猫的满月面。

蓬仙却不怎么理睬女会计，旁边的说客刚要兜出来意，就被蓬仙制止了。别说了，我知道你们干什么来了，蓬仙咬烂了一口面条塞进女婴的嘴里，她说，真滑稽，把我们家当卖人口的铺子啦？

女会计脸色立刻尴尬起来，好在说客与蓬仙厮混惯的，她凑到蓬仙耳边低声说了一番话，蓬仙终于窃窃一笑，又说了一番话，蓬仙就哈哈笑开了，一边笑一边还揉搓着胀奶的乳房。蓬仙不时地朝女会计瞥上一眼，眼光有时是猜忌的，有时却充满怜悯。

这女孩长得丑，鼻梁塌，眼睛也小。蓬仙突然说。

孩子都可爱，我觉得她一点也不丑。女会计说。

这女孩瘦得像只猫，以后不知道能不能长得大。蓬仙又说。

你说到哪儿去了？女会计笑着说，只要细心照料，孩子哪儿有长不大的道理？只要你放心给我，我保证这孩子以后白白胖胖的。

我放了一半心。蓬仙审视着女会计，沉默了一会儿，倏地钻到被窝里去，用被子蒙住头说，抱走吧，抱走吧，别让我看见我就不心疼。

旁边的说客朝女会计使了个眼色，女会计求婴心切，果然抱起婴儿的襁褓就走。小猫并没有哭，倒是四岁的小牛追上来拽女会计的衣角，嘴里尖叫着，你偷我们家的东西。女会计夺路而走，边走边说，不是偷的，是你妈送的。女会计疾步走出冯家门，蓬仙还是追了出来，蓬仙光着脚追出来，一迭声地喊着，奶，奶，奶呀！

什么奶？女会计回头一看，蓬仙满脸是泪，倚在门框上，双手紧紧地按着自己的乳房。

奶，奶，蓬仙抹了把眼泪说，你没有奶水，你怎么喂孩子呀？

那没问题，人工喂养，我早想好了。女会计抱紧了婴儿，她说，我买奶粉、奶糕，还有鲜牛奶、鲜果汁，不会饿着孩子的。

人工喂养怎么行？孩子长不出力气。蓬仙上前在小猫脸上亲了一口，然后她突然做出了一个奇怪的决定，我来喂奶，我每天抽空给小猫喂两次奶，蓬仙说，三袋奶粉也顶不了我的一碗奶汁，不喝我的奶小猫长不大的。

后来的纠葛其实就是由喂奶引起的。女会计当时勉强点头应承了蓬仙，但她只遵从了两天。她告诉别人，看看蓬仙给小猫喂奶的样子，她心里别扭极了。既然你把孩子送给我，就该让我来哺养孩子，女会计满腹牢骚地说，凭什么说她一滴奶顶过三袋奶粉？孩子给了我，我就是她的母亲了，为什么非要喝她的奶呢？

蓬仙等了两天，不见女会计和小猫的影子，人就有点失魂落魄的。她想把小猫饿死啊？蓬仙这么喊了一声就冲出家门。她先是走了半个城市找到女会计的家。那门上挂着铁锁，门前晾着一排用新纱布剪成的湿尿布，蓬仙摸了摸那些尿布，忍不住嘀咕道，懂个屁，新纱布哪有旧的好？女会计的邻居告诉蓬仙说，陈会计还没下班呢，她刚过继了弟弟家的孩子，这几天忙坏了。蓬仙一听就笑了，那不是她亲侄女吗？又问那邻居，那孩子夜里闹不闹？邻居说，怎么不闹？夜里闹得左邻右舍都睡不着。蓬仙一听就不说话了，心里想，没生养过的女人就是不会带孩子。

蓬仙急急匆匆地又穿越半个城市，朝女会计所在的化工厂走去，走到半途上，奶汁涨得厉害，蓬仙就找个僻静处把奶汁挤掉了一半。大约午后两点钟左右，蓬仙闯进了化工厂，传达室的老头想拦住她盘问几句，蓬仙却急急匆匆地往里面奔跑，她说，不喂不行了，要饿坏了，要饿坏了！老头在后面追着喊，你跑什么？什么饿坏了？蓬仙头也不回，边跑边叫了一声，我的孩子！

蓬仙来到了化工厂托儿所的窗外，一眼就看见小猫，一个保育员正拿着一瓶淡黄色的液体往小猫嘴里塞。蓬仙或许是急晕了头，一时竟然找不到托儿所的门，干脆就从窗子里翻了进去。里面的保育员惊呆了，纷纷过来围住了蓬仙，蓬仙也来不及解释，衣裳一撩就抢过了小猫。这样过了一分钟，母婴俩脸上都露出了一种轻快幸福的笑容。保育员们却仍然没醒过神来，七嘴八舌地盘问开了，你是陈会计的什么人？你是她弟媳妇吗？你是她请来的奶妈吗？

蓬仙不理睬这些问题，她伸出食指在婴儿脸上轻轻划了一圈，说，才两天不到，就瘦了一圈。又指着床上的奶瓶问，那瓶子里黄颜色的，是什么东西？保育员说，橘子汁呀，陈会计关照的，两点钟给孩子喂橘子汁。蓬仙一听火又蹿上来了，她说，懂个屁，橘子汁也能顶饱？这么酸的东西，孩子的胃怎么受得了？孩子那胃比豆腐还嫩呀，这么喂孩子不得胃病才怪。蓬仙说话的嗓门很高，几个午睡的孩子被吵醒了，哇哇大哭起来，保育员们就请蓬仙到外面说话，蓬仙一边走一边说，这儿的孩子胆小，换了我家那些孩子，就是来个戏班子在他们床前唱戏打鼓，他们也不会哭一声。

到了外面蓬仙仍然抱着小猫，后来女会计闻讯赶来，看见蓬仙抱孩子的那模样那表情，她就预感到这个女婴已经不属于她了。蓬仙的目光冷冷地投射过来，充满了愤怒和轻蔑。

女会计说，你怎么找到这里来了？

蓬仙说，我要是不来，孩子是死是活还不知道呢。

女会计急了，她说，你怎么这样说话？孩子不是好好的吗？你以为就你的奶水值钱，孩子离了你就活不成啦？

蓬仙抱住小猫朝左边右边晃了几下，现在看来我的孩子离了我就是活不成。蓬仙的语气忽然变得平静，她抱着小猫走到女会计面前，说，我要带她回家，你要不要再抱一抱她？女会计绝望地扭过头去。你不要抱最后一下？蓬仙在女会计身边停留着，她脸上的表情像雨云一样急遽地变幻着，最后变成一丝悲哀的冷笑，她说，你也不怎么样，我还是看错人了。

女婴小猫就这样被她母亲又抱回了家。第二天我们街上那些好事的妇人来到冯家，她们叽叽喳喳地议论着女会计的那瓶橘子汁，蓬仙听得不耐烦了，她说，咳，喂点橘子汁也没什么了不起，我变卦也不是为了橘子汁，是她没经住我的考验，我让她抱孩子最后一下，我想看她抱孩子时哭不哭，她一哭我的心肯定软了，可是她不要抱，她不要抱，那个女人，她没经住我的考验呀！

小猫像一只小猫一样偎着蓬仙长大了。

冯家九个孩子中，蓬仙最疼爱的就是小猫，小猫的哥哥姐姐嫉妒她，吵起嘴来就说，你以为妈疼你？你刚生出来时差点让妈送给人家。小猫不相信，跑去问蓬仙，蓬仙笑着回答她，别听他们胡说，就是把他们八个都送人了，妈也不会把你送走的。

蓬仙到哪儿都带着小猫，蓬仙到哪儿小猫都跟着。小猫七岁那年跟着母亲去杂货店买扫帚，看见一个女人在柜台另一侧买凉席，那女人的手在凉席上一遍遍地搓摸着，眼睛却直勾勾地注视着自己。小猫有点害怕，就躲在蓬仙的身后不让她看见。等到那女人走出了杂货店，小猫就大声地问蓬仙，那人是谁？她为什么要盯着我看呢？

蓬仙沉默了一会儿，突然哈哈地笑起来，她在小猫脸蛋上拧了一把，说，她当然要盯着你看，看你长得漂亮不漂亮，看你懂事不懂事，你差点做了她的女儿嘛。

小猫瞪大了眼睛张大了嘴巴哇哇大哭起来，小猫还用新买的扫帚打母亲的屁股，蓬仙怎么哄也没用，一咬牙就使了个撒手锏，她高声喊道，再哭，你再哭我真的把你送给她，送给她去做女儿！

这下小猫被吓住了，小猫顿时止住了哭闹，她的两只手死死地抓住蓬仙的衣角，她的眼睛恐惧地望着杂货店门外，幸运的是那个女人已经拐过街角不见了，那个女人已经不见了。

蓬仙朝杂货店的女店员挤了挤眼睛，她说，没有办法，自己的孩子就得自己养。

那还用说吗？女店员不假思索地回答，那还用说吗？

告诉他们，我乘白鹤去了

　　儿女们没有见到过那只白鹤，他们的年纪都不小了，可是没有谁见到过白鹤。老人说每天黄昏那只白鹤会到水塘边饮水，长长的嘴巴浸在水中，松软的羽毛看上去比新轧的棉花更白更干净，它就站在离核桃树三步远的地方饮水，有时候青蛙从水草丛中跳到岸上，它就扑开翅膀飞走了，有时候牛在地里哞哞地叫起来，它就扑开翅膀飞走了。春天以来老人一直在向儿女们叙述仙鹤饮水的情景，但儿女们说他们就在水塘边灌溉耕地，他们从来没见过什么白鹤。

　　老人就站在离核桃树三步远的地方，弯着腰背着双手观察白鹤在水塘边留下的痕迹，他想要是白鹤留下几对足印或者一片羽毛，他就可以证明它来过了，可惜的是白鹤来去匆匆，什么也不肯留下。即使这样老人也不会怀疑自己的眼睛。他的一生都依赖自己的眼睛看天气，看庄稼，看人来人去，他的眼睛到了七十三岁仍然清朗明亮，谁要是说他老眼昏花，那他自己才是瞎了眼呢。

老人绕着核桃树踯躅了几圈，抬头望树，树枝和树叶上也没有留下白鹤的羽毛，老人长时间地仰着头，脖颈有点酸了，他就按住自己的脖子，慢慢地倚树坐下来。又是黄昏，天边的云朵像一堆未被燃尽的柴堆，他所熟悉的原野、孤树、池塘和房屋又发出一种低沉的叹息声，这种声音只有他能听见，儿女们有耳朵，但他们是听不见这种声音的，他们不相信天黑前的家园会发出叹息。老人在树下坐着，他摸出旱烟袋吸了几口，一阵剧烈的咳嗽声从喉咙里滚出来，他觉得背后的树也被他咳得摇摇晃晃了。或许在烟的事情上儿女们说得对，女儿说他的身体一半是毁在烟上，或许是不该再吸烟了。老人把烟袋里的烟丝倒在地上，很快又捡起来，他想我这是怎么啦，真的是老糊涂了吗？不吸就把烟丝留在烟袋里，怎么把好端端的烟丝倒掉了呢？

老人坐在核桃树下，脸上久久凝结着一种自责的表情。池塘对岸翻地耕种的人们早已经走了，儿女们不在那儿了，除了大片翻起的黑土块，除了从土地深处发出的那种叹息声，四周一片寂静，连原野尽头的太阳也寂静地往地上沉落。老人想等会儿天就黑了，天一黑儿女们就要来喊他回去吃晚饭了，他们对他还不坏，没有嫌他老来多病，但他们只会对他说，爹，回家吃饭了，爹，上床睡吧。他们根本不知道他的心思。他的心思谁知道？核桃树是知道的，核桃树下的白鹤也是知道的，它们不会说话，它们就是说给儿女们听，他们也听不明白，他们根本就不相信那只白鹤在池塘边饮水嘛。老人远远地听见家里人喊他的声音，他站了起来，在离开核桃树之前，他捡起一根树枝，在池塘与核桃树之间的地上来回走了几步，最后他用树枝在泥地上画了一个很大的圆圈。

一个小男孩在池塘边捉泥鳅，一个小女孩在核桃树下捕蝴蝶，他们是老人的孙子和孙女，老人带他们来看白鹤，白鹤的踪影迟迟不见，而老人靠着核桃树睡着了。

白鹤怎么还不来呀？小女孩没有抓到蝴蝶，就伸手去抓老人的耳朵，你说白鹤在池塘边喝水，我怎么没看见白鹤呢？

太阳烧得正旺呢，白鹤还不会来。老人睁开惺忪的双眼望了望天空，他说，太阳一下山白鹤就会来的。

白鹤住在哪儿？住在大山里吗？小女孩问。

不是，白鹤从很远的地方飞来，又飞到很远的地方去。老人说，连我也不知道白鹤住在什么地方，大概在一千里之外吧，白鹤住在我们看不见的地方。

小男孩抓到了一条泥鳅，他用衣服包住泥鳅，跑过来向老人展示他的战利品。我抓到了一条泥鳅，小男孩对他祖父说，你把泥鳅切碎了扔进水里，那只大鸟就会来的，大鸟最喜欢吃泥鳅。

那不是大鸟，老人说，是白鹤，白鹤是最吉祥的鸟，白鹤飞到哪儿，哪儿就有一个人乘着白鹤到天堂去。

你要乘着白鹤去天堂吗？小男孩问。

我想乘着白鹤去天堂，可我不知道白鹤肯不肯驮我去。老人唇边掠过一丝悲凉的微笑，他站起来沿着地上画出的圆圈走了几步，他说，不是什么人都能乘上白鹤的，我也不敢想我能乘上白鹤，可我说什么也不会让他们把我拉到西关去。

他们拉你到西关去干什么？小男孩说，谁要把你拉到西关去呀？

西关有个火葬场。老人对孙子比画了几下，嘴里发出毕毕剥剥模拟火焰的声音，他说，人到了西关就化成一股黑烟，看着你爹你叔叔你姑姑他们吧，等我一死他们就会把我拉到西关去，他们商量好了，他们要送我去火葬。

你不想去就不去呗，小男孩话一出口就知道自己说错了，于是他咯咯地傻笑起来，你要是死了就不能动了，我明白了，小男孩说，你要是死了，他们想拉你去哪儿就去哪儿。

对了，他们想拉我去哪儿就去哪儿。老人摸了摸孙子的头发，忽然剧烈地咳嗽起来，老人揪着自己的喉部，一边咳嗽着一边说，我让他们……长成……人……他们……要……把我变成……烟。

小男孩发现祖父的眼睛里突然噙满了泪，他用手去抹了抹祖父的眼睛，你别怕，小男孩想了想安慰祖父道，他们是吓唬你的，人怎么会变成烟？人不会变成烟的。

人会变成烟，老人终于止住了咳嗽，老人一动不动地靠在核桃树上说，人是会变成一股烟的。

春天午后的阳光照耀着祖孙三人，蜻蜓在池塘的水面上飞，粮食种子在池塘边的泥土下生根发芽，蒲公英在路边开出了黄色的小花，那些年幼的生命都环绕着七十三岁的老人飞翔或者生长，老人朝它们挥了挥手，他靠在核桃树上又闭上了眼睛，但他刚睡着就被孙女的声音吵醒了。

小女孩跳到地上的大圆圈里蹦着跳着，她大声说，为什么要在这里画一个大圆圈呢？

别在里面玩。老人睁开眼，他朝孙女摇着头说，那是爷爷的地方，你们别在里面玩。

这是你睡觉的地方吗？小女孩说，家里有床，床上才是你睡觉的地方呢。

等爷爷死了就不能睡家里的床。老人摇着头说，爷爷只能睡在这儿，就连这儿也睡不成，他们会把我拉去西关的，你爹你叔叔你姑姑他们，他们肯定会把我拉去西关的。

你要是把自己藏在这里，他们找不到你就不会拉你去西关了。小男孩眼睛一亮，忽然拉住祖父的胳膊说，你要是钻到地下死了，他们找不到你，你不是可以永远躺在这里吗？

不能躺在这里，小女孩尖声说，这里没有床，还会有毒蛇来咬你的。

老人转过脸凝望着孙子，他把小男孩揽到怀里说，你刚才说什么？让我钻到地下去死？那是个好办法，可我怎么能钻到地下去呢？

活埋。男孩眨巴着眼睛想了一会儿，大声说，活埋就是挖个坑，把人埋进去，再把土盖住，你喘不出气来就会死，这样你不就钻到地下去了吗？

聪明的孩子。老人的身子哆嗦了一下，他的眼神黯淡无光，所以他的笑意看上去凄苦而无奈。多么聪明的孩子，老人紧紧地搂住孙子说，可是谁来给我挖这个坑呢？爷爷年纪大了，力气没了，挖不了这个坑，谁肯来为爷爷挖这个坑呢？

我来挖，男孩说，我会挖坑！

我也会挖坑！女孩也在旁边唯恐落后地叫起来。

你们太小了，老人推开了孙子，一边揉着眼睛一边埋下头来说，挖坑是个力气活，你们干不了的。

干得了，我挖过坑的。男孩在焦急之中暴露了一件秘密，他附在祖父的耳边说，你记得三叔家的那头羊吗？那头羊不是走丢的，是被我活埋的！

老人下意识地伸出手去，他想揪孙子的耳朵，但手伸出去后便疲乏地落下来，落在膝盖上，老人的手在膝盖上哆嗦着，他说，埋羊和埋人不是一回事，羊是牲畜，可爷爷是一个人，爷爷还是一个活人呀。

人也一样嘛，把坑挖大一点不就行了吗？男孩说。

可是你怎么能把爷爷活埋了呢？我是你爷爷，没有我就没有你爹，没有我也就没有你，你怎么能把你亲爷爷活埋了呢？老人捂着胸又咳嗽了一通，他卷起衣角抹了抹眼睛，说，那不行，你爹知道了非揍死你不可。

只要我们保密，他们就不会知道。男孩回头看了眼他的妹妹，他说，你别担心她，她不敢说出去的，她要敢说出去，看我不揍死她。

老人笑了笑，他不再说话。他闭起眼睛想着孙子的那一番话，老人的嘴角上残存着那丝宽和的微笑，但他知道眼泪正在不知不觉中流出来，他听不见眼泪滚落的声音，只听见四周的土地仍然散发着沉沉的叹息声。

男孩把手放在老人的鼻孔下试了试，他说，爷爷，你还在呼吸吧？

我还在呼吸，我还活着呢，老人仍然闭着眼睛靠在核桃树上，他说，带你妹妹到池塘那边去玩吧，别太吵，你们不是想看白鹤吗？太吵就会把白鹤吓跑的。

小男孩带着小女孩跑到池塘那侧捉泥鳅，他们站在一条新开的沟渠里忙乱了一会儿，没有再捉到一条泥鳅，却看见沟渠里扔着一把铁镐和一把铲子，不知是谁在挖好沟后忘在那儿了。小男孩起初没在意那两件农具，但是在不见白鹤也不见泥鳅的情况下，他觉得很无聊，后来他就捡起了它们，一手拖着铁镐，一手拖着铲子朝核桃树下走去。小男孩一边走一边对小女孩说，你什么都不懂，爷爷害怕火葬，他不想被火烧成一股烟，他想把自己埋起来，埋人一定要先挖一个坑！

他们走到核桃树下时发现老人睡着了，老人睡梦中的脸让兄妹俩想起了冬天里丝瓜架上的最后一条丝瓜，兄妹俩站在地上的那个大圆圈，他们朝老人看了一会儿，又互相小声地嘀咕了一会儿，后来哥哥就模仿大人挥起铁镐，在大圆圈的中心挖下了第一块泥土。

铁镐的声音再次惊醒了老人，老人睁开眼说，我让你们别吵，怎么还在这儿吵？白鹤会被你们吓跑的。

没有白鹤，小女孩说，爷爷你骗人，我爹说你老眼昏花，把池塘里的鹅当成白鹤了。

白鹤会来的。老人抬头望了望天空，他说，太阳还很高呢，等太阳落山白鹤就会来的。

小男孩把铁镐藏在身后，把铲子踩在脚下，他看见老人的目光轻易地找到了它们，突然黯淡，突然又亮了。老人凝视着那两样农具，一直喘着粗气，小男孩便有点惊慌失措，他说，是你自己要活埋的，你可不能去跟我爹告状！

我不告你的状。老人笑了笑，垂下头用手揉着眼睛说，我睡糊涂了，睡这么会儿就把自己的话给忘了，是我自己要活埋的，我不想让他们拉去火葬，我不想变成一股烟，我想留在这里让白鹤把我带走嘛。

爷爷你忘了？要活埋就要先挖一个坑呀！小男孩说。

是得先挖一个坑，可是这个坑要挖得很大很深，要能把爷爷的身体藏住，你能挖得那么大那么深吗？老人说。

不用挖得很大，只要挖深就行了，你可以站进去的。小男孩说。

聪明的孩子。老人慈爱地看着孙子，还有孙子手中的铁镐，还有地上的铲子。过了一会儿老人说，那你就挖吧，抓镐抓得高，挖起来会容易些，挖吧，要是有人问你在干什么，你就说挖坑种树。

小男孩响亮地答应着，再次挥起了铁镐，他对他妹妹说，闪一边去，你什么都不会干，别在这儿碍我的事。

小女孩朝祖父跑去，她伏在祖父的膝盖上看着她哥哥挖坑，她说，爷爷你别把自己埋起来，埋起来透不出气，你会死的。

老人在孙女的脸上亲了一口，他说，聪明的孩子，爷爷是会死的，可是死在土里比死在火里好，死在火里爷爷就变成一股烟，死在土里爷爷还能看见白鹤，爷爷想让白鹤带着走呢。

老人紧紧地搂着孙女，看着他的孙子挖坑，老人说，歇口气再挖，别累着，爷爷现在觉得有点力气了，让爷爷自己来挖几镐吧。

池塘那边的小路上偶尔有人经过，有人看见老人带着孙子孙女在核桃树下挖土，他们以为那祖孙三人是在种树，他们想老人疾病缠身，多年未做农活，那么个老人也只能栽栽树了。还有人看见老人带着孙子孙女坐在池塘边东张西望的，他们听说过老人与白鹤的事情，他们从来没见过白鹤，因此就不相信那件事情，他们捂嘴一笑，说，这老汉，今天带着孙子孙女来看白鹤呢。

黄昏时候池塘边仍然没有白鹤饮水的身影，核桃树下的土坑却挖得很深了，参加挖坑的祖孙三人都已经累坏了，他们坐在潮湿的新土堆上俯视着脚下的深坑，看见阳光无力地透过核桃树投在坑内，坑内似乎闪烁着许多碎金的光芒，看上去温暖而神秘。

老人替孙子抹去了额上的汗，他说，看把你累成什么样子了，可你不知道你帮爷爷干了件多大的事呀。

男孩说，不累，等会儿盖土就省力啦。

老人让孙子去听深坑里的声音，他说，你听见坑里发出的声音了吗？那是泥土在下面叹气呢，泥土其实一年四季都在叹气的。

男孩趴在坑沿上听了会儿，抬起头说，没有叹气，土里什么声音也没有。

你也听不见。老人摇了摇头说，你们都听不见泥土叹气的声音，只有我知道它在叹什么气，现在泥土正为我叹气呢。

爷爷，你是不是不想进去了？男孩端详着祖父的脸，他说，你怎么哭了？是你自己要这样的，你要是不想埋就别埋了，我们回家吧。

不，我就要进去了。老人缓缓地站起来，他扶住孙子的肩膀说，我是高兴才掉的泪，你才这么小，却帮了爷爷的大忙，现在爷爷真的要藏起来了，等会儿盖土的时候千万别怕，你得把爷爷盖得严严实实的，他们才找不到我，千万别怕，记着你是在帮我，爷爷不想变成一股烟呀。

我不怕。男孩看着手里的铲子说，我会用铲子，铲土很容易。

老人朝池塘上空观望了一会儿，自言自语着，太阳下山了，白鹤该飞过来了。老人扣好了衣服的扣子，又转向呆坐在旁边的小女孩说，等会儿你别朝爷爷看，你看着池塘，你会看见白鹤的，喏，白鹤就在那边喝水。

老人小心翼翼地滑进了深坑中，祖孙三人的劳动竟然巧夺天工地容纳了老人的身体，老人站在坑内，仰着脸对孙子露出了满意而欣慰的笑容，他说，好孩子，现在开始铲土吧，记住，一铲接着一铲，我不让你停你就千万别停，来，开始铲土吧。

男孩顺从地开始铲土，除了几声沉闷的咳嗽声，他没再听见祖父的嘱咐，祖父已经嘱咐过了，不让他停他就不能停。于是男孩一铲接一铲地往坑里填土，他看见潮湿新鲜的黑土盖住了祖父花白的头发，这时候他犹豫了一下，他说，爷爷，再填你会透不过气的。他听见了祖父在泥土下面的回答，祖父说，别停，再来一铲土，告诉他们，我乘白鹤去了。泥土下面传来的声音听来很遥远，但却是清晰的，男孩记住了他祖父最后一句话，他想祖父在泥土下面或许也能透气的，他还在说话嘛，他说他乘着白鹤去了。

那天夜里男孩一手拉着他妹妹，一手拖着把铁铲回到了家，男孩站在门口拍打着身上的泥土，他突然觉得有点害怕，他用一种尖厉的声音对大人们说，爷爷乘着白鹤去啦！

海滩上的一群羊

男孩将一把沙子从左手灌到右手，又从右手换到左手，最后沙子从他的指缝间无声地泻下来。他的眼睛漠然地盯着海面上的一个红色浮标，除了鼻孔里偶尔吸溜几声，男孩对于他初次见到的大海不置一词。

你怎么不说话？工程师端详着儿子的脸，他说，大海与你的想象不一样？就是不一样的，它并非像你们语文书上说的无边无际，知道吗，大海其实很像一只碗，一只巨大的碗，里面盛满了咸涩的液体。

男孩一动不动地坐着，他看见一只海鸥飞快地俯冲到海面上，又迅速地飞走了，他没有看清海鸥叼走的是小鱼还是小虾。

我以为你会喜欢海呢，看来你一点也不喜欢。工程师叹了一口气，懒懒地躺到沙滩上，你是在看海还是在发呆呢，他伸出一只手拉着儿子的耳朵说，你觉得大海像不像一只碗？

男孩移开了父亲的手，他把沙子扔回到沙滩上，扭过脸望着远处的灯塔，仍然没说话。

也有人把海洋比喻成荒原，只不过人不能在上面行走。你觉得海洋像一片荒原吗？工程师说。

初冬的海滨寂静而空旷，除了几个捞海带的渔民，长长的海滩上看不见一个游客的踪影。正午的阳光温暖而乏力，却又轻易地穿透了无云的天空，散落在海面上，某些海域看上去有一条金色的大蛇舞动着，熠熠生辉。男孩始终没看见海里的鱼虾，只看见那条金蛇虚幻地游动着。

现在海面上风平浪静的，你大概觉得不像大海了，工程师说，海洋的魅力在于它的变化，你现在只看到了它的宁静，可海洋其实是不宁静的，再住几天你就知道了。你会知道海洋与月亮引力的关系，月亮像一块大磁铁，它吸住海水海水就涨潮了，它放下海水海水就落潮了。还有风，遇到大风天气，风会像推土机一样推着海水走，那时候你将会听见大海的咆哮了。

如果风能在海上走，人也能在海上走。男孩说。

你说什么，你说谁能在海上走？

人，人也能在海上走。男孩这么大声说着，突然跳起来朝一块礁石跑去，工程师下意识地跟着儿子，边跑边问，你往哪儿跑，你说你要在海上走？但工程师很快发现儿子的目标是一只玻璃瓶子，那只小小的玻璃瓶子卡在礁石的石缝中，在阳光的映照下显得晶莹剔透。

男孩拾起了瓶子，他拧开黑色的瓶盖，一股奇怪难闻的气味扑鼻而来，瓶子里的小半瓶水浑浊不堪，三颗白色的药片已经被水溶蚀，轻盈地浮在瓶子里。男孩把瓶子放到鼻孔下面，吸紧鼻翼辨别着那股气味，他觉得不是什么普通的药味，他说不出来那是一种什么气味。

这不是漂流瓶，把它扔掉。工程师说。

男孩没有听从父亲的命令，他重新拧好瓶盖，将瓶子贴着耳朵用力摇晃起来，他听见瓶子里的水开始翻滚涌动，好像是一只变形动物发出了痛苦的吼叫。

是一只药瓶？你在玩一只药瓶？快把它扔掉。

工程师想从儿子手中夺下药瓶，但男孩敏捷地闪避开了，男孩面向大海，做出了扔瓶子的姿势，只是做了一个姿势，而他的眼睛冷冷地睨视着父亲。这不是一般的药瓶，他用一种夸张的语气说，这是一瓶毒药。

工程师嗤地一笑，但笑容在他脸上稍纵即逝，他向男孩伸出手去，板着脸说，给我，把它扔掉。

男孩注视着父亲的手，他的嘴角嚅动着，想说什么又没有说。他的脸上出现了某种求援的神情。也就在这时候远处传来了那阵清脆的铃铛声，男孩循声望去，一眼就看见了那个牧羊人和他的一群羊。男孩不禁大叫起来，看呀，你看那边，来了一群羊！

一个牧羊人赶着一群羊沿着海滩慢慢走来，因为蓝色的海水反衬着那群羊，它们看上去白得耀眼，也因为羊群走得缓慢而闲散，它们看上去就像被风吹散的几卷棉花。

真的是一群羊，工程师愕然地说，哪儿来的一群羊，海滩不长草，他把羊赶到这儿来干什么。

羊为什么不能来海滩？人能来羊就能来。男孩说。

那人真奇怪，工程师自言自语地说，海滩上又不长草，把羊赶到这儿来干什么。

羊铃声渐渐清晰了，现在甚至能听见牧羊人在唱着一支什么小调，男孩迎着羊群撒腿跑去，跑出去没多远他的衣领就被工程师抓住了，工程师说，又往哪儿跑，让你看海你不看，你要跑去看一群羊？

我为什么不能看羊？

羊有什么可看的，你都九岁了，你已经上三年级啦。

上三年级为什么就不能看羊，上了大学也能看，这是我的自由。

男孩挣脱了父亲的手，但这次他没敢再抗拒，他歪斜着身子站在那里，目光在工程师和羊群之间愤怒地来回摆动，在男孩跳跃的视线中，牧羊人和他的羊群仍然缓慢地移动着，现在他能看清牧羊人穿着黑棉袄黑棉裤，头上戴着一顶军帽，而那群羊，一共九头羊，它们像九朵棉花一样在海滩上漂浮。

你说要看海，带你来了你在看什么？莫名其妙，捡瓶子用得着坐火车到海滨来吗，看羊用得着到海边来看吗？工程师面有怒色，脑子里的某种联想使他忍不住发出一声冷笑，莫名其妙，你跟你母亲一样，总是莫名其妙。

男孩不再顶嘴，他的明亮的眼睛却突然暗淡了。他低下头，用双脚轮流刨着海滩上的沙子，刨出了一个小坑，然后他猛地蹲了下来，把手里的瓶子放进了坑内。男孩用沙子一点一点地把瓶子盖起来，埋瓶子的时候他的动作有点迟缓，他的脑袋不安地转来转去，目光执着地寻找着什么。工程师挡着儿子的视线，但男孩从父亲的双腿之间找到了他的目标，那个牧羊人和那群羊，令人惊奇的主要是那群羊，男孩想羊群走路为什么这样慢呢，它们走起路来比老人还要艰难，它们走路的样子就像犯了什么罪，人们都说羊是最胆小的动物，这话一点也不错，那群羊在牧羊人身后无声地走着，没有一只羊离群，也没有一只羊敢跟人一样在海滨东张西望。

整个下午工程师和他的同事都在疗养院里打桥牌，男孩曾经到牌桌旁观看了一会儿，他一进去大人们就都盯着他看，他能从那些眼神里觉察出某种同情和怜悯，自从父母离婚以后他便熟悉了这种眼神，男孩讨厌这种眼神，他虎着脸在每一个人身边站了几秒钟，用挑衅的目光瞪着大人们，在这种目光之下大人脸上的笑意渐渐凝结了，他们不再关心男孩的存在，只顾研究各自手里的牌。有一个老头说，怎么样，要我教你打牌吗？他好像在对他的牌说话，好像在教他的牌打牌。大人们这样无视他的存在，男孩同样也不高兴，他绕着牌桌气势汹汹地走了一圈，突然从那个老头手里抽出一张牌扔在桌上，然后一溜烟地跑了。他听见了父亲恼怒的叫声，别在这儿捣乱，给我回去睡觉。男孩就回头说，你还说我呢，你到海边来是来打牌的？

男孩从走廊的这一头奔向另一头，一只海鸥嗖地从他脚下飞起来，吓了他一跳。他不知道海鸥是怎么飞到走廊里来的，地上有半块被扔弃的馒头，男孩想了想就明白了，他把一只饥饿的海鸥赶跑了，他知道海鸥以捕食小鱼小虾为生，它现在飞来啄食又冷又硬的馒头，一定是饿得没办法了。

那只饥饿的海鸥召唤着男孩，是一只海鸥，而不是后面所说的羊群，请记住这一点。男孩后来找到了两只冷馒头，他把馒头掖在口袋里，偷偷跑出了疗养院。你知道男孩是去给海鸥喂食的，但当他来到海滩上，看见的却是那个牧羊人和他的那群羊。

牧羊人坐在一条废弃的舢板上，那群羊就在舢板旁边呆呆地站着，就像一群萎靡不振的罪人，窥望着主人手里的鞭子。奇怪的还是那群羊，它们现在看来不是雪白洁净的，每只羊的皮毛都显得肮脏不堪，灰茸茸的羊毛扭结着，根本不像什么棉花。更让男孩惊奇的是九只绵羊现在变成了七只，他明明记得数出的是九只，可现在数来数去却只有七只羊。

孩子，你喜欢羊呢，牧羊人跳下舢板，走到男孩身后说，我看出来了，你喜欢羊呢。

牧羊人的脸是那种讨好人的笑脸，一笑就露出了嘴里的黑牙，那张脸枯黑粗糙，眼角上结着一颗硕大的眼屎，男孩闻到他的棉袄上有一股浓烈的腥臭味。你身上有臭味，男孩嚷嚷着后退了一步，他的视线绕开牧羊人，在羊群里又巡视了一圈，你这人真糊涂，丢了羊都不知道，男孩说，你原来有九头羊，现在只剩下七头了，你不知道你丢了两头羊？

没丢，羊才不会走丢呢，牧羊人说，那两头羊是卖了，刚刚卖掉的。

卖了？你到这儿来卖羊？男孩瞪大了眼睛，你为什么要卖羊？

不卖羊不行，不卖羊就没盘缠了。牧羊人说。

什么叫盘缠，不卖羊怎么就没盘缠了？

盘缠就是赶路的钱呗，牧羊人又露出黑牙笑起来，他用羊鞭挠着脖子上的一块癣痕，说，没钱了，没钱就赶不了路，人就心慌呢。

你赶路去哪儿，去北京吗？

去北京？做梦去吧。牧羊人自嘲地拍了拍脑袋，他的脸上出现了一种腼腆不安的表情，你这孩子嘴碎，什么都问。他咯咯地咳了一会儿，吐了一口痰在沙滩上，突然笑着说，告诉你也不丢人，我找我女人呢，我女人上月跑出来啦，她家里人说是上海边找活儿干来了。孩子，我正想问你呢，你有没有见过一个女的，穿花棉袄扎绿头巾的，大大的眼睛，宽宽的嘴巴，你有没有见过？

没见过，男孩想了想说，现在是冬天呀，冬天是旅游淡季，谁上这儿来？没人上这儿来的。

她可不会旅游，她是出来找活儿干的，孩子，你知道这附近有什么厂子吗？

没有工厂，这儿是旅游区呀，怎么会有工厂呢？

还真是的，连个烟囱也不见，牧羊人手搭前额朝四处张望着，说，这地方就只有海，这么大的水，看着人心慌。

那女的就是你爱人吧，她出门不告诉你？男孩咬住手指想了一会儿，突然眼睛一亮，他说，你们肯定是离婚了吧，要不她上哪儿怎么会不告诉你呢？

你这孩子长的什么嘴？牧羊人勃然翻脸，怒视着男孩说，离婚？离的什么婚，她要敢跟我离婚我打断她的腿，她还怎么往外跑？牧羊人气咻咻地坐了下去，那条舢板嘎喳响了一下，牧羊人又笨拙地翻了个身，面对大海，嘴里呼呼地喘着气。过了一会儿他好像平静了，这海水真大呀，他指着海面说，没见过海还就是想不出海有多大，说起来我们村离海也就八十里地，可隔着三重山，山挡着你，什么也看不见，我这辈子还是第一次看海呢。

男孩不知道牧羊人为什么生气，他的注意力很快就被那群羊吸引过去了。男孩蹲下来摸了摸一头绵羊的耳朵，就是那头羊的颈脖上套着一圈铃铛，他先是摸了摸铃铛，而后开始摸绵羊的背脊，他能感觉到它像一个人一样颤索着。你别怕，男孩说，我不是来买你的。他的脑子里突然又闪过一个念头，羊的心脏是不是也像人一样跳动呢？于是男孩就把耳朵轻轻地贴在羊的肚子上，虽然一股腥膻味使他下意识地捂住了鼻子，但男孩却清晰地听见了羊的心跳，它与人的心跳几乎有着同样的节奏和音色。

我看你喜欢羊，你是真的喜欢羊呢，牧羊人的脸上堆满了笑，他说，孩子，你也买两头羊吧，很便宜的。

你说什么？男孩受惊似的跳了起来，你要把羊卖给我，你要把羊全卖光？

不卖没办法嘛，自己养的羊，能卖几个钱就是几个钱。牧羊人挤了挤眼睛说，买两头羊吧，去跟大人要二十块钱，给你一头公的，一头母的，以后还能生小羊呢，就二十块钱，这价钱不昧良心的，你知道，养大一头羊也不容易呢。

我不买羊，男孩说，我买羊干什么？

干什么不行？牧羊人说，我这是良种羊，宰了能吃，剪了毛能纺线，剥了皮能做皮衣皮帽，你们城里人现在不是时兴穿皮衣吗？

我不穿皮衣，大人才穿皮衣呢，我也不买羊，男孩迟疑了一会儿，又说，我也没有钱，没钱不能买羊。

去跟大人要呀，牧羊人用一种热切的目光盯着男孩，他说，要是嫌贵八块钱也行，两个八是十六，去要十六块钱吧，要来了你就能牵两头羊走啦。

我爸爸不会给我钱买羊的，男孩摇了摇头说，我也不要牵你的羊，我们楼里不让养羊的。

男孩从羊群身边走开了，似乎是为了洗刷他与羊群的关系，他站在离羊群七八米远的地方，若无其事地向两侧摇晃着身子。羊都好好的，为什么要卖掉它们呢，他说，卖掉它们你忍心吗？

羊再好也是羊，变不了人。牧羊人回头环顾着羊群，眼光突然迟滞而凝重起来，他叹了一口气说，你这孩子的嘴呀，怎么像锥子一样扎人？一天天喂大的牲畜，谁忍心卖掉呢，可它们现在成了我的累赘啦，不卖也没草喂它们，卖了还能换几个盘缠呢。

男孩没说话，他看见牧羊人的脸上浮现出一丝悲凉之色。不知怎么男孩觉得牧羊人有点可怜，但当他转脸看见那群羊时，对牧羊人的同情便消失了，羊不会说话，羊什么也不说，男孩想羊比牧羊人可怜多了。

我知道我女人心高着呢，她肯定是跑到城里去了，她就是跑天边我也要找到她的，我就是扔不下这群羊，它们成了大累赘了。牧羊人这时突然向男孩伸出一只手，用一种近乎乞求的眼神瞪着男孩，你是个好心眼的孩子，发发善心吧，去跟大人要五块钱，不，要十块钱，牵两头羊走吧。

男孩又后退了几步，他满面惊恐地看着牧羊人那只粗大而肮脏的手，猛地扭身跑了。男孩从来没有遇见过这样的人，又可怜又古怪，还有点令人恐惧。男孩在沙滩上跑着，口袋里的两只馒头就掉了出来，也正是这时候他才想起了那只海鸥，他站住了寻找那只海鸥，但他很快意识到所有的海鸥长得都一样，成百上千的海鸥在沙滩上飞来飞去，他根本认不出哪只是走廊上遇到的海鸥。

后来男孩就坐在海滩上给海鸥喂食。他撕下一块馒头屑扔进海里，立刻有几只海鸥从空中冲向海面，争抢仅有的那点食物，男孩快乐地拍起手来，他又扔了几块馒头屑在沙滩上，这次是一大群海鸥咕咕狂叫着飞了下来，几乎遮蔽了男孩头顶上的天空。男孩感到一种说不出的快乐，他不知道牧羊人是什么时候站在他身后的，牧羊人弯着腰站在他身后，他的鼻息像蒸汽一样喷到了他的脸上。

那是白馒头。牧羊人说。

是冷馒头，男孩惘然地说，我在喂海鸥，你也想喂吗？

你用白馒头喂那些鸟？牧羊人说。

那是海鸥，它们饿了也吃馒头，看见了吗，它们很喜欢吃馒头。男孩说。

牧羊人仍然满脸堆笑，他对男孩慢慢地摇着头，两只手来回搓弄着。男孩不知道他想干什么，只看见他的脸涨成了猪肝色，尖突的喉结上下耸动着，右手食指僵硬地指着男孩手里的馒头。男孩不知道他想说什么，只听见他嘿嘿傻笑着，鼻孔里喘着粗气，过了一会儿他咽下一口唾沫，说，这么好的白馒头，喂鸟多可惜，让我吃了吧。

男孩恍然大悟，男孩说，你不能吃这馒头，这是我在地上捡的，又硬又脏，这馒头只能喂海鸥。

也不是我吃，牧羊人的眼珠骨碌碌地转着，他说，我想拿它喂羊呢。

你骗人，羊吃草，羊才不吃馒头呢，男孩说，你要馒头不能自己去捡吗，就是那儿的疗养院，你自己去捡吧。

牧羊人朝男孩手指的方向张望了一会儿，那都是干部住的房吧，我可不去那儿丢人现眼，他说，再说他们也不会让我进去的。

男孩不再理睬他，他又扔了一块馒头屑出去，紧接着他的手腕就被牧羊人抓住了。别扔了，别再扔了，牧羊人用一种悲愤的眼神盯着男孩，他说，我用一头羊换你的馒头，那总行了吧？

男孩不知所措，但从他脸上可以看出他有点心动了。

两个馒头换一头羊，孩子，你占大便宜啦，牧羊人夺下男孩手里的馒头，然后把他往羊群那儿推了一下，我说话算数，牧羊人说，去，去牵一头羊吧。

男孩观察着他的表情，牧羊人说话好像是认真的，男孩犹豫了一会儿，终于鼓足勇气朝羊群走去，边走边说，是你自己要我牵羊的，你可别反悔。

我不反悔，快点牵，牵了就走，牧羊人背对着男孩说，回去记着喂它，羊命贱，给它一把草一堆菜叶，它就能活着。

男孩挑选了那只脖颈上有铃铛的绵羊，他牵着羊跑了几步，心怦怦地跳了起来，回头偷偷地一看，牧羊人已经躺在舢板上了，那顶旧军帽遮住了他的大半张脸。剩下的六头羊仍然安静地守着它们的主人，对于失去一个伙伴似乎无动于衷。远远的男孩能看见牧羊人的下颌，他的下颌一直在动，男孩不能肯定那是睡眠时的抽搐还是吃馒头的咀嚼。

我们知道男孩最后并没有把羊牵回到疗养院，走到半路上他就听见了工程师的呼唤，工程师的声音很焦灼也很愤怒，男孩下意识地松开了那只羊，他丢下羊朝旁侧跑了一段路，又朝前飞奔了一百米，最后站在工程师面前呼呼地喘着气。我去看海了，男孩对他父亲说，我没看羊，我在看海。

晚餐时分疗养院里弥漫着食物和菜肴的香味，工程师发现儿子心神不定，他闪烁的眼睛里明显藏着什么秘密。男孩草草地吃完饭，开始在每张饭桌间穿梭往来，他带着一种神秘的表情拉着大人们的手，你要买一头羊吗，男孩压低嗓门说，五块钱一头羊，很便宜的，你要买的话我带你去。别告诉我爸爸就行。

但工程师很快就知道了儿子的秘密，他对儿子的表现非常恼火，拽着儿子匆匆离开了餐厅。你气死我了，竟然做起羊贩子来了，工程师厉声说，你还说谎，下午你根本没看海，你是在看羊。

看羊就是看海，羊在海滩上，男孩理直气壮地为自己辩解道，看了海才看见羊，羊就在海滩上呀。

你还狡辩？工程师忍住笑说，你才九岁，就学会狡辩了。你跟你母亲一样，做什么事都有理由。

男孩的脸突然涨红了，你放屁，男孩怒吼了一句，猛地撞开他父亲夺路而走。对于这个随意的比拟，儿子如临大敌，这是工程师未曾预料到的。工程师讪讪地跟着儿子，心里有点后悔，他想，他们母子间的感情或许超出了他的想象，以后在儿子面前说话还是小心为妙。

到达海滨的第一个夜晚窗外起了大风，大风吹响了疗养院里的每一棵树木每一块石棉瓦，哪个房间里的音乐声被风声一点点地吞没，最后消失了。室内的人们可以听见远处海滩上飞沙呼啸，海浪以凶猛的节奏一次次拍打沙滩，发出动人心魄的巨响。男孩站在窗前，入夜以后他一直站在那里观望着远处的海滩，男孩手里抓住一把牙刷，他用牙刷笃笃地敲着窗台，应和海浪的节奏。那种噪音破坏了工程师的阅读，工程师盯着儿子的背影看了一会，干脆放下书，与儿子一起站在了窗前。

看见海浪了吗？工程师说，我告诉过你，大海是随时会起变化的，你看现在的海浪有多高有多猛，这才是你想象中的大海吧。

我没有看海，我在看月亮。

看见月亮有没有想起什么，那首诗，海上生明月，千里，千里怎么着？有没有想起这首诗？

我没有想诗，我就在看月亮。

你肯定忘了那首诗了，你五岁我就教你这首诗，现在都忘了？

我没忘，我就是不想背诗，我要看月亮。

那你就看月亮吧，看看月亮像什么，像不像一把镰刀，不，像不像一只银盆，许多文学作品里就是这样描写的，说月亮像一只银盆。

男孩沉默地站在窗边，他一直眺望的其实不是月亮，而是月光下的那片海滩，海滩与水在夜色中黑白分明，海水是黑蓝色的，沙滩上则漾满了灰白色的月光，他听见了风中的飞沙之声，但飞沙无从捕捉，只看见一阵阵白浪像巨兽扑向海滩。男孩一直眺望着的其实也不是海浪，而是海滩上的那群羊，还有那个古怪的牧羊人，这个秘密他不会告诉父亲。男孩守望着海滩，他的智慧告诉他，牧羊人赶着六头羊离开了海滩，这么冷的夜晚，这么大的北风，他们不会留在海滩上的。男孩的眼睛却告诉他，他看见的那些白色的影子就是一群羊，一群羊正滞留在海浪飞沙之间。月光一片昏暝，男孩突然看见一头羊走进了海水中，像一朵棉花被风吹入了海里，然后便是第二头羊和第三头羊尾随着走进海水之中。男孩几乎大叫起来，他不敢相信自己的眼睛，他用牙刷柄顶住自己的眼睛，可他看见的还是那群羊，那群在月光下洇水而去的羊，它们在夜色中显得如此醒目，每一头羊遍体闪烁着比棉花更白的光亮。男孩不相信自己的眼睛，但他看见的就是一群投奔大海的羊，它们被牧羊人遗弃在海边，现在它们朝海上走了，它们漂浮在暗黑色的大海上，漂浮在汹涌的波浪之间，远远望过去就像六朵棉花在海面上行走。

男孩终于呜呜大哭起来，男孩的哭声使工程师感到震惊，你怎么回事？工程师慌忙抱着儿子，他说，你在想什么，你看见了什么？

男孩把牙刷塞进嘴里，他想用牙刷堵住自己的哭声，但他的哭声仍然从牙刷的缝隙里漏出来，羊群下海了，它们会被淹死的，男孩边哭边说，谁也不要那群羊，它们会被海水淹死的。

你在说些什么，海上哪来的羊群？工程师伏在窗台上，迷惑地眺望着远处的海面。过了一会儿他嗤地笑了，你在说海面上的月光吧，工程师爱怜地抚摸着儿子的头发，他说，这有什么可哭的呢，月光落在海面上，看上去确实很像羊群，我也觉得像一群羊呢。

我们知道工程师无法安慰他的儿子，男孩没有把秘密告诉他。事实上男孩最挂念的是那头脖颈上挂铃铛的绵羊，是他扔下了那头羊，他不知道它是否与羊群在一起，他不知道那头羊最后去了什么地方。

水 鬼

河水向东流。装满油桶的船疲惫地浮在河面上，橹声的节奏缓慢而羞涩。油桶船从桥洞里钻出来，一路上拖拽着一条油带，油带忽细忽粗，它的色彩由于光线的反射而自由地变幻，在油桶船经过河流中央开阔的河面时，桥上的女孩看见那条油带闪烁着彩虹般的七色之光。

女孩站在桥上，目送油桶船渐渐远去，她的视线尽头是另一座桥，河水就是在那里拐了弯，消失了。另一座桥的桥畔有一家工厂，工厂的烟囱和一座圆形的塔楼引人注目。女孩一直不知道那座塔楼是干什么用的，即使离得很远，塔楼的那个浸入水中的门洞仍然清晰可见，女孩用她的玻璃柱照着远处的那个门洞，正如她预想的一样，离得太远了，她没有得到任何反射的图像。塔楼若无其事，当西边河上游的天空云蒸霞蔚的时候，塔楼上端的天色已经暗下来了。

天色已经暗下来了。女孩看见她姑妈从桥上走过，她慌忙把脑袋转过去，但姑妈还是看见了她，她说，你这孩子，这么热的天，不在家里待着，跑这里干什么？女孩说，不干什么，妈妈让我出来的。姑妈没说什么，她扭着腰肢下了桥，下了桥又回头向女孩喊道，早点回家！你傻乎乎站那里，人家又来欺负你！

女孩站在桥上，她还不想回家。一个穿海魂衫的患有腮腺炎的男孩跳上了桥头，他就住在桥下杂货店的楼上，女孩认识他。男孩用手捂着涂满草药的腮部，他说，你手里抓着什么东西？给我看看。女孩知道他指的是那个玻璃柱，她背过双手，毫不示弱地盯着男孩。不给你看，她这么说着，一只手却突然把玻璃柱举了起来，她说，你别碰它，这是用来照水鬼的！

男孩意欲掠夺的手缩了回去，他说，你骗人，哪来的水鬼？水鬼在哪里？

女孩指了指桥下的河水。现在在水里。她用手指着河面上尚未散去的油带说，你没看见，水鬼就在那下面潜水。你看不见，我能看见。

男孩说，你骗人。那你说水鬼要潜到哪儿去？

女孩脸上露出了神秘的微笑，她收起玻璃柱说，我发现了水鬼的家。我不会告诉你的。女孩向桥下走去，回过头说，你们都以为水鬼的家在水里，其实不对，你们都弄错了。

女孩下了桥，看见那个男孩捂着腮茫然地站在桥上。他什么都不知道。她想即使他看见了远处的那个塔楼，他仍然不会猜到这个秘密。

一个青年像一只青蛙一样在河面上行进。另一个青年像狗刨水似的跟在他身后。他们游到了桥下，也许他们游不动了，也许他们的目标就是游到桥洞，两个人先后钻出了水面，坐在桥洞的石墩上。

女孩打着尼龙伞，站在桥上，她一直期待他们向前游，游到她看不见的地方，她以为他们会一直游下去，游到河下游另一座桥那里。但他们却坐在桥洞里了，他们在下面大声地说话。一个青年说，水太脏了，他妈的，你有没有看见那只死猫？我差点没吐出来！另一个青年还在喘粗气，他说，看见了，是只黄猫。大概是吃了老鼠药。

女孩努力地将身子向桥栏下弯下去，她想看清楚那两个青年的脸，但看见的是其中一个人的腿，那个人的腿被太阳晒得很黑，小腿上长着浓密的汗毛，脚背上好像刚刚被什么扎破过，上面清晰地留下了红汞水的痕迹。

死猫有什么？女孩突然插嘴说，前几天我看见过一个死孩子，看上去像一只兔子！

谁在上面说话？下面的一个青年说。

肯定是邓家那个傻丫头。另一个青年说，她脑筋不好，别理她。

女孩的脑袋先是缩了回去，立刻又探出去，朝下面啐了一口，你才是傻丫头！女孩愤愤地回敬了一句，然后她用玻璃柱向下面照了照，照到的还是一条毛茸茸的黝黑的腿，女孩听见下面的人在说，不理她。女孩就说，谁要理你们？她听见自己的声音被桥洞放大了，显得很清脆。女孩将手里的尼龙伞转了一圈，又转了一圈，她说，骗你们是小狗，有一个死孩子前几天漂过去了，他跟你们一样在游水，让水鬼拽住了腿。水鬼把他拽到河底去了！

桥洞里的两个青年发出了咯咯的笑声，然后有一个人扑通跳入了水中，大声喊叫着，不好了，有水鬼，水鬼，救命！另一个人便更加疯狂地笑起来。

女孩看见他们嬉闹时弄出的水花溅得很高。女孩说，你们别闹，水鬼现在不在这儿，你们把它惹恼了，它会潜来抓你们的。

来了，水鬼潜来了！一个青年在水中翻了个筋斗，他的嘴里发出了一种恐怖的叫喊声，我的腿，我的腿被水鬼抓住了，快来人，救命，救命！

女孩知道他们是在闹着玩，他们不把她的劝告当回事，女孩有点生气，她拾起桥上的一块碎玻璃向河里扔去，她说，你们就会在这里瞎闹，你们有本事就一直游，一直游到那塔楼里，告诉你们，那是水鬼的家！

母亲不准女孩出去。有一天她用凤仙花为女孩染了指甲，她说，我们说好的，染了指甲就不能出去疯了，今天你好好待在家里写作业。母亲看见女孩坐在门前，仔细地观看自己的十片桃红色的指甲。母亲说，今天太阳这么毒，你要再出去疯，别人都会骂你是傻子。女孩竖起她的十根手指对着太阳照了照，看见自己的十片指甲像十朵凤仙花的花瓣，晶莹剔透。母亲说，今天太阳这么毒，你要出去太阳会把你的皮肤晒焦的，你要再偷偷溜出去，让太阳晒死你！

外面的太阳好像是沸腾了，女孩看见石板路上冒出了隐隐的白烟，卖冰水的女人在很远的地方吆喝着，对门宋老师提着一只水壶，打着她家的尼龙伞匆匆跑出去买冰水了。

有人出去的。女孩嘀咕道，谁说没人出门？只要打着伞就行。

女孩的脑袋转来转去的，她在寻找什么东西。母亲知道她想找什么，母亲说，别找了，洋伞让我收起来了，你就是不知道爱惜东西，外面这么毒的太阳，把伞都晒坏了！

母亲坐在竹椅上打了个盹。迷迷糊糊中她觉得手里的葵扇没有了，她没有睁开眼，以为葵扇是掉在地上了。她不知道女孩又出去了，而且还带走了她的葵扇。

那天女孩用一把葵扇遮着午后的阳光来到桥上。没有人注意到她刚刚染过的指甲，没有人注意到她。女孩上桥的时候，恰好看见一个男人扛着一块长木板走下桥，木板差点刮到她，女孩在后面大叫一声，小心！她看见那个男人慌张地回过头来，是一个陌生的农民模样的男人，女孩注意到他的背心和裤子都是湿的，一路走一路滴着水。女孩突然笑起来，她说，你干什么呀？他好像一时没听懂女孩的问题，他说，什么干什么？女孩说，你怎么湿漉漉的？你是水鬼啊？男人把左肩膀上的木板换到了右肩，水鬼？什么水鬼？他木然地看着女孩，过了一会儿似乎明白过来，然后他嘿地一笑，指了指桥下不远处的一块驳岸，我不是水鬼，他说，看见没有？我们在水里干活呢。

女孩顺着他手指的方向，发现化工厂的驳岸上聚集着一群民工。那群人光着上身，有的在岸上，有的在水里，吵吵嚷嚷的。女孩用手扒着桥栏，她说，我要看。女孩回过头对那个民工说，我要看。

民工眯起眼睛看着女孩，然后他又笑了笑，露出焦黄的牙齿。女孩看见他扛着木板下了桥，她注意到他腿上粗壮的凸出的静脉血管，像许多蚯蚓，他的小腿和脚踝处沾满了黄色的泥浆。

夏天，一群民工为化工厂修筑了一个小码头。女孩站在桥上，耐心地目睹了民工们打桩、围坝、抽水的全部过程。起初没有人注意到桥上的那个女孩。女孩站在桥上，手执一把葵扇，挡着午后的阳光。起初她只是站在桥上看他们，不知道她在看什么，她对什么产生了兴趣，她只是在看。女孩偶尔会调整手里葵扇的位置，葵扇便遮住了她的大半张脸，她只是站在那里看，但是有一次她突然叫起来，水鬼来了！起初她只是试探着有所顾忌地吓唬他们，后来她就显得招人憎厌了，她大声地向他们叫喊，水鬼来了，快上岸，小心水鬼抓你们的脚！民工们有时停下手里的工作，恼怒地瞪着桥上的女孩，每逢这时候，女孩就逃，她三步两步跨下桥，一眨眼就不见了。

民工们也议论桥上那个女孩，他们一致猜测女孩是傻的。幸运的是女孩没有影响他们工程的进展。他们计划用八天时间筑好这个小型码头，实际上他们只用了一个星期，一个星期之后小码头就竣工了。竣工的那天他们一直在向桥上张望，整整一天，他们没有看见女孩的身影，民工们不知道她那天为什么不来，就像他们不知道此前几天她为什么天天站在桥上。女孩不在桥上，桥显得很空洞，女孩不在桥上，桥上的阳光到了黄昏时分仍然有点刺眼，这原因也简单，就是因为桥上没有人，女孩不在桥上。

民工们不知道女孩到她姑妈家做客去了。

第七天女孩到城市另一侧的姑妈家去做客，黄昏回家，过桥的时候她发出了一声惊叫。母亲当时拽着她的手，母亲吓得甩开了她的手，你叫什么？母亲说，吓死人了，好端端的你尖叫什么？女孩站在桥上，看着不远处新筑的码头，她想站在桥上，但是母亲粗糙而有力的手再次拽住了她。不准站在桥上，像个傻子，母亲气冲冲地说，你知不知道人家都说你是傻子？大热天，整天站在桥上，不是傻子是什么？女孩被母亲拽着下了桥，她说，别拽呀，你把我的手拽断了！母亲说，不把你拽回家，你就站在桥上让人笑话！女孩努力挣脱着，别拽我，水鬼才这么拽人呀！女孩绝望地盯着母亲紧拽着她的手，突然叫起来：我看见水鬼了！你是水鬼！母亲就扬手打了女孩一个巴掌，整天嘴里胡说八道，母亲说，你再胡说八道的，哪天真让水鬼把你拽到水龙王那里去！

第七天夜里女孩在母亲的眼皮底下溜了出去。女孩以前从来不在夜间出门，所以母亲看着她从竹椅前绕出去，看着她手里抓着一个像手电筒一样的东西，就是没有想到女孩手里抓的是一只真正的手电筒，女孩带着手电筒从她眼皮底下溜出去了。

石板路的两侧有人在乘凉。有人看见了女孩，他们叫着女孩的名字说，这么晚了，你去哪里？女孩说，我到桥上去乘凉。他们就说，这女孩很聪明嘛，桥上风大，是乘凉的好地方呀。女孩走到了桥上，桥上有几个青年，他们坐在桥栏上抽烟，看见女孩上桥，他们停止了说话，一齐看着她。有人先嘿地笑了，说，又是她，邓家的傻丫头。整天站在桥上！女孩鄙夷地扫了他们一眼，她说，你们才傻呢，你们才整天站在桥上呢。女孩伏在另一侧桥栏上，做出一副井水不犯河水的样子。她用手电筒照了照桥下的河面，然后又关上了手电筒。其实她是要看那个新筑的码头。那个码头已经从河面上升了起来，新浇的水泥在月光下面散发出一种模糊的白光。女孩站在那里，莫名地感到伤心，她多么想好好看看那边的码头，她守了六天，亲眼看见了那些民工修筑码头的所有细节，却唯独遗漏了这个新事物从河水中升起来的过程。她想好好观察新码头，但是那几个讨厌的青年在她身后说话、怪笑，弄得她心神不定。

女孩决定离开桥头。她下了桥，向河岸的方向走去，桥头上的青年在她身后喊，傻丫头，你去哪里？女孩没有理睬他们。她心里说，你们要霸占桥头就让你们霸占好了，我才不稀罕站在那里。女孩打开手电筒向新码头走去，看见河水从桥洞里奔涌而出，夜色中的河水看上去比夜色更浓更黑。

一大片水泥地坪袒露在月光下，散发出水泥本身特有的腥味，欢迎女孩的到访。女孩小心地伸出一只脚，试探着水泥的强度，水泥还没有干结，在手电筒的光柱下，女孩看见自己的凉鞋印子，清晰地刻在地坪上。

工棚还在，里面黑乎乎的，没有一点动静。女孩用手电筒照了照工棚里面，照到了角落里的一张草席，草席旁边放着一只搪瓷脸盆，一只饭盒。女孩知道还有一个人留守在码头上。女孩用手电筒向四处照射着，除了化工厂一年四季堆放在这里的大木箱、废旧的机器，女孩没有看见那个人。在更远的地方，在河流突然藏匿的地方，那座塔楼被月光浸泡着，微微发红，现在那个水中的门洞一点也看不见了。女孩谛听着河流的声音，她的耳朵里灌满了河水呢喃自语的声音，还有一种奇异的击水声从塔楼方向渐次而来。女孩瞪大眼睛盯着河面，她没有发现什么，没有游泳的人，没有人。但是那击水声却越来越清晰越来越近了。女孩有点害怕起来，她向远处的桥头张望着，桥头上的几个青年还在那里，女孩就向他们叫喊了一声，水鬼，有水鬼！桥头上的人影晃动了几下，没有任何回应。女孩害怕了，她在河岸边一跳一跳地跑，手里的电筒光摇摆不定，女孩在奔跑的时候看见河水在她脚下无声地流淌，夜色中的河水比夜色更浓更黑，女孩惊惶地跑过新筑好的码头，她听见了自己急促的呼吸声，她听见了水鬼的呼吸声。水鬼来了！突然一下她脚上的凉鞋被什么东西咬住了，女孩惊叫着低下头，看见水泥地坪黏住了她的凉鞋。与此同时，她听见河里响起一阵杂乱的打水声，她看见一个人从黑暗的水面上钻出来，溅出许多晶亮的水花。女孩再次惊叫起来，她认出那是桥头扛木板的民工，但她还是一声声地尖叫起来，水鬼，水鬼，水鬼！女孩认出那是一个人，他的手里还举着什么东西，但她还是一声声地尖叫起来，水鬼，水鬼，水鬼！

　　如果桥头上的几个青年相信水鬼的传说，他们将证明邓家女孩的传奇故事。可是他们不相信河里有什么水鬼。这使女孩嘴里的故事最终成为真正的故事。

那天夜里九点多钟他们隐隐听见新码头那里传来的声音，有人曾经想过去看个究竟，但被同伴阻拦了，同伴说，哪来什么水鬼？别听那傻丫头瞎叫。他们留在桥头上聊天抽烟，后来，大约到了十点钟左右，女孩走过来了。他们不知道发生了什么事，只是看见女孩浑身湿漉漉的，手里捧着一件东西。他们本来谁也不愿意搭理邓家这个女孩，可是他们听见女孩一边走一边哭泣。桥上的人纷纷跑了下去，他们看见那个女孩像是刚刚从水里爬起来，她哭泣着向桥这边走来，手里捧着的竟然是一朵莲花，是一朵红色的硕大的莲花，他们首先是被这朵莲花迷惑了。那几个青年都围上来看，莲花是真的莲花，不是塑料的，花瓣上还凝结着水珠，他们七嘴八舌地问女孩，从哪里弄来的莲花？女孩仍然哭泣着，女孩像是在睡梦中哭泣，她的双手紧紧地捧着莲花，苍白的手指缝间有水珠晶莹地滚落。一个青年说，别大惊小怪的了，是从水里漂来的，是从公园的莲花池漂来的。其他人就用询问的目光看着女孩，对吧，是从河里漂来的吧？女孩不说话，女孩捧着莲花往街上走，青年们跟在她身后，又有人说，你个傻丫头，你是跳到河里去捞莲花了吧？小心淹死了！就是这时候女孩突然回过头来，女孩的嗓音听上去沙哑而令人心悸，她说，是水鬼送给我的莲花。她说，我遇到水鬼了。

就是这个女孩的故事风靡了整整一个夏天，如果让她亲口来说，别人听得会不知所云，不如让我来概括这个故事，故事其实非常简单，说的是邓家的女孩遇到了水鬼，不仅如此，水鬼还送了她一朵红色的莲花。

一朵红色的很大的莲花。

骑 兵

我表弟左林是个罗圈腿，这意味着他无论如何努力，腿部以及膝盖是无法合拢的。我姨父左礼生将这不幸归咎于左林幼时对一匹木马的迷恋，也不知道有没有科学根据。那是一匹从街道幼儿园淘汰下来的木马，苦命的大姨当时还健在，是幼儿园的保育员。她利用关系，花五毛钱为儿子买下了这件庞大的礼物。她知道这礼物对丈夫也有益，有了木马，左礼生就不用天天趴在床上给儿子当马骑了。那匹木马我小时候也见过，却无缘一试，左林不让别人骑。我记得马身蓝色的油漆已经剥落，马头两侧的手柄经过无数个孩子的抓捏，很像一对活生生的光滑而油腻的马耳朵。左林从早到晚骑在木马上摇晃，他在木马上吃饭，看连环画，有时候困了，就抱着马头睡着了。左林就是那么自私，宁肯抱着木马睡，也不让别人骑。

左林九岁那年冬天，我大姨在幼儿园门口出了车祸，她双手提着孩子们的两个尿桶在结冰的街上走，结果被煤店运

221

煤的卡车撞了。就隔了一夜，好端端的大姨像一只惊鸟似的飞走，飞走再也不回来了，也应了大姨讲的鬼故事里的圈套，任何东西都会变成魔鬼，任何魔鬼都擅长变戏法，最后不知是尿桶魔鬼还是煤渣魔鬼变了这个恶毒的戏法，把大姨自己变没了。据我母亲他们回忆，给大姨办丧事的时候他们便发现左林的腿不对劲，他不会跪。他跪着的时候两个膝盖井水不犯河水，并不拢，人好像盘腿坐在地上。大家当时处在混乱与哀恸之中，有人上去搬弄过左林的腿，弄了几下，没用，也就算了，那样的场合谁还顾得上讨论左林的腿形问题呢。过了很长时间左礼生带左林去看骨科医生，他扒下儿子的裤子问医生，我儿子不会是罗圈腿吧？医生说，就是罗圈腿呀。左礼生急了，在医院里等着医生手到病除，医生却告诉他，你儿子的腿形矫正不过来了，也没有必要矫正，不碍什么事，只不过走路难看一点。左礼生对医生的话是信任的，同时也不盲从，他认定儿子的腿与木马有关，回家后就把那匹木马当柴火劈了。左林那天的尖叫声引来了半条街的邻居，孩子们面对那匹被毁的木马心情复杂，一方面感到可惜，一方面忍不住地幸灾乐祸。而大人们对左礼生的劝慰引起了他更大的愤怒，骑马骑马，左礼生挥舞着柴刀说，骑马骑出个罗圈腿，我劝你们以后别让孩子骑马，木马也别骑！

左林是个罗圈腿。我们香椿树街上的孩子崇拜胳膊上有老虎刺青的三霸，崇拜断了一根食指的阿荣，甚至崇拜练拳击的豁嘴丰收，却没有人瞧得起我表弟左林。大家认为左林走路不仅是难看，而且可笑，他站立的时候两条腿似乎永远准备夹一件什么东西。如果他确实是骑在一匹马上，我们会敬仰他，可惜他不是在内蒙古的大草原上，我们香椿树街除了几条狗、几只猫，还有王德基家不顾卫生禁令擅自养的一群鸡，连一头小毛驴也不产，连地头蛇三霸也无马可骑，他左林能骑什么呢？左林唯一可骑的是我大姨留下来的旧自行车，他借助黄昏暮色的掩护，在街上偷偷地骑车玩，总有人无事生非，斜刺里插出来拽住他的自行车。下来下来，我骑车，你来追！有人特别喜欢出左林的洋相。有人喜欢看左林出洋相。他们互相挤眉弄眼，目光的焦点对准了左林的腿。左林弯着腿站在人们的视线里，他那两个可怜的膝盖似乎在艰难地喘息着，就像牢笼里的困兽在喘息，然后左林奔跑起来，他徒劳地向劫车人高喊道，停住，给我停住！他的两只膝盖也依次发出了嘶哑的呼喊声，黄昏的香椿树街两侧响起了一片笑声——为什么左林一奔跑大家就发笑呢，说起来你不会相信的，左林的膝盖在奔跑时会发出声音，它们会尖叫，它们甚至还会哭泣。

如果左林是一棵树就好了，树永远不需要立正，随便怎么长得歪歪斜斜的，都无人在意。可左林不是树，是人就会听到立正的命令，这命令对绝大多数人是容易执行的，人人都能立正，我表弟左林却立不正。

左林不喜欢体育课，不喜欢团体操，不喜欢军训，可我们的学生时代几乎就忙着做那些事了。平心而论，好多教师或领队在处理左林的特殊情况时能够特殊处理，别人立正时由他一直稍息着，有的干脆就将他从整齐的队列中剔除出来了。但也有人天生多疑，吹毛求疵，比如我们学校的体育教师，他误解了左林那种故作轻松的微笑，始终怀疑左林是以调皮的站姿逃避着什么，发泄着什么，对抗着什么。他曾经把左林从操场拉到了厕所里，让左林褪下裤子，亲手检查了他的膝盖，在分外安静的环境中，体育教师也惊愕地听见了左林膝盖的声音。你的膝盖在吱吱地响！体育教师蹲在地上用两根手指敲打左林的双腿，他受惊似的瞪着左林，你的膝盖怎么会响的呢？

左林的嘴角上流露出一丝得意之色，一种不恰当的表现欲使他把双腿交叉起来，人像一根麻花一样站在体育教师面前，他没说话，但眼神分明是在向体育教师炫耀着什么，于是体育教师清晰地听见左林膝盖发出了尖叫声，一种浊重的带有金属碎裂的尖叫声。

怎么叫起来了？别这么站！体育教师一定被左林的膝盖吓着了，他开始慌乱地替左林摆弄站姿，他说，快别这样，小心拧断了腿！

左林记得很清楚，他是如何依靠自己的膝盖震慑一个粗暴蛮横的成年男子的，这种机会并不是太多，左林因此感到莫名的宽慰。他好像局外人似的欣赏着对方脸上丰富的表情变化，从惊吓到尴尬，从尴尬到悲悯，左林咬着手指偷偷地笑。后来体育教师叹了口气说，是站不直，冤枉你了，可是……可是你这腿，以后不能当兵啦。左林满不在乎地拉好了裤子，拉好裤子后又解下，对着小便池撒尿，他说，谁稀罕当兵！他侧过脸偷窥着体育教师，体育教师是当过兵的，他的军裤在左林眼前放射着沉重的绿色的光芒，绿军裤下隐约可见一个体形标准的男人健壮而笔直的下肢线条。那个瞬间左林耳边响起了很多人和他开过的一个玩笑，左林，你以后可以当骑兵。那些人心情各异，却为他的腿设计了同一个美妙的未来，包括街上的地头蛇三霸，他也这么安慰过他——腿弯怎么了，好骑兵腿都是弯的，左林，你以后当骑兵去！

我以后当骑兵。左林站在小便池前左顾右盼，他开始嘟囔起来。某种处境逼迫他思考着什么。厕所的地面中午时被冲洗过，现在半干半湿的，秋天的阳光从排窗里投进来，左林突然发现那块不规则的光影和地上的水渍尿痕混在一起，形状酷似一匹奔马。我骑马。他说，我当骑兵。

体育教师离开后左林仍然留在厕所里，他瞪着厕所的地面，他看见奔马状的水渍在阳光的辐射下开始膨胀，开始起伏，开始向上跳，向上跳。然后那件神奇的事情便发生了，他听见外面的女贞树丛里响起了一阵细碎但异常悦耳的马蹄声，他抬起头向厕所窗外张望，清晰地看见一匹白色的长鬃骏马从树影中向操场奔驰而去。

是一块宣传橱窗挡住了左林的视线，当他追到宣传橱窗后面，白马不见了，马消失的速度比它的到来更加迅捷，最后的马蹄声也被一种嘈杂的刺耳的声浪淹没了。左林看见的依然是学校的灰土操场，操场上尘土飞扬，九月干燥的阳光映照着排练国庆团体操的队列，广播喇叭里一个女声重复着口令，一二，打开……三四，收拢。操场上排成花环形状的人群按照口令模仿花朵的绽放。那匹白马不见了。左林躲在宣传橱窗后心神不定，他怀疑是自己看花了眼，学校里永远也不会跑来一匹马的。但左林不甘心放弃一个奇迹，他耐心地等待着，向每一个发出可疑声息的方向张望。奇迹却没有再次出现，他看见的只是一座类似军营的学校，一半安静，一半喧闹，安静与喧闹尖锐地对峙着。一只金黄色的蜻蜓撞击着玻璃橱窗，一页作业纸在低空中飞了一会儿，落在花坛上。那不是左林等待的奇迹。白马不见了。左林很失望，他不愿意再回到操场上去，在排练接近尾声的时候他独自离开了学校。

按理说左林经过传达室应该是猫着腰匆匆而过的，但左林想再次证实一下来访的白马到底是一次奇迹还是一种幻觉，他敲传达室的玻璃窗，问里面那个老门卫，有没有一匹白马跑到我们学校来？老头说，什么马跑到我们学校来了？左林说，一匹白马，你有没有看见一匹马跑到我们学校来？老头这回听清楚了，他暴怒的反应令左林不知所措，一定是误以为左林戏弄他眼神不好，老头抓过一把扫帚向窗户外扔了出来，我没看见白马，就看见你这头黑驴！

好多人对左林怀着炽热的仇恨，左林下意识地夺门而逃，他是突然想起来老头患有眼疾的，一只眼睛时常用一块纱布蒙着，有时分不清谁是教员谁是学生。他记得老头从传达室里追了出来，老头咒骂他的声音先是愤慨，而后充满了意外的惊喜，他说，好呀，左礼生的儿子！你也配笑话我，我看不清别人看得清你这头小黑驴，你跑呀，跑呀，长着个罗圈腿，你他妈的还想跑多快？

侮辱对于左林是司空见惯的，左林很少为受辱而生气，但他很好奇，为什么别人用了这么多的智慧和词汇来形容他的步态。有人说他走路像撒着尿，一路走一路撒，有人打赌说铁匠家的大黄狗能从他的腿裆里穿过去，有人形容得温和，说他像南极洲的企鹅，有的就令左林记仇了，春耕就这么说过他，像一个刚刚被日本鬼子强奸过的妇女！左林在黄昏的街道上奔跑，他的膝盖照例发出了无声的尖叫。左林听不见自己的膝盖的叫声，他纳闷老头为什么把他称为黑驴，隐约记起来在一部战争电影里看见过一个村妇骑着驴子到敌占区去，驴背上驮着两只花包裹，里面装的是地雷。但驴子

227

的模样在他的记忆中有点模糊，左林在一路奔跑的时候看见的仍然是一匹白马，这回他清醒地意识到那是一匹虚拟的马，因此马奔跑的速度近乎疯狂。他看见自己骑在那匹疯马的马背上，从狭窄的人来人往的香椿树街上疾驰而过，所有的人都驻足观望，左林的嘴里发出了驭手雄壮的吆喝，驾，驾，驾，他对准前方的一辆自行车做了个挥鞭的动作，而后他像一匹马或者像一个骑兵一样在黄昏的街道上奔驰起来。

那年秋天左林按照他想象中的骑兵那样在马背上生活。我母亲去他家送鸡汤，看见他把一堆棉被放在三张椅子上，人坐在棉被上晃着腿，肩膀一耸一耸的。我母亲说左林你搞什么名堂，被子会让你磨坏的。左林从来不向别人解释他古怪的行为，他坐在那匹虚拟的马上把一锅鸡汤都喝完了。我母亲说，喝鸡汤还抖腿呀，看汤都洒了，左林你都那么大了，怎么还玩小孩子的把戏呢？我母亲回家后一直在哀叹没娘疼的孩子不容易长大，更让她担心的是左林坚定的旁若无人的表情，那表情在宣告，我玩的就是小孩子的把戏，不要你管。那年秋天左林独来独往，心中怀着一个灼热而令人费解的秘密。连我都觉察出左林对骑兵生活的疯狂的妄想，我看见过他骑在学校的围墙上，就像骑在马上，一只手威武地指向空中。左林的举止让大家为之担忧，他们都提醒左礼生注意儿子的心智发育问题，左礼生却不乐意听这些，他说，左林就是腿骨头歪了，大脑没长歪，他脾气怪，是让人欺负的，再说他立志要当骑兵有什么不好？瞎子学算命，罗圈当骑兵，那是造化！

由于香椿树街地处南方，除了动物园养着几匹光吃不跑的斑马，你甚至找不到可以替代的牲畜，左林的骑兵生涯的难度大家可想而知。左林为他的马而时刻焦虑着。他无法慢慢地走路，他一走路就听见踢踏踢踏的马蹄声，这声音逼着他以驭手的速度一路小跑，可是他清楚胯下的马并不存在。他从家里找到了一把镰刀，拆下木柄挂在腰上试一试，有点像一把马刀。马刀马靴马鞭都可以用别的替代，独独最重要的马却很难寻觅，整整一个秋天左林做着马的梦，他在学校的厕所附近等待奇迹，但白马再也没有来。然后是一个雨后的清晨来临了，左林醒来发现宿醉的父亲正躺在他的身下，在梦里他爬到了父亲的背上，在梦里他像一个骑兵跃马一样跃到了父亲的背上。那个瞬间左林很惶惑也很惊喜，他轻轻地在父亲背上颠了几下，左礼生宽厚的后背柔软而坚实，让他联想起一匹好马的马背。左林是多么留恋父亲的后背，可是他听见父亲在睡梦中咕哝了一声，起来，小便去。左林就去小便了，一种奇妙的快感仓促间结束了，它不会再来。左林深知他再也不能跃到父亲的后背上去了。

大家都说创作讲究灵感，我表弟左林也是从一次意外中汲取灵感的，就是从那个雨过天晴的日子开始，左林着手从人中间物色他的马。

左林在纸盒厂附近拦马，第一个拦住的是小安，他让小安弯下腰，做他的马。小安是个精明的孩子，怎么肯做左林的马，推开左林就溜了，回过头还威胁道，左林你给我小心点，明天我让三霸来打你。左林说，三霸算老几，明天我让我表哥来打三霸！左林退回到墙影下，继续在街上来往的人群里物色他的目标。他成功地拦住了纸盒厂张会计八岁的儿子，这次他吸取了教训，用了智慧，他说，怎么没有人跟你玩？我来跟你玩，我们玩个好玩的游戏吧。张会计的儿子上了当，可是当他发现左林其实是把他变成一匹马在街道上骑着玩的时候，他就不干了，他怎么推搡左林左林也不下来，小男孩就哭叫起来了。纸盒厂的好多女工都从窗户里向他们探头张望，左林不得不放开小男孩从纸盒厂转移。只骑了五六米远就终止了骑马练习，左林不甘心，他怏怏地环顾四周，忽然觉得这条热闹的街道其实很荒凉。

香椿树街上行人无数，每一个行人其实都可以当他的马，他们好像一匹一匹马从左林面前奔驰而过，却没有一匹马愿意停下来让他跃上马背。火车隆隆地驶过了香椿树街，火车是世界上跑得最快的铁骏马，那么多人骑过它，离得这么近，左林却从来没有上过火车。左林向火车车厢里一些模糊的人脸挥手，那些人一闪而过，火车也像一匹骏马一样一闪而过。在秋天苍白的阳光里，左林感受到了某种深深的孤独。

左林沮丧地来到了铁路桥桥洞，他看见傻子光春胖墩墩的身影在桥洞里左右摇晃着，他在水泥墙上磨一把锁。左林说，傻子，你磨锁干什么？傻子光春说，你不知道锁里面的芯子是铜的？把铜芯子取出来呀。左林说，傻子就是傻子，你花那么大力气磨那点铜？有个屁用，收购站不收的。傻子光春说，不送收购站，我跟货郎换洋画片的。左林说，你简直是世界上最傻的傻子，你不会从家里找吗，听说你奶奶以前是个地主婆，别说是铜了，没准她还有金子呢。傻子光春说，我们家什么也没有，我奶奶喜欢藏东西，家里找不到铜了，我奶奶把她箱子上那把铜锁藏起来了，货郎说那样的大铜锁能换十五张水浒一百零八将，我再有三十多张就收齐啦。左林鄙夷地从鼻孔里哼了一声，这么大的人了，还收洋画片。但与此同时左林听见桥洞里开始回荡着马蹄杂沓的声音，那声音来自傻子的脚下，左林的心跳得厉害。在幽暗的光线里傻子光春呈现出令人欣喜的马的气象，傻子的黑色塑料凉鞋像两片现代化的马掌，傻子修长的骨节突出的双腿比马还要粗壮，傻子浑圆结实的后背是多么理想的马背，而傻子蓬乱的不加修剪的头发似乎模拟着马鬃的形状。左林的呼吸急促起来。他的迷离的眼神透露了一个狂热的心思，傻子光春，多好的一匹马！傻子光春，你就是我的马！

仅仅是在一瞬间，左林的眼前降落下一块小小的草原，还有一匹马。左林像一个驭手向他的马走过去，他忍不住地摸了摸傻子光春的脖子，那脖子很光滑，而且有点油腻，但左林还是感觉到了他想象中的柔软浓密的白色马鬃，傻子光春对左林的举动有点惊讶，他推开左林的手，你为什么摸我脖子？左林凝视着傻子光春，他的手固执地伸过来，在傻子光春的后背上抚摸了一下，他的手告诉他，这是在香椿树街上能找到的最宽厚最安全的马背。但傻子光春怕痒痒，他一边躲闪一边咯咯地笑起来了，他说，左林你疯啦？我又不是女的，你为什么要摸我脖子？左林看了看经过桥洞的行人，竖起一根手指示意他别嚷嚷，他对傻子光春说，我们做个游戏，你当马，我当骑兵，你不会吃亏的，如果你做得好，我马上送你一把铜锁，如果你天天做我的马，我把我的一百零八将洋画片都送给你！

桥洞听见了左林的承诺，当时从两个孩子头顶上经过的一列货车也听见了左林的承诺，却都是没有记性没有嘴巴的东西，没有一个人可以为此作证，傻子光春不放心，他提出要和左林勾指起誓，左林犹疑了一会儿答应了，他说，平时看你傻，要东西的时候怎么不傻了呢？后来他们就隆重地勾了手指。

属于铁路部门的贮木场是左林练习骑术的主要场地。从香椿树街到贮木场去要穿过三条肠状小巷，一个化学品仓库，还有一口池塘。别人不去那里。别人不去的地方是左林的乐园。左林用他父亲的一双高帮雨靴替代骑兵们的马靴，马鞭相对容易一些，左林一开始用的是一条麻绳，但麻绳看起来太粗笨，不像一条马鞭，更重要的是傻子光春怕疼，总是埋怨麻绳抽起来太疼，左林只好换了一条废电线，废电线当马鞭用，傻子光春不怎么抗议了，但它不能发出那种响亮的清脆的啪啪之声，这是左林的一大遗憾。

也可以沿着铁路走到贮木场去。贮木场其实就坐落在铁路路坡下面，很大的一片地方，用铁丝网和木棍草草地围着，除了铁路货运部的人偶尔开着卡车来装运木材，此地永远是安静的。曾经有个高大的长着鱼泡眼的老人看守过这里的木材，后来看不见那老人了，或许是去世了，或许是回乡下养老去了。贮木场的大门锁了起来，但门的两个部分好像闹不团结，都赌气似的歪着，留下一个空隙，正好可容闯入者侧身通过。左林和傻子光春就是从门缝里钻进去的。

看门人的小屋空空荡荡的，透过破碎的窗玻璃能够看见一个脸盆架和半片床板立在满地废纸和煤渣中间，无人居住的屋子看上去都很脏，似乎隐藏着某个阴谋。左林对所有看门人都怀着某种怨恨，包括贮木场的老头。他有个模糊的印象，老头也曾经像别人一样吓唬过他，不知在什么时候什么地方，他也曾模仿过自己走路的模样。左林头一次来贮木场的时候就说服傻子光春，一人在小屋里拉了一泡屎，这让左林感到报复的快乐，但是这个唐突的行为也给他们自己带来了不利，两个人后来走过小屋时，都忍着不向窗户里看，一看就看见了那两堆东西，苍蝇绕着它们飞，更不利的是小屋本来可以作为他们的休息室的，现在却搬了石头砸自己的脚，不好进去了。

秋日的阳光照耀着贮木场的木材和杂草，不远处的铁路上时而有列车轻盈地驶过，车上的旅客如果向南侧路坡下张望，他们会有幸见到左林最辉煌的那段骑兵生涯，他的马是另一个少年，他的马场虽不正规，却是全封闭的无人干扰的，马和骑手当时明显地处于艰难的训练阶段，而贮木场里的一堆堆陈年的圆木和沥青泡过的枕木充当着沉默的观众。

不准偷懒，你再把腰弯低一点，再低一点，左林说，你这么弓着背，哪像一匹马，你像一头长颈鹿！

弯不下来了，再弯我就没法跑了。傻子光春说，你还说我偷懒？你不信，不信我们换一下试试？

慢点，慢点，我要掉下来了。左林说，这哪像个骑兵，像骑驴。

一会儿要快一会儿要慢，我累死了。傻子光春说，我不跑了，休息，休息休息。

不准休息，才跑了一圈你又偷懒。左林高高地举起了他的电线马鞭，练习的不顺利使他控制不了自己的火气，啪的一声，他听见傻子光春尖叫了一声，傻子光春惊恐地回过头，小罗圈，你真用鞭子抽我？你抽那么狠？傻子光春起初仍然以马的姿势驮着左林，突然意识到什么，猛地就把左林从背上掀下去了，一只手使劲地往后背上摸，却摸不到，傻子突然哭起来，说，出血了，一定出血了！

左林跌坐在地上，他知道傻子怕疼，不该抽鞭子的，可是后悔也来不及了，他站起来查看傻子的后背，一边安慰他说，没事，只起了一道红印，划破了一点点皮。左林怀着歉意在傻子光春的伤处比画了一下，没想到傻子推开了左林，傻子空洞的眼睛里燃烧着觉醒的怒火，这怒火使他吼叫起来，我要抽还你一鞭！

傻子光春夺下了左林手里的电线，左林起初一边躲闪一边还用语言威胁对方，很快发现那已经不起作用，傻子就是傻子，他冲动起来就只认唯一一件事，抽还你一鞭！抽还你一鞭！左林能够想象傻子的蛮力会使那一鞭变得多么可怕，所以他只好拼命向大门那里跑，这个情景描述起来似乎有点可笑，一匹马挥着马鞭追逐着骑兵，而骑兵落荒而逃，尽管可笑，但这是一个事实，左林后来脸色煞白地从贮木场逃了出来，他的马不依不饶地在后面追赶他！

傍晚时分绍兴奶奶拉着傻子光春闯进了左林家。他们确实是闯进来的，如果他们事先敲门了，或者绍兴奶奶不是那么沉得住气，先骂几句发个警报什么的，左林是有时间从窗户里逃避这场灾难的。可是左林和父亲两个人吃着饭，只听见门吱嘎一声，绍兴奶奶的声音就像霹雳在身后炸起来了。

左礼生，你还吃得下饭？又吃米饭又吃馒头，你们不怕噎着？

左礼生茫然的表情很快转化为阴郁的怒火，他看了看绍兴奶奶祖孙俩，一只大手敏捷地捉住了左林的手，别动，他对儿子说，你跑我打断你的腿！

绍兴奶奶对事件的描述虽然有添油加醋的成分，但总体上是事实，事实简洁明了，他让傻子当他的马，他答应给傻子一套水浒一百零八将的洋画片，结果傻子一张画片也没得到，后背上却挨了一鞭子。你看看，你那好儿子下的毒手，绍兴奶奶把傻子的衣服撩了起来，看看，看看，皮都烂了，左礼生，平时看你是个忠厚老实的人，我还张罗着给你说媒呢，是不是，你怎么教育了个禽兽不如的儿子出来，别人欺负他，他就来欺负我家傻子，你们家的祖坟要冒黑烟的呀！

左林说，我不是故意抽他的，我不是故意的——这句话没说完，左礼生刮了儿子一巴掌，下半句话咽回去了。左礼生说，给我跪在那里，现在没你说话的份，你去把你的一百零八将拿出来给他。左林就跪在地上了。他看见绍兴奶奶还撩着傻子的衣服，展示傻子背上的鞭痕，突然觉得不公平，便在一边嚷了一句，他也要打我——这句话同样没有说完，左礼生过来刮了儿子第二个耳光，他说，你给我去拿你的画片，马上去拿。左林说，你让我跪的。左礼生说，先去拿，

236

拿给他了再跪，你要跪一晚上呢，有你跪的。左林不动，仍然端正地跪着。左礼生踢了儿子一脚，紧接着他意识到了什么，他看见左林的眼睛里突然涌出了泪光。怎么回事，你没有一百零八将的画片了？你舅舅给你的画片呢？左林转过脸看着墙壁说，都送光了，林冲鲁智深李逵，那些好的都给东风拿去了，春耕打我，我让东风去打他的。左礼生焦急之中顾不上别的了，追问道，那剩下的呢，一百零八将，有一百零八张呢！左林似乎感觉到父亲的巴掌将再次来袭，预先用手捂住了脸，他就那么捂着脸交代了画片的去向，其他都给郁勇抢走了，他说他当我的保护人。

　　左林记得父亲举起了拳头，值得庆幸的是傻子光春突然爆发的哭声救了他，绝望的傻子哭起来就像一个三岁的孩子，左礼生被那样沙哑而稚气的哭声吓着了，他丢下儿子向傻子光春走过去，他摸着傻子的脑袋，傻子晃了晃脑袋，把左礼生的手晃开了，继续张着大嘴，绝望地哭。左礼生手足无措地看着绍兴奶奶，他说，我要打死他，绍兴奶奶，我让左林给气晕了，事情弄到这一步，该怎么罚他，该怎么罚我，你老人家说句话吧。绍兴奶奶向左礼生翻了个白眼，似乎要说出什么刻毒的话来，突然却急火攻心，喉咙里涌上一口痰，就是这一口痰的停顿，让绍兴奶奶想起了事件之外的许多事件，绍兴奶奶一下子悲上心头，捂着胸，叫了一句，我们祖孙俩的命怎么这样苦呀——竟然也哭起来了。

绍兴奶奶和傻子光春一个尖锐一个粗哑的哭声在左家回荡了大约三分钟，三分钟后左礼生恢复了理智，他做出了一个非常合理而公正的决定，他把左林推到傻子光春面前，一只手按住了左林的背部。光春，现在轮到你骑他了！只有这个办法才能解决问题，左礼生一只手按住儿子，一只手去扶傻子上马。傻子光春止住了哭声，看得出来他对左礼生的方案很感兴趣，只是不敢贸然行事，他用眼神向绍兴奶奶征求意见。绍兴奶奶却沉浸在几十年的悲伤中了，她在左家的藤椅上坐了下来，闭着眼睛，一口口地吐气，吸气。傻子光春听从了自己的意愿，他骑到左林背上的时候有点羞涩，还要马鞭呢，他说，左林把马鞭放在抽屉里的。左礼生说，好的，给你拿马鞭。左礼生从抽屉里果然找到了那条废电线，他把电线递给傻子的时候看了看左林，左林弯着腰驮着傻子，他的矮小的发育不良的身体在微微摇晃，他的干瘦的双腿也战抖着，呈现出一个悲壮的半圆形，左礼生很想看见儿子的脸，却看不见，左林低着头把傻子光春驮在背上，他的脸埋在灯光的阴影里。

　　傻子光春一会儿便快乐起来了，他咧着嘴笑，似乎对他的角色转变充满了信心和期望。他说，左叔叔，我能把他骑到街上去吗？

　　左礼生迟疑地看了看藤椅上的绍兴奶奶，绍兴奶奶睁开了眼睛，她犀利而坚硬的目光使左礼生有点慌乱，左礼生嘿地一笑，说，当然能骑到街上去，左林骑你也是在外面嘛。

先是三个人来到了夜色初降的香椿树街上，后来绍兴奶奶也出来了。四个人，其中包括一个骑兵，一匹"马"，两个观众兼裁判，他们在刚刚亮起的路灯下以混乱的队形和速度由东向西行进。路人们和一些邻居都看见了这支队伍，孩子们之间的骑兵游戏并不让人吃惊，人们好奇的是为什么左林和傻子光春的这场游戏由左礼生和绍兴奶奶陪伴着，他们居然不加制止。他们问绍兴奶奶，绍兴奶奶，你为什么让光春骑在左林背上呀？绍兴奶奶觉得人家问得没道理，她气呼呼地不理睬人家，倒是左礼生，自己给自己一路打着圆场，说，孩子闹着玩，让他们闹着玩去。

左礼生一直紧跟着儿子和傻子光春，他关注的是儿子的腿，以及儿子的膝盖，正如预料的那样，左礼生很快听见儿子的膝盖发出了呻吟的声音，儿子没有哭，但他的膝盖开始哭泣了，那声音是努力压抑着的，却像碎玻璃一样溅开来刺痛了左礼生的心，左礼生感到了那种难以承受的刺痛，他向傻子光春赔着笑脸，说，怎么样，出了气了吧，街上人多，还有汽车，要不要先下来，让他给你再道个歉。傻子光春却骑得正得意，他说，不行，他骑我骑了很多次了，他骑我骑得比这久多了。左礼生转过脸看绍兴奶奶，绍兴奶奶偏不回应他的信号，只是看管着孙子手里的电线。不许用鞭子，骑就骑了，不能用鞭子抽人。她说着忽然加强了语气，旧社会的恶霸地主才用鞭子抽人呢。左礼生无奈地说，那就再骑一会儿吧。

左林的膝盖却开始尖叫了，左礼生听见了那尖叫声，他相信绍兴奶奶和傻子都忽略了左林膝盖的声音，左林的膝盖快碎裂了，左林的膝盖快爆炸了，他们听不见那可怕的声音。他们听不见。左礼生在万箭穿心的情况下急中生智，他果断地拉住了骑兵和马，不由分说地把傻子光春架到了自己的背上，给你换一匹大马骑，左礼生说，骑大马最舒服了。快，叔叔让你骑大马！

绍兴奶奶反应过来以后试图去拦马，她摆着手说，礼生这可使不得，孩子的事情，你大人不该夹进去，你这让我的脸往哪儿放？绍兴奶奶命令孙子下马，但傻子光春一定发现骑左礼生这匹大马舒服多了畅快多了，他不肯下马，于是骑兵和他的马在香椿树街上一路奔驰起来，骑马啦，骑马啦！左礼生和傻子光春的欢呼声一个低沉一个高亢，骑兵和马都在疾速奔驰中发出了狂热的呼啸声，骑马啦，骑马啦，骑马啦！

我表弟左林记得那天夜里空中飘着些小雨，昏暗的路灯光下有一些昆虫在飞舞，他坐在地上，看着傻子光春骄傲地骑在父亲背上，他像一个真正的骑兵，手执马鞭，身体直立，策马向前飞奔。他看见骑兵和马融为一体，渐渐消失在香椿树街的夜色中，就像他梦想过的骑兵和马消失在草原上。

左林哭了。左林一哭他的膝盖也跟着哭了，膝盖一哭左林就哭得更伤心了。在极度的虚弱和疼痛中他再次看见了马，马从铁路上下来，不止一匹马，是一群马向他驰骋而来，群马穿越黑暗的雨中的城市，无数马蹄发出惊雷似的巨响，他依稀闻见细雨中充满了青草和马的气味，整条街道回荡着马的嘶鸣声。后来他感到马群来到了他身边，他感觉到谁的手，不知道是谁的手，把他扶到了马背上，他骑上了一匹真正的白色的顿河马，他骑在马上，像一支箭射向黑暗的夜空。

西瓜船

西瓜船大多来自松坑一带，河边住惯的人都认得出松坑的船，它们比绍兴人的乌篷船来得大，也要修长一些，木头的船体，下面临近水线的船板上包着白铁皮，船棚尤其特别，不是用油毡篷布做的，是一种用麦秆密密实实编结的席子，随意地架在四根木棍上，看上去像闹地震时候街上的防震棚。

每逢七月大暑，炎热的天气做了西瓜的广告，城北一带的人们会选一个清闲的黄昏，推上自行车，带着麻袋或者尼龙网兜到铁心桥去买西瓜。松坑来的西瓜船总是停在铁心桥桥堍下。七月第一批西瓜船从酒厂码头那里密集的船只中冲出来的时候，就有眼尖嘴馋的孩子从临河的窗子里看见了，跺着脚对大人喊，西瓜船来了，快去买西瓜！更有傻子光春这样的多事者，他们在岸上领着船往铁心桥那里奔，一边奔一边喊，西瓜船来了，西瓜来了！

年年都有西瓜船从松坑一带过来，船多船少而已。连小孩子都能一眼认出西瓜船，顶着那么个麦秆席子，船头上垒了简易的行灶，晨昏时分炊烟照样升起，看上去不像船队，倒像一组违章建筑的棚屋，盖到水上去了。

卖瓜的是老老少少的松坑男人。乡下的男人谁不勤快呢，可是到了铁心桥下他们就显出一种令人疑惑的懒散来，没客人的时候他们不是聚在一起打扑克，就是窝在西瓜堆里打瞌睡，有人跳到船上来，马上就醒了，从船棚里慢慢地钻出来。他们穿着白色的长袖衬衫和灰色蓝色的长裤，不习惯用皮带，裤子用蓝色的布带牢牢地束住，年纪大点的不注重仪表，常常歪敞着裤门，露出里面的花裤头的颜色。他们都带了鞋子，大多是解放鞋、雨鞋、布鞋，也有小青年置了皮鞋，却一律扔在舱里，打着赤脚。总体上来说他们穿得比街上的人多，却显得衣衫不整。他们在铁心桥下卖了好多年西瓜了，有的年年出来，街上的人能热络地喊出他们的名字，上了船和松坑人拍肩膀打屁股的，多半是为省下几个钱笼络人心。有的人还从冷饮店里买了四分钱的赤豆棒冰带上船呢。对于香椿树街人有所图谋的热情，卖瓜人嘴里应着，脸上堆着笑，但眼睛里闪烁着一种精明的防患于未然的光，说，赶紧挑几只回去吧，今年雨水多，瓜地里收成不好，就这么几船瓜，过两天就空船回去啦。

船上没有磅秤，用的是老式的大吊秤，遇到大宗的生意，要两个人用扁担把西瓜筐抬起来过秤，人手不够，别的船上的人就跳过来帮忙了。在船体的摇晃中，讨价还价的声音有时像激烈的口角，有时则像两个国家之间的外交谈判一样各抒己见，最后你让一步，我退一步，达成统一。就这样，一只只松坑西瓜离开西瓜船各奔东西，其中一只投奔到了陈素珍的篮子里去了。

陈素珍买瓜是一只一只买的，差不多隔一天买一只，挑拣讲价都极其认真，松坑人拍了胸脯包熟包甜才肯掏钱。从七月买到八月，到了八月，眼看松坑来的西瓜船渐渐空了舱，陈素珍想想儿子寿来那么喜欢吃西瓜，就有点抢购的想法了，一天买一只，挑得也不仔细了。松坑西瓜外表都是浑圆硕大的，也看不出哪只西瓜隐藏了不安定因素，陈素珍万万没想到那天她歪着肩膀把一只大西瓜提回家，费了那么大的力气，提回去的是一篮子的祸害。

事情过去好多年，谁也不记得陈素珍买瓜的细节了，只记得她买到了一只很大却没有成熟的白瓤瓜。这样的瓜再常见不过，不好吃，但确实是西瓜。类似的事情也经常发生，容易解决，要不你就胸怀大一点，只当是吃萝卜把西瓜吃了，不怕麻烦的话就把西瓜带到铁心桥去，买了白瓤的，松坑来的西瓜船通常是允许换瓜的。

陈素珍选择的是换瓜。她准备去换瓜时还惦记着另外一些家务事，香椿树街有好多忙碌又能干的妇女，恨不得一只手做两件事的，陈素珍就是那样的人。她的篮子里已经装满了酱油瓶黄酒瓶，突然又去拿了一块布料，准备带到裁缝店里去做睡裤。她嫌篮子分量重，就把那半只白瓤瓜拿出来了，空口无凭是常识，陈素珍怎么会不知道？所以她小心地用勺子挖了一块瓜瓤，包在油纸里，作为换瓜的证据。

陈素珍挽着篮子来到铁心桥下，看见三条西瓜船走了两条，只剩下福三的船了。说起来也不巧，她过去都是在福三的船上买瓜的，这次看见另外一条船上人多，就凑热闹上了张老头那条船，没想到相隔一天，张老头和他的船竟然就不见了。陈素珍不相信那一堆西瓜能在一天内卖光，她猜测还是剩下的瓜不好，卖不掉了，船上的一老一少便把船摇去别的地方卖。陈素珍站在桥堍下，手里摸到油纸包里的那堆瓜瓤，忽然对松坑人产生了强烈的厌恶感，心里有恨嘴上就骂出来了，什么包熟包甜，乡下人，总是要骗人的！

她看见福三的船上只剩下福三一个人，另外一个小青年不知去哪儿了。陈素珍不知道福三的名字怎么写，叫是叫得出来的。她印象中福三是松坑人中最不爱说话的一个，不爱说话的人要么是最憨厚的人，要么就是最精明的人，陈素珍吃不准福三是哪一种人。她向福三的船走过去，准备对另外那条船上的人谴责一番，让福三听听，他转达不转达就随便了。还有松坑西瓜的品质，陈素珍觉得她也有义务代表香椿树街的人提出警告，如果明年还有那么多白瓤瓜，你们就别运到这儿来卖了，那样的西瓜，你们还不如留在松坑喂猪呢。陈素珍原来没想拿福三怎么样的，只是到了西瓜船边，看见福三那张黑瘦的脸从舱里升起来，福三的手里正抱着一只红瓤的西瓜，她脑子里忽然就闪出一个念头，并且先发制人地喊起来，福三福三，我买了你多少年西瓜了，你怎么给了我一个白瓤瓜呀？

福三当时在吃瓜，他大概是刚刚睡醒过来的，脸膛上压着清晰的草席的纹路。陈素珍跳到他面前说，你自己吃的瓜那么好，怎么给我一个白瓤的呀？

福三看看陈素珍的篮子，里面有酱油瓶黄酒瓶，一堆湿漉漉的腌菜，还有一个油纸包，他揪了一条腌菜塞在嘴里嚼着，向陈素珍笑了笑，不说话。

陈素珍说，福三你不够意思，给我一个白瓤瓜。

福三转过头，把嘴里的腌菜吐到河里去了，说，酸的，不好吃。他向陈素珍看了一眼，还是不说话。

陈素珍说，福三你是哑巴呀？好好，你不表态就不表态吧，我也不要你表态，动手就行，去舱里给我抱个好瓜来。

福三这时吃完了西瓜，他吃剩下的瓜皮一块块的呈三角形形状，像是切出来的。陈素珍看着他把瓜皮一块块晾到船棚上去了。

晾干了吃吧？陈素珍问道，你们腌了吃还是炒了吃的？

福三说，腌了吃，炒它还要用油。然后他回头问，那白瓤瓜呢？你不把瓜带来，我怎么换？

陈素珍就把那个油纸包打开来，说，我拿不动瓜，好大一只瓜，八斤三两的，我把瓜瓢拿来了，反正你一看瓜瓢就知道了，让人怎么吃？

福三盯着陈素珍手里的油纸包看，看看瓜瓢又看看她的脸，突然笑了起来，说，没见过你这样精明过头的人，拿一块瓜瓢来换瓜！

陈素珍让他笑得有点慌乱，说，一样的，有个证据就行了嘛。我在你船上买了这么多年西瓜了，这点后门不能开呀？

福三还是笑着，但笑容已经没有了善意，是冷笑了。你要是买了一只鸡不好，就拔根鸡毛来换鸡？他说，你这个女人，把乡下人都当傻子了，你们街上人多，人再多也记得住，你今年在哪条船上买的瓜？以为我不记得？换就换了，你还拿个纸包来换瓜，亏你想得出来，天下的便宜都让你占了！

陈素珍尴尬极了。她万万没想到福三会来欲擒故纵的这一手，让她意外的不仅是福三的清醒，还有自己对人的错误判断，人不可貌相，她看错福三了。我看错你啦，福三！陈素珍讪讪一笑，说，好你个福三，长了一副老实人模样，没想到这么精明的。陈素珍是个自尊心很强的女人，伤了自尊就赌气，她把油纸包朝水里一扔，说，不换就不换，算我倒霉好了，你们乡下人呀，总要骗人的。

陈素珍两手空空下了西瓜船，光是讨到个嘴上的便宜，结果篮子也忘了拿，是福三在船上用撑篙把篮子挑给她的。福三一边挑着篮子，一边批评了陈素珍带有歧视的观点，大姐你不该这么说话，乡下人怎么了，没有乡下人，你们天天吃空气去。陈素珍在岸上接过篮子，说，我没骂乡下人，谁把白瓤瓜拿出来骗人我骂谁。福三在船上说，不是我们要骗人，是今年雨水多，瓜都不怎么好，我们也没办法。陈素珍在气头上，抢白道，瓜不好还把船摇到这儿来卖？留在家里喂猪去。明年再来，看谁还上你们的当？

　　事情到这里应该画上句号的。以香椿树街人对寿来的母亲陈素珍的了解，西瓜换到了是好事，换不到也就算了，陈素珍是个要脸面的人，体质也不是很好，才不会为了一只西瓜不依不饶地往铁心桥那里奔。但是从另外一个角度来看，陈素珍买瓜主要是为儿子寿来买的，西瓜的主体是寿来用勺子挖着吃的，边缘部分归陈素珍，所以能不能自认倒霉，陈素珍一个人说了不算，还要看陈素珍的儿子寿来的态度。

　　寿来那年十七岁。大家都还记得十七岁的寿来在街上走路时皱着眉头斜着眼睛的样子。那样的表情是长期受到迫害的表情，但谁敢去迫害寿来呢？是寿来在迫害其他的男孩，还有一些无辜的动物。他当时已经杀过猫杀过狗，还没有杀过人，有人说他迟早要杀一个人的，此为马后炮，暂且不谈。寿来那天回家，照例看见桌上的半只切好的西瓜，浸在水盆里，他注意到瓜瓤是白的，挖了一块塞到嘴里，就吼起来，怎么是白瓤的啊？这是西瓜还是冬瓜？

我去换过的，张老头的船走了，你将就吃吧，就当吃冬瓜！陈素珍在厨房里忙着，她说，那福三不肯换给我，别看他样子老实，人精明得像鬼似的，我就是把一只瓜都带过去，他也不一定换的，松坑的乡下人，都不肯吃亏的。陈素珍在厨房里快快地说着话，声音带着一种明显的受挫后的怨气。陈素珍从不向儿子倾诉心中的冤屈，因为儿子从来不听她的。陈素珍习惯了在厨房里自言自语，一顿饭做好，唠叨结束，心中对一切的不满便也排遣得差不多了。她万万没有料到她教儿子怎么做人，儿子不听，她唠叨勤俭节约的好处，儿子不听，她对松坑来的西瓜船的批评，事关一只西瓜，外面的寿来却都听进去了。寿来抱着半只西瓜冲出去，陈素珍并不知道，她只听见儿子在外面骂了一句脏话。陈素珍后来告诉邻居，她在厨房里用腌菜炒毛豆，一点都不知道寿来抱着半只瓜出去了，就是这么炒一个菜的工夫，她把腌菜炒毛豆盛到碗里的时候，一颗毛豆莫名其妙蹦到地上，然后就有个邻居男孩奔进来说，不好了，寿来在西瓜船上捅了一个松坑人！

陈素珍再次去铁心桥的时候是一路奔去的，由于体质的关系，她奔跑一段要蹲下来歇口气，蹲下来浪费时间，她心有不甘，就用什么东西啪啪地敲打路面来撒气。我们好多人还记得她手里那把小小的铁器，不是什么别的稀罕东西，是一把炒菜铲子。

关于福三的死，最有发言权的是农机厂的王德基，他推着自行车从铁心桥走下来的时候，正好看见寿来像一只惊惶的兔子一样冲上桥，王德基和他的自行车无意中挡了他的道，寿来推了他一下，说，闪开！孩子们怕寿来，王德基他不怕，正要骂人，觉得肩膀那里怎么湿糊糊的，一看，是血。王德基知道不好，他大叫一声，寿来你给我站住！

寿来不理他，只顾向桥下狂奔而去，他穿着一双塑料拖鞋，倒像踩了风火轮一样，跑得飞快。

寿来你捅人啦？王德基在桥顶上喊道，捅了人才这么跑！

寿来不理王德基，一眨眼他就跑到桥下面了，站在那里向上拉了拉田径裤，对着桥顶上的王德基说，他先动手的！说完他在石阶上抹了抹手，抹完手又跑，一眨眼就在香椿树街上消失了。

王德基顺着那摊血迹往桥那面走，嘴里说道，看来是捅了人了，这么多血！他一下桥就看见那个福三手里提着一把西瓜刀，摇摇晃晃地从西瓜船那里走过来，旁边尾随着一群尖叫的妇女和骚动的小孩子。

那个西瓜船上的福三，他拖曳着一条血线走过来，走到公共厕所的墙边走不动了，弯下腰，脑袋顶在墙上，眼睛却愤怒地瞪着王德基。

是你呀？你不是卖瓜的福三吗？王德基胆子大，迎着那个血人走过去。福三浑身是血，倚在厕所的墙上，身体已经抖得很厉害了，一只手努力地举着那把西瓜刀。王德基说，你拿着刀干什么？福三说，给小良。王德基说，给小良干什么？去捅寿来呀？福三先摇头，然后又点头，他瞪大眼睛注视着王德基，手里仍然举着西瓜刀。王德基突然明白他是在向他求救，他要让他拿着那把西瓜刀。王德基就摇头，说，我不能拿刀，我怎么能帮你去捅寿来？现在顾不上那些了，我把你送到医院去。

王德基是热心人，他起初要用自行车驮着福三，但福三对着自行车后架坐上去，坐了几次都掉下来了。王德基扶着车把等了好久，看他坐不上来，干脆把自行车锁了，扔在墙边，说，你失血过多，没力气坐自行车的，不如我背你吧。

是王德基背着福三上了铁心桥。王德基力气大，背着个人，跑得还很快，跑到桥顶的时候他看见陈素珍抓了个锅铲，白着脸向桥上跑。王德基大声说，你现在跑来有什么用？你儿子闯下大祸了！

陈素珍半蹲在桥下喘气，一边努力地要看清王德基背上的人，是福三吧，他要紧不要紧？

王德基说，还要紧不要紧呢，血都流了一路了，你说要紧不要紧？王德基本来指望陈素珍帮他一把的，可是当他们下桥的时候陈素珍看清了福三身上的血，女人毕竟是见不得血的，又是肇事者的母亲，陈素珍呀地叫了一声，人就瘫在桥下了。与此同时，王德基听见后面也当地一响，福三手里的西瓜刀也掉了，刀正好落在陈素珍的脚下。王德基就站住问福三，要不要捡回来？那是物证，别让人捡去了。

福三却听不懂他的提示，他问王德基，你是不是小良？

王德基说，我不是小良，我是农机厂老王，你不认识我了？前两天我们还在杂货店见面的，你不是打了半斤粮食白酒吗？

你不是小良？福三说，小良死哪儿去了？

王德基说，我怎么知道，他去哪儿你不记得了？你失血过多，脑子现在还清楚吗？

我脑子很清楚，就是人不能动。福三说，小良去买肥皂了。你不是小良，我以为是小良在背我。

脑子清楚就好，救命最要紧。王德基说，你就不要小良小良的了，谁背你都一样，背你上医院，救你的命！

街上有男孩子们追着王德基跑，边跑边问，谁呀谁呀？大人都惊讶地站在店铺和自己家门口，随口评价道，又是打群架的吧，打成这样！经过杂货店的时候，王德基喊了一声小良，小良来买肥皂了吗？杂货店里的女店员拥出来看王德基背上的血人，她们不认识什么小良，光是向王德基打听他背上的是谁，还给他提建议，说，王德基你怎么背着他跑，怎么不叫救命车呀？王德基说，我有三头六臂呀？他在我背上，我怎么去叫救命车？

街上那么多人，偏偏小良不在街上。桃花弄弄堂口有一堆人在下棋，王德基冷眼里看见谢胖子坐在小板凳上，谢胖子也是个热心人，可是到了棋盘前他就对什么都无动于衷了，他的脑袋从别人的身体缝里钻出来，向王德基这儿张望了一番，又缩回去了。王德基一赌气就不再去寻帮手了，好事做到底，干脆他一个人送他去医院好了。

福三像一件行李似的静下来了，安心地伏在王德基的背上。王德基说他感觉不到什么，只是觉得福三人越来越重，偶尔地像是打摆子一样颤抖几下，又不动了。背着那么大个人，开始双方都在调整姿势，渐渐地就没有什么不熨帖了，因为血的缘故，福三好像是被胶水黏在他背上了。王德基说他一路上不停地说，挺住挺住，快到了，快到了。鼓励福三，也是鼓励自己，结果王德基挺住了，福三却没挺住。王德基告诉大家，他们走过北大桥的时候看见了一辆运水泥的货厢车，货厢车的司机不肯停车救人，王德基骂他他还狡辩，说什么救人要紧抓革命促生产更要紧。

王德基不知道福三为什么没有坚持到最后，他跑得够快的了，他不敢夸口比救命车跑得快，但一定比自行车跑得还要快。他们快到第五人民医院的门口时，那个叫小良的松坑人追来了，是个没什么用的农村小伙，只会哭，对着王德基喊，谁干的谁干的？那架势倒是要让王德基交人出来，王德基一急就向他吼了一声，先救人再破案！铁打的汉子王德基，这时人也站不住了，他帮着把福三移到小良的背上，赶紧去扶墙，扶着墙呕吐，吐了几下，发现那小良背着人还在哭，他就火了，搡了他一把，哭有屁用，快进去呀！这一推搡他发现福三不好了，福三的眼睛还愤怒地瞪着天，目光却凝固了，王德基胆子大，用手指撑开他的眼眶看了看，福三的瞳孔已经放大了。而那个小良，是个没用的小伙，他背着福三撞进了医院传达室，对着一个老门卫哭喊着，医生，快救人呀！

关于福三的死，王德基怎么说这里就怎么写，当年香椿树街的青少年追着王德基，让他一遍遍地回忆送福三去医院的种种细节，坦率地说有人是对血腥感兴趣的，王德基况且能够掌握分寸，主要强调救人的艰辛和救人不得的遗憾，事情过去这么多年，我不得不考虑西瓜船故事对青少年读者可能产生的负面影响，恕我古板，福三之死，福三在第五人民医院的太平间引起的种种风波，我决定放弃更进一步的描述了。

回到西瓜船来，先说说西瓜船上的另一个人小良吧。

小良是个没用的人，而且有点笨，这一点不用王德基介绍，大家也看得出来。派出所的人在西瓜船上立了一块牌子，闲人禁止入内。包括小良，小良也被禁止上船。派出所的人一定向小良解释过保护现场之类的话，小良似懂非懂，他被有关人员从舱里推到船头，从船头推到岸上，脸上始终是一种梦游般迷惘而顺从的表情，直到派出所的人要走了，他突然又哭起来，对着他们的背影喊了一句，人到底抓到没有？

夜里派出所的人都走光了，来了一些街上的闲杂人员，无端地对事发地点进行种种细致的考察。他们看见小良坐在岸上，抱着膝盖睡，有点碍事，便怂恿他上船去睡。有人受过治安处罚，对所有穿白制服的人都怀恨在心，顺嘴便诋毁起刚刚离开的公安干警来，他们懂个屁，你别把他们的话当圣旨，管管野鸡小流氓他们在行，杀了人他们就乱套了，什么指纹证据的，那么多人看见寿来捅的人，还要什么证据，上你自己的船睡去，你又不是闲人，怎么禁止入内了？又有人替他出主意，说街上的工农浴室重新开张了，只要给看门老头一只西瓜，他一定同意你在铺上睡的。这主意马上被其他人轻蔑地否定了，说，你没脑子，没看出这兄弟放心不下船吗，还有西瓜，他在这儿看西瓜呢。

小良只是用狐疑的眼光看着三霸那些人，那些不三不四的人，一旦热心肠了，就显得居心叵测，小良也许有点怕他们，他警惕地注视着三霸他们，身体则不时地移动着，为他们腾出位置。他说，我就在这儿睡，我要看船的。小良缩着身子，把脑袋埋下去，继续睡，耳朵却在仔细地听着三霸他们对寿来的评价，他听出来寿来和这群人不是一伙的，就突然地骂了一句，杀千刀的东西，为了一只瓜呀，乡下人的命就抵一只瓜？

由于满城的人都听说了西瓜船上的事情，从早晨到夜晚都有人跑到铁心桥下来看那条船。杀人者和死者，不可能滞留原地让人参观，但船被封了，还停在那里，血也还一点一滴地留在船头和岸上。白天的时候小良要勇敢得多，闲人看船，小良就瞪着眼睛看他们，他说，我们松坑马上就要来人了，人已经在路上了。别人听出来那是要采取报复行动的意思，就告诉他说，寿来昨天就铐走了，他在火车站等火车，等得不耐烦，到旁边文化馆里看录像片，刚刚坐下就被铐走啦。小良说，铐走就行了？一条命呢，乡下人的命就抵一只瓜？又有人告诉小良，寿来家里放话出来了，寿来才十七岁，未满十八周岁算少年犯，是去劳教，不会枪毙的。小良就厉声叫起来，你们少来骗人了，十七岁就可以随便捅人？那好呀，让我们松坑不满十七岁的都来捅人，捅死人不偿命嘛！别人看小良的眼睛红红的，人很冲动，很聪明的面孔却一点也不懂法，都不知道怎么跟他讲里面的是非，干脆不惹他。你不惹他，小良自己就慢慢平静了，平静下来更消极，说话是打倒一大片的方式，你们都是穿连裆裤的，你们的思想都一样，他说，乡下人的命嘛，就抵一只瓜。

夜里铁心桥两侧的人家有人起夜，隔着临河的窗便可以看见西瓜船，还有岸上一个货包一样的东西，他们都知道那不是货包，是守船的小良。

松坑人大闹香椿树街的事情发生在三天还是四天以后，我现在已经记不清楚了。人们后来知道从松坑来的两台拖拉机停在城北水泥厂门口，从拖拉机上下来了二十几个人，大多是青壮年，手里提着锄头铁锹之类的农具，水泥厂门口的人正在纳闷呢，看见那个小良从铁心桥方向飞奔而来，小良一边跑一边抹眼泪，人们清晰地听见了小良哭叫的声音，怎么到现在才来，到现在才来！

从松坑搭乘拖拉机来的二十几个人，其中一些人我们没见到，他们从水泥厂那里直接上了北大桥，去第五人民医院的太平间了。另外一些人在小良的引领下，浩浩荡荡地穿过香椿树街，到陈素珍家门上去了。

除了多年前城北地带造反派的武斗，香椿树街的居民们，从来没见过像松坑人讨伐陈素珍家这么紊乱而壮烈的景象。冲到陈素珍家门上的大约有二十个松坑人，是拥进去的，人多门窄，门很碍事，松坑人便把门卸下来了，说要把寿来放到门板上去，抬到医院去陪着福三。极少数松坑人衣冠整齐，有一个像是农村的干部，他手里没有农具，衬衣口袋里别着一支钢笔。大多数人一看就是临时从地里上来的，面孔很凶恶，身上则隐隐地散发出田野或泥土的清香，有的挽到膝盖上的裤腿管忘了放下来，小腿上还结着水田里的泥浆。

他们闯进寿来家的时候，寿来的父亲柳师傅刚刚从江西的什么兵工厂赶回来，他在厨房为陈素珍熬药，陈素珍已经在床上躺了好几天了。她是个常年患有头痛病的女人，没什么事也会犯病，何况家里出了这件天大的事。陈素珍在等药的时候听见门外响起惊雷般的脚步声，然后便是药罐子砰然落地的声音，柳师傅大叫起来，你们这么多人，进来要干什么？此后柳师傅的声音便被淹没了，是高高低低的陌生人的声音，是松坑人嘈杂而统一的愤怒的声音，把人交出来把人交出来！其间夹杂着女人尖厉的哭声。陈素珍预感到要发生什么事了，她想从床上爬起来，但身体起不来，眼前天旋地转，她拼命向丈夫喊了一声，快跑，快去报案！她的声音却在一种巨大的声浪里沉下去了，然后她听见家里门窗被摇晃砸打的声音，橱柜里的碗碟轰隆隆地泻到地上的声音，她听见丈夫的吼声很快低沉下去，变成一阵阵痛苦的嘶叫，陈素珍就抓过床边的一只闹钟向门上砸去，别和他们打，去报案！

陈素珍不知道她丈夫是否听见了闹钟砸门的声音，她记得是几个松坑男人冲到了房间里，其中一个是小良，她认得的，另一个没见过面，凭着那人黑瘦的长相，几乎可以肯定是福三的兄弟。陈素珍并不畏惧，她躺在床上冷静地望着他们，一字一句地说，我儿子已经抓走了。她觉得他们拒绝听她说话，他们说，把人交出来把人交出来！陈素珍说，你们上我家来没用，杀人偿命，他也得死，有法律的。他们说，把人交出来，把人交出来！陈素珍知道她说什么也没用，就不说什么了，她躺在床上，异常冷静地注视着他们，还有他们手里的锄头。她说，你们要觉得一命抵一命还不够，把我的命也抵上好了，我不怕的。

陈素珍注视着他们手里的锄头，她相信他们不敢那么做，她看见福三的兄弟茫然地瞪着她，她的目光勇敢地迎了上去，结果他先把目光闪开了。福三的兄弟瞪着她的枕头，还有柳师傅早晨放在枕边的一包饼干，说，你还在吃饼干啊。那人一定是福三的兄弟，他撩起陈素珍身体下面的印花床单，看看床单下面的草席，他说，你把床单铺在席子上睡，这么睡才舒服？福三的兄弟用手里的锄头柄敲敲整个漆成咖啡色的床架，你睡这么高级的床，就养了那么个畜生出来？他讥讽的语调忽然激愤起来，眼睛里的怒火熊熊地燃烧起来，是你养的儿子不是？我娘在家里哭了三天三夜了，一滴水都没进嘴，你还在家里睡觉，你还躺在床上吃饼干！

松坑来的人做了一件令陈素珍永远无法忘记的事。他们不能容忍她躺在床上，或者仅仅是不能容忍她枕边的一包饼干，她记得福三的兄弟先是抢过饼干扔在地上，用脚踩得粉碎，然后他对其他几个人吼道，砸了她的床，看她怎么在床上吃饼干！他们挥起锄头砸打床架榫头的时候，陈素珍的身体在上面被迫地颠动起来，她万万没想到她受到的是这么奇怪的屈辱，她没有一点力气去阻止他们，她的身体可笑地颠动着，而她坚强的神经也随着床架的崩溃在崩溃，陈素珍哭了，突然地一下，她感到自己的身体下沉了，床板的一头落在地上，另一头倾斜着搭在架子上，她的身体也像码头运输槽上的一包水泥一样滑落下去了。

那天柳师傅始终没能走出门去，松坑人手里的农具虽然不是冲着人来，主要是摧毁家中的门窗家具，柳师傅知道那是报复，但如此野蛮的报复他接受不了，慌乱中他抓起了一把菜刀，结果这把菜刀恰好激发了松坑人对那把西瓜刀的联想，有人喊起来，儿子学的是老子样，都拿刀呀！松坑人哪里知道柳师傅其实是个有公论的厚道人，跟他儿子是两种人，松坑人不分青红皂白拥上去教训柳师傅，不知道是谁的农具伤到了柳师傅，柳师傅坐在盛米的缸上，怎么也站不起来，后来才知道他的三根肋骨被打断了。

是邻居钱阿姨去报的案。钱阿姨在陈素珍家门口，几次三番地努力，就是进不去。松坑来的人还安排了站岗的，不准邻居进去。钱阿姨说，你们来解决问题是可以的，但是不能这么闹的，左邻右舍多少上夜班的，白天要睡觉，你们闹得天翻地覆的，让人怎么休息？她对松坑人的说服教育起不到一点作用，就气呼呼地走了，临走说，这不是你们乡下，人多就能解决问题，你们不听我劝可以，等会儿看谁来劝你们！

开始是派出所来的人，一老一少两个户籍警，凭借着身上的制服勉强冲进了陈素珍家。老的是香椿树街人人皆知的秦同志，秦同志有经验，一进去就知道局面不好控制，一边察看柳师傅的伤，一边试图说服松坑人离开。年轻的那个就不注意工作方法，拿出手铐就要往人手腕上戴，结果满屋子的农具都举起来对着他，好在秦同志把他拉到一边去了。秦同志知道这群人不容易对付，他对年轻的同事耳语了几句，年轻人马上就从满屋子人堆里挤出去了，出去干什么？请求支援去了。

后来就来了一辆东风化工厂的卡车，卡车上冲下来七八个人，人不多，都束着军用皮带，穿着蓝色工作服，却一律带着步枪。围在陈素珍家门口的人还是第一次这么近距离地看见枪，有个男孩多嘴，尖声说，是工人民兵，枪是假的！这话惹恼了带枪的一个民兵，对着那男孩说，假的？要不要打你一枪试试？

带枪的人一进去，陈素珍家里瞬间便安静下来，先是几个民兵把松坑人的农具一件件地拖出来，扔到卡车上，有人在旁边一二三四地数着，锄头七八把，铁锹五六把，甚至还有两把镰刀。农具后面是人，一个个被推出来，有人也在旁边数了，一二三四，一共十七八个人，其中妇女两名。那个正当哺乳期的妇女不知道是福三的什么人，嗓音异常地尖厉，她一手擦拭着胸襟上满溢的奶汁，一边哭一边嚷着什么，听不清她嚷嚷的内容，但看她的眼神是面向外面围观的人群，大抵是要大家评个理主持个公道什么的。

松坑来的男人都被工人民兵弄到卡车上去了，不管有没有动手伤人，去调查清楚了再说。两个妇女原来可以赦免，她们开始是站在下面的，一个不停地撩起衣襟抹眼泪，另一个哺乳期的妇女则向旁观者说个不停，松坑话说快了不容易懂，反正听得出来她是在争取别人的同情，好好的一个人来卖西瓜的，你们买西瓜那点钱怎么还买人命呢？人都死了，我们来出口气还不行？听者却不宜对她表达自己的立场，有人很关心他们与死者的关系，忍不住问她，你们两个女的，谁是福三的老婆？她摇头，说，我是他妹妹。另一个呢？另一个不肯说话，还是哺乳期妇女替她介绍了，也是妹妹，福三的妹妹。

福三的两个妹妹原本不用上车的，她们听见卡车鸣笛吓了一跳，看见卡车要开走她们一定想到了某些未知的后果，一齐尖叫起来，两个人扑上去，一左一右拉着后挡板，不让卡车走，看看两个人的力气拉不住卡车，喂奶的那个妹妹就跑到卡车前面去，躺在地上了。

福三的那个妹妹，也不知道叫什么名字，反正大家对她印象是最深的。她就那么躺在地上，视死如归的样子我们以前只在电影里见过，但无论从哪方面来说她又不像人们心目中的女英雄。她躺在卡车轮子前面，衣衫零乱，胸口湿了一大片，肚子极不雅观地袒露出来，圆鼓鼓的，悲壮地起伏着。好多人都跑到卡车前面来看福三的妹妹了，街上人越聚越多，狭窄的香椿树街的交通很快堵塞，交通堵塞以后就有孩子在这儿那儿乱吹哨子，哨子的声音更使香椿树街的空气沸腾起来。

城北派出所所长老金也来了，老金亲自出马，足以说明遇到的局面多么棘手了。照理说老金在香椿树街解决任何事情都容易，但这涉及工农关系的风波弄到这么不可收拾的地步，又没有相应的文件说明，他也没办法了，脸色便很难看。老金找到那个干部模样的松坑人，请他去说服福三的妹妹，但那个干部眼睛里闪着狡黠的光，说，她不要命，你们就让车开过去好了。我们松坑人命反正不值钱嘛。看得出松坑的干部也不懂法，他是不会协助执法了，老金也是被激怒了，卷起袖子说，敬酒不吃吃罚酒，来人，把那泼妇一起抬上车！

这样，就干脆地解决了问题。我们看见福三的妹妹被几个人合作着抬上了卡车，她当然是拼命挣扎的，挣扎也没用，人还是被轻盈地抬了起来，她的尖叫声听上去很恐怖，夹杂着松坑一带的脏话。有人刚刚从人堆后面钻到前面来，脑袋从别人的肩膀上努力地探出去，嘴里发出啧啧的声音，哎哟，怎么像杀猪一样？这乡下女人好凶！前面的人都知道事情的原委了，同情心忽然偏东，忽然偏西，现在都偏向松坑人了，三言两语解释不了自己的立场态度，就简短地说，你没有调查就没有发言权。

乱了好久，卡车慢慢地能开了，松坑来的那些人，男男女女的都在化工厂的卡车上，一张张脸带着疲惫之色从人们头上缓缓而过。看得出那是一些受到过惊吓或威慑的脸，有的人脸上还残存着恐惧，有的恐惧而茫然，眼神便显得楚楚可怜。有的人看上去有点羞怯，像小良，街上好多人在他船上买过瓜的，认得他。当然也有向街两边侧目怒视的，像福三的兄弟。最无所畏惧的还数那个干部，他站在上面摆弄了几下口袋里的钢笔，表情显示出一种故意的傲慢来，而且他还学领导人的样子，向什么人挥了挥手。大家左顾右盼地寻找他挥手示意的对象，也没找到谁，猜他的用意，也许就是显示他的无所畏惧吧。但好多人意识到，他这么随意地一挥手，那架势倒有点像毛主席在天安门城楼接见红卫兵呢。

九月初的一天，福三的母亲来了。

起初没人知道那个在铁心桥边来回走动的老女人是谁，

264

她穿一件蓝色对襟褂子，黑裤子，草鞋，头上包着毛巾，是松坑一带老年妇女寻常的装束。她先是站在桥上向河两边眺望着什么，一边眺望一边擦眼睛，她的眼睛里有一层明显的白翳，也许是白翳遮挡了视觉，她没望到什么，又下到桥塸来，手搭在额上向河的这边那边望着，还是没有她寻找的东西，就拉住过路的幼儿园老师沈兰问了，妹妹呀，夏天在这儿的西瓜船怎么不见了？

沈兰是外地人，一直和儿童们说惯普通话的，听不懂她的松坑话，就让她去居委会。她没有反应，明显不知道什么是居委会，沈兰就用手指着河对岸的一个漆成红色的窗户说，居委会就是居委会嘛，你过桥，去那间房子，房子里面就是居委会。

可是福三的母亲眼睛不好，她既看不见对岸的红色窗子，也听不懂居委会的意义，她说，妹妹我找西瓜船，一条船呀。她感觉到别人不耐烦了，脸上绽出了一个巴结的笑容，说，一条西瓜船，就是出人命的那条西瓜船呀。沈兰这才猜到松坑来的老女人的身份，她看见福三的母亲喉咙里咯地响了一下，似乎要哭了，一只手赶紧抬起来，按着脖子，按了一下，又按了一下，居然把哭声压住了。然后沈兰惊讶地看见老女人的脸上重新堆起了笑容，她说，妹妹你帮帮我，我眼睛不好，看不见的。

西瓜船是不见了。沈兰下到石埠上，在河的两头搜寻了很久，她看见卖大蒜头和猫鱼的小船，捞河泥的铁船，运水泥的驳船，甚至还有一只粪船臭烘烘地停在桥堍厕所那里，偏偏看不见西瓜船的影子。沈兰说，怎么不见了呢，我天天从这儿路过，西瓜船原来一直在这儿的，昨天刮风，大概是漂走了，漂得不会太远的。福三的母亲说，漂到哪儿去了，东边还是西边，妹妹你告诉我，我眼睛哭坏了，你指着我看不见的。沈兰说，我也看不见，指也指不了，我还是带你去居委会，让他们替你找一找吧。

沈兰就领着福三的母亲过了铁心桥，上桥的时候她问，你那么大岁数了，眼睛又不好，怎么让你出来找船呢？福三的母亲说，不是我家的船呀，是福三向旺林家借的船，福三人不在了，船要摇回去还给旺林的。沈兰说，不是问你这个，我问你，你那么大岁数，怎么让你出来摇船呢，让你把船摇回松坑去呀？福三的母亲说，我摇回去，慢慢地摇，摇个两天就到家了。福三的母亲不知道为什么听不懂沈兰的意思，沈兰干脆就直接问了，家里没人手了？听说福三他弟弟妹妹都让他们扣起来了？还没放回去？福三的母亲这时候犹豫起来，人靠近了沈兰，凑到她耳边悄悄说，妹妹你是个好人，我说给你听不怕，福三的弟弟妹妹昨天刚刚放回去的。沈兰说，那让他们来摇船回去嘛。福三的母亲朝桥上看看，又向桥下望望，轻声道，我不敢让他们再来了，说什么也不敢了。警察说这次饶我们一次，也不用赔那家人东西，医药费也不赔，警察说一事归一事，再来就犯法了，也要吃官司。

福三的母亲被领到了居委会的女干部崔主任那里。崔主任当时忙着爱国卫生月的宣传事务，她让福三的母亲喝了一杯水，让她不要急，说那么大一条船，不管漂到哪里，总是在河里，不会长翅膀飞走的。船只要没漂出北大桥去，就算她的居委会的事。崔主任说如果船漂到北大桥外面去，她也会和桃花汀居委会协商解决的。

福三的母亲被沈兰领到了基层组织，是她后来找到西瓜船的关键第一步。居委会依靠群众，即使是个风吹草动，自然也有群众会向他们如实反映，何况那么大一条船呢。两天前恰好有人向崔主任反映，有一个叫歪嘴的青年趁西瓜船无人看管，拿了个箩筐把船上剩下的西瓜全部拖回家去了。那两天整个香椿树街的街道干部都在为陈素珍家解决问题，又要准备爱国卫生月的工作，无暇顾及西瓜船上剩下的几只西瓜，就把这事搁下了。

崔主任差人把歪嘴叫来了，她也不透露福三母亲的身份，只是让他坦白从西瓜船上拿了几只西瓜。歪嘴斜着眼睛观察崔主任的表情，判断她是证据确凿的，就反问道，你说还剩几只？你说几只就几只。崔主任板起面孔说，我问你还是你问我？歪嘴我告诉你，你偷鸡摸狗的事情别以为我们不知道，都记在本子上了，几天不找你你就翘尾巴！歪嘴果然老实了许多，说，没剩几只瓜了，我不搬了吃也要烂掉的，有几只都烂了嘛。崔主任逼问道，到底是几只？你说，对我说了没事，不说以后就对派出所说去。歪嘴说，十一二只吧，好几只是烂的。崔主任说，好，就减半算，算六只西瓜，一只算三毛钱，你现在赔人一块八毛钱！

歪嘴这才注意到凳子上的福三的母亲，看她头上那块毛巾便知道是松坑来的人，他马上就冲她嚷起来，几只烂西瓜，你敲竹杠呀！福三的母亲吓得站了起来，弟弟你说什么，我从来不敲人竹杠，敲竹杠要遭报应的。我找船呀，弟弟你拿我儿子的船了吗？歪嘴说，我只拿瓜，我又不是托塔李天王，怎么拿得动船？你儿子的船去哪儿了，别问我，问王德基的儿子去，我看见他带两个小孩摇船玩的，玩到铁心桥桥洞里去了。

崔主任命令歪嘴立功赎罪，去把王德基的儿子安平叫来。歪嘴靠在门框上思考了一会儿，和崔主任谈了条件，说，那我去把安平拎来，拎来就没我的事了吧？崔主任说，有事没事我说了不算，又不是我的西瓜，要问这位老大娘。歪嘴就把脑袋转向福三的母亲，你到底要不要我赔西瓜钱？要赔我给你五毛钱好了。福三的母亲摆手说，不要赔不要赔，我不是来要瓜钱的，我要把我儿子摇出来的船摇回去，弟弟你行行好，帮我找找船吧。

福三的母亲原来是要跟着歪嘴去的，歪嘴不愿意让她跟着，崔主任也劝她留下来等。福三的母亲就坐下来了，坐在窗边，看着窗外面的河道。崔主任又给她倒了杯水，她客气推托了半天，说喝不进去了。又问崔主任以前在铁心桥下卖葱的老太太还在不在，说她也是好人，也给她喝过开水的。崔主任问，哪个老太太？姓什么？她却说不上来，光说那老太太嘴角上有一颗痣。崔主任其实没有兴趣和福三的母亲交谈，嘴里哼哼着，手上忙自己的工作，听见福三的母亲说，我年轻时候摇船到铁心桥来卖过白菜，认识好多人的。崔主任随口问，都认识谁呀？福三的母亲想了想，说，老虎灶上的人，药铺里的人，烟纸店里的人，我认识几个人的。崔主任说，老虎灶去年刚拆的，药铺就是现在的新风药店嘛。福三的母亲叹了口气，说，我有了五妹以后就没空出来卖白菜了，二十年没来铁心桥了，他们也认不出我来的，我眼睛哭坏了，我也认不出他们的。

　　正说着话歪嘴在外面把安平推进了门，把安平推进来歪嘴就完成任务，甩手走了。安平镇定自若地站在门口，斜着眼睛看看崔主任，看看福三的母亲，一只手挖着鼻孔。崔主任说，王安平你把人家的船摇到哪儿去了？安平说，不知道，船到哪儿去了？崔主任说，不是你摇的船吗？你不知道谁知道？安平说，我就解了缆绳，谁说我摇了？是达生摇的，我们就把船摇到铁心桥桥洞，船自己横过来，卡在桥洞里了，我们就上去了。崔主任学他的腔调说，你们就上去了？你们把别人的船摇出去，卡在桥洞里你就不管了？安平说，船现在不在桥洞里，它自己漂走了。崔主任火起来，说，自己漂走了，不是你的责任？去把达生叫来，你们负责把船找回来，否则我告诉王德基，看他怎么收拾你！

福三的母亲弯着腰坐在凳子上，过了一会儿坐不住了，起来去拉崔主任的衣服，说，崔同志你跟小孩好好说。又走到安平面前，弯腰替他拍了拍裤子，她的表情看上去忧心忡忡的，但还是努力地向安平挤出了笑脸，她说，弟弟乖啊，我们乡下没有船过不了日子的。安平说，你拍我裤子干什么，又没有灰！他厌恶地瞪了她一眼，在她拍过的裤子上又拍了一下。福三的母亲便去摸安平的脑袋，说，弟弟乖。安平一甩手，身体灵巧地向后一跳，就把福三母亲的手晾在半空了，他继续挖着鼻孔，斜着眼睛看福三的母亲，突然说，是你儿子让寿来捅死的吧？

崔主任这时候冲过来，用报纸在安平头上拍了一下，说，我要不告诉王德基，我就不姓崔！崔主任回头看福三的母亲，福三的母亲弯着腰站在那里，身体抖了一下，并没什么异常。她对崔主任摆摆手，小孩子的话，我不计较的。她撩起衣角在眼睛四周抹了一圈，说，自己命苦，不好跟别人计较。前年我家老头子病殁了，去年春上猪圈里闹猪瘟，死了三头大母猪，今年是福三出事情，一年一灾，我眼泪哭干了，我一哭眼睛痛得厉害，眼睛一痛头疼病会犯，犯了头疼病我就没力气摇船了，我不能再哭的，我要把船摇回家的。

把船摇回去。崔主任听出来这件事情对于福三的母亲来说比天还大。福三的母亲的精神状态让崔主任松了口气，有的妇女以为居委会就是让她们哭闹让她们晕倒的地方，崔主任是很反感的，福三的母亲不哭也不闹，让她感到同情，还有一丝侥幸，唯一棘手的是那条船，不知道漂到哪儿去了，不知道是不是还在北大桥以东香椿树街居委会的管辖范围内。崔主任不能扔下工作帮着去找船，她就严肃地对安平说，王安平同学你听好了，你马上带着这位老大娘去找她的船，从铁心桥找到北大桥，这是我给你的任务，你完不成我有办法，什么办法？你不懂？真不懂还是假不懂，很简单的，让王德基替你来完成这个任务！

那天下午我们看见王德基的儿子带着福三的母亲沿着河边人家走，有人指着老妇人问安平，那是你外婆吗？你外婆是松坑的？安平没好气地说，你外婆！你外婆才是松坑人！福三的母亲也不计较他对松坑人的歧视，对着路遇的人笑脸相迎，说，同志你看见松坑那条西瓜船了吗？安平说，你还要不要我找了？要我找你就别问东问西，话又说不清楚，是船不说酒，别人以为你要找酒喝呢！福三的母亲又试图去摸他的头，手伸出去又缩回来了，说，弟弟乖，奶奶眼睛坏了，看不见，要你帮忙呀。安平就哼了一声，说，你懂不懂学雷锋，崔主任在逼我学雷锋呢，我不学雷锋她就让我爸爸收拾我，这个妖婆！

走到达生家门口，安平对福三的母亲说，你在这儿等，我到这家去看看。安平推开虚掩的门，闯到达生家里，嘴里喊着达生的名字，人径直穿堂入室，直扑临河的窗子而去。达生的母亲李金枝正在缝纫机上缝窗帘，让安平吓了一跳，说，死孩子你干什么，吓死人了！安平说，我找达生！李金枝说，达生不在！达生他爸爸不是警告过你不准找达生吗，你把我家达生都带坏了。安平冷笑一声，还警告呢，谁稀罕找他呀？告诉你吧，我在学雷锋，找一条船！安平嘴里说着话，人已经上了达生的床，跪着，打开临河的那扇窗子，探出身子向外面的河道看。李金枝拿了把量衣尺子来打他，安平叫起来，别打我，我骗你是狗，我在学雷锋，是一条船，你看见有船从这儿漂过去吗？

李金枝一边拼命把安平从床上拉下来，一边恨恨地听他陈述他的目的，什么西瓜船冬瓜船的？她说，没见过没见过，我又不是猫，天天蹲在窗台上看船过。安平突然叫道，就是寿来捅死人的那条船呀！李金枝又被吓了一跳，缓过神来就更气愤了，拿着量衣尺朝安平肩上啪啪地打，骂道，该死的小畜生，你到我家来找那死人船，怎么不上你家找去？触了霉头看我不找王德基去，打死你！安平躲避着她的尺子，从达生的床上逃下来，嘴里还申辩着，我家不沿河，怎

272

么找船？你这个笨女人！

　　安平跑到外面，李金枝追了出去，差点撞到门外福三的母亲，看见松坑来的那个老女人，她突然明白安平这次不是撒谎了。福三的母亲叫了她一声阿姐，李金枝倒不见怪，她知道无论年轻年长，松坑人都管女人叫阿姐的。李金枝应了一声，放开了安平，打量起福三的母亲来，是你儿子——她这么问了半句，觉得不得体，又咽回去了。她与寿来的母亲陈素珍是一家纺织厂的工人，平时关系不怎么好，这时忍不住说了一句，那个寿来，不是我诳人，从小我就看得出要闯大祸，娘老子宠出来的，养子不教父母过呀！李金枝没有从福三的母亲那里得到任何回应，她醒悟过来，说这个是白说，人家恐怕还不知道是谁要了她儿子的命呢。福三的母亲显得心慌意乱的，跟着安平要走，李金枝拉着她说，进来喝口水再走！福三的母亲说，多谢阿姐了，我喝过水了，喝不下了。阿姐你在河边住，没见过我家那条船吧？李金枝嘴里顺口说没有没有，记忆中却出现了傻子光春扛着一条船橹从她的自行车旁走过的情景，她的眼睛一亮，叫起来，等等，我带你们去光春家看看！

　　这样一来，福三的母亲又被带到街那边去了，往回走，去傻子光春家了。

　　李金枝在光春家门口遇到了光春奶奶的阻拦，她说光春傻归傻，从来不偷人东西。还反问李金枝什么时候看见光春拿人东西的。李金枝说，他是不拿人东西，他拿人摇橹呀！李金枝指着外面的福三的母亲，说，你看看人家，看看人家！光春奶奶探出头去，看见一个松坑老妇人弯着腰站在电线杆旁边，她问李金枝，人家怎么啦？李金枝压低声音说，是西瓜船上那福三的娘亲呀，光春他奶奶呀，光春不懂事，你可是烧香念佛的人，怎么能把那船橹放在家里？

　　光春奶奶镇静的脸上变了色，抬起小脚匆匆往天井而去，边走边叫，光春光春，你还说你不傻，你不傻怎么把那东西扛回家了。李金枝跟进去，一眼看见傻子光春，正在天井里守护着那条船橹。船橹上的桐油都磨没了，露出发乌的木头的颜色。一向与水打交道的摇橹，离开了水，看上去倒像一种老式的笨重的兵器，正适合傻子光春对战争的一些奇思异想。光春的奶奶在橹头上晾了一把腌菜，湿漉漉的拖把则搁在橹梢上，还在滴水。李金枝也不管三七二十一，拖着摇橹到门口，对着福三的母亲喊，这橹是不是你家的？

　　福三的母亲迎上来，眨着眼睛没看清什么，摸一下就叫起来，说，正是，是我家那条橹！用了二十年的橹了，我认得出来，这橹把上原来绑着红布条的。

　　李金枝舒了口气，说，橹在船就在，就看那傻子记不记得船在哪儿了。她正要回去追问，傻子光春已经被他奶奶推到门外来了，向福三的母亲敬了一个军礼。光春奶奶跟出来，摇着福三母亲的手，说，我们家光春脑子不好，拆了橹回来做兵器耍的，你千万别跟他计较，他骗我说是酒厂码头的废船呀！

那天黄昏我们看见一群人抬着一条船橹向酒厂码头方向而去，傻子光春骄傲地走在最前面，尾随他身后的队伍组合得非常牵强，王德基的小儿子安平，李金枝，光春奶奶，还有头上包着一块毛巾的松坑老妇人，后来人们就都知道了，那个被光春奶奶挽着手的松坑老妇人，是福三的母亲。他们一路走着一路有人加入进来，安平就没资格扛橹了，他也不敢胡闹了，因为王德基正好下班回家，看见儿子又在外面野，骑车冲过来吼，滚回家去！安平跳了一下就跳到福三的母亲身后去了，指着福三的母亲说，我在学雷锋，不信你自己问她。

王德基后来告诉别人，他看见福三的母亲吓了一跳，说从来没见过长得如此相像的母子，面容酷肖倒在其次，他惊讶的是福三的母亲弯着腰站在人堆里，满脸疲惫，一手撑腹，一手向他慢慢地伸过来，要来握他的手，那母亲的姿势，让他一下就想起了福三在铁心桥下是怎么扶着厕所的墙，怎么向他出示那把西瓜刀的。

从松坑来的那条西瓜船，二十天以后谁也认不出来了。它被酒厂运送黄酒的船群挤在码头一角，散发着弃船特有的凄凉气息。棚顶上的麦秆席子没有了，四根棚柱不见其三，只剩下一根孤零零地耸立在船上，像小学校里的简陋的旗杆，船头的行灶不见踪影，一定有人看上了那几块垒灶的砖头，拆得很干净，半块砖头都没留下。除了傻子光春，不知是哪些人上过船，有人在西瓜船里倒了点煤渣，倒了点水，还扔了些菜叶子，船舱里看起来很脏，有点像夏天沿河收垃圾的船了。

李金枝站在码头上，手指着运酒船大声批评那些船户，怎么这么缺德？好好一条船，给你们弄成这样，你们自己船上倒是干干净净的，怎么把人家船当垃圾船呢。运酒船上有人厉声地回应道，你还张嘴骂人呢，要不是我们把船钩回来，这船早就漂到太平洋去了！

船在就好，阿姐你不要和他们吵。福三的母亲安慰着李金枝，眼睛看着王德基他们装橹，也怪王德基他们没有经验，笨手笨脚的，福三的母亲一着急，身体一点点地往下面挪，李金枝正要扶她，她已经挪到船上去了。

正是九月黄昏时分，酒厂码头的阳光也像陈年的黄酒一样，馥郁地流淌，河面闪闪发亮，西瓜船上的一摊干涸的血迹吸引了所有人的目光。起初人们都在看福三的母亲和王德基他们装船橹，是傻子光春最先透露血迹的位置的，他指着船头一角对安平说，看那摊血，像不像一头牛？大家顺着光春的手看过去，果然是一摊血，不一定像一头牛，但是一摊非常清晰的血迹。李金枝瞪着眼睛，用手指压着嘴唇，示意大家别嚷嚷。她说，她眼睛不好的，最好别让她看见。安平偏不听她的，对傻子光春卖弄他的知识说，血迹很难洗的，水洗不掉，要用酒精擦。又让光春去拿酒精来，说他可以当场试验给他看。傻子光春问，酒精在哪儿？安平给他问住了，翻着眼睛说，算了算了，试给你看也是白试，你就知道看血迹像牛还是像马，傻子！

后来就剩下福三的母亲一个人在船上了，运酒船已经为福三的母亲让出了水道。王德基他们不会弄船，帮不上忙，干脆下来，在岸上看着她把船慢慢地摇出去。李金枝问王德基他们，你们看见船头那摊血了吗？王德基说，那么一摊血，怎么会没看见？不敢吱声罢了。李金枝叹着气说，她眼睛不好，最好看不见，否则看着儿子那摊血，怎么摇得动船呀？王德基说，本来就摇不动的，去松坑好几十里水路呢。她出来摇船，家里人肯定不知道的，知道了怎么能让她出来！

福三的母亲把船摇出了运黄酒的船群，水上就有路了，她摇摆着的身体突然停了下来，慢慢转过来，抬起臂肘擦眼睛，努力地眺望着码头上的李金枝他们这群人。看得出来她是要告别了。福三的母亲要和码头上的人告别，可是离得远了她什么也看不清，看不清楚码头上站立的哪些是香椿树街的好心人，哪些是酒厂堆积如山的黄酒坛子，她就突然跪下去，向着酒厂码头磕了个头。码头上傻子光春先笑起来了，说，她怎么向黄酒坛子磕头？大人不傻，知道是福三的母亲眼睛不好，磕错了方向，都挥起手，叫喊起来，不敢当的，快起来快起来！

　　福三的母亲很快就起来了，人在远处站起来，小小的一团，被满河夕阳照着，身影还是很黑很模糊。就这样，松坑的最后一条西瓜船，也在九月的一个黄昏离开了酒厂码头。据去过松坑修理拖拉机的王德基估算，此去六十里水路，一定要在水上过夜了。福三的母亲毕竟年纪大了，她摇船的姿势看上去不像其他松坑人那么流畅，也许是累的，她摇得很慢，船也走得很慢，看上去不是她摇着船走，是船领着她向下游而去。船向河下游而去，那是松坑的方向，福三的母亲虽然眼睛不好，松坑的方向应该是永远记得的。

　　而王德基他们站在酒厂码头上，眺望着夏天来的西瓜船向河下游而去，一来一去，按节气来说居然隔着夏秋两季了。

拾婴记

一

　　一只柳条筐趁着夜色降落在罗文礼家的羊圈。

　　母羊被惊醒了，它有限的智慧受到了从未遭遇的挑战。柳条筐散发着湿润的青草之香，里面盛着的却不是夜草，是一件被露水打湿了的女装棉袄，蓝底黄花的灯芯绒面料，上面均匀地分布着几朵葵花。母羊以为陌生人送来了一堆葵花，细看之下，葵花掩映的是一张婴儿的小脸！葵花也好，婴儿也好，那都不是饲料，但母羊仍然执拗地停留在柳条筐边，用鼻子辨别着婴儿身上所散发的微妙的香气，那香气让母羊想起了春天清晨的草地，还有夏天在河边失散的一头小羊羔。

　　看起来那几朵棉袄上的葵花一直在守护熟睡的婴儿，葵花闪烁着金黄色的光芒，在黑暗中与母羊尖锐地对峙，仅仅过了一会儿，葵花便获得了胜利，软弱的母羊放弃了主人的权利，躲到角落里去了。

那天夜里枫杨树乡的狗零星地吠了一阵，对岸花坊镇北边似有群狗回应，是较量的回应，带着一种天然的傲慢。河两岸的狗也许是听见了什么，也许只是尽一点义务。狗很快就安静了，只有罗家的羊圈萌动着神秘的迷宫般的气氛。只有三只羊是事情的目击者，凭着那天夜里的月光，它们应该看得见窗洞外面弃婴者的身影，羊耳朵也灵敏，它们一定能够分辨出来那人的脚步声从哪儿来的，又是在哪里消失的。可惜三只羊都是羊，从不承担看门的义务，对什么事情都习惯了沉默。

羊这么固执地沉默，它的主人罗文礼一家也没办法追究，你即使把浑水河两岸所有的青草割来，也无法收买一头羊。人可以收买，可谁有本事从羊嘴里套出什么秘密来呢。

二

他们开始是把柳条筐放在家门口的，有点失物招领的架势。罗文礼的大儿子庆丰看着柳条筐，心不在焉的，一会儿蹲下，一会儿又站起来，庆丰手里捧着个大碗喝粥，喝几口喊一声，来看看，来看看，谁往我家羊圈塞了个孩子？

男人们一早都去花坊监狱送白菜了，孩子们上学去了，闻讯而来的大多是村里的妇女，她们小跑着奔过来，有的手里还拿着镰刀，有的肩上搭着毛线和编针，那么多丰满的身体和蓬乱的脑袋组成一道篱笆，把柳条筐热情地围了起来。后来者只能从人缝里看见筐子里的几朵金黄色的葵花，跺着脚对庆丰说，哪儿有孩子？看不见，就看见葵花了！

先来的妇女们细细地观察柳条筐里的女婴，嘴里啧啧地响，多标致的小女孩，怎么扔了呢？扔了还不哭，你看她还笑呢。有人贸贸然地问庆丰，是谁家的孩子呀？庆丰瞪着眼睛反问道，要知道是谁家的孩子，还放在这里让你们参观？他们知道庆丰脾气坏，不跟他说了，蹲在柳条筐边窃窃地讨论起来。有人说，那做大人的什么铁石心肠，怎么把孩子扔羊圈里了呢？笨死了！

庆丰在一边用手指敲着碗沿，说，你们才笨，说话不动脑子，这么冷的天，扔在外面不冻死才怪，羊圈怎么的，我们家羊圈比你们家温度高，不懂，你们就别乱说！

那妇女回头说，我们什么都不懂，你什么都懂，你什么都懂就教教我们，这孩子，怎么造出来的？

庆丰冷笑道，你以为这就难住我了？怎么造出来的？一男一女，×出来的！

庆丰大了，对许多事情莫名其妙地烦躁，见到饶舌的妇女就更烦，他不愿意守着柳条筐，一碗粥喝光就走了，走到羊圈外面，对他母亲喊，你自己吆喝去，我吆喝来那么多人，都是看热闹来的，没一个要抱孩子！

卢杏仙就出来了，抖着围裙上的草灰对别人说，你们看看这叫个什么事？早上起来出羊粪的，一眼看见这筐子，吓我一大跳，我这辈子手黑，从来没捡到过一分钱，这下好了，一下子让我捡了个孩子，你们说，这枫杨树乡谁不知道我家穷，那丢孩子的是瞎了眼，怎么偏偏丢我家来了？

妇女们大致上是默认卢杏仙的说法的，只是不好指明谁家富裕，谁家适合丢孩子，给她火上浇油，他们都默契地遥望着河那边花坊镇方向，七嘴八舌的，说的是一个意思：杏仙呀，这枫杨树的姑娘媳妇肚子里有个什么动静，也逃不出你的眼睛，这不是我们枫杨树的孩子呀，是花坊镇扔过来的孩子！也有像长炳的女人那样在任何场合都要显示其素养的，她就在人堆里发出不同的声音，撇嘴说，杏仙，你别老是钱呀钱的，钱生不带来死不带去的，哪儿有人好？你家再穷还养着羊，多一张小嘴吃饭，也不能把你家吃垮了，看看这小女孩多水灵，自己留下养嘛。

卢杏仙的目光尖利地落在长炳女人身上，说，她要是一头羊，我还就留下她了！羊吃草，不花钱不占口粮，可你没看见吗，这是孩子，不是羊！你让我给孩子也喂草呀？

谁说让你给孩子喂草了？我们这里，谁不是粗茶淡饭吃大的？杏仙，这孩子不管扔得是不是地方，跟你家也是个缘分，自己养着吧。

缘分不能当口粮！你不是不知道我们家人多口粮紧，怎么张嘴就给我下这个指示呢？卢杏仙悻悻地折她的围裙，一边折一边眼睛亮起来，对女邻居说，你们家就两个女孩，口粮够，你不口口声声说女儿迟早要嫁人，一嫁人，连说话的人都没有，不如你把她抱走，陪你说话去。

长炳的女人说，是送到你家羊圈的呀，要是送到我家，我一定养。

卢杏仙的脸沉了下来，斜睨着长炳的女人，说话的口气里有了威胁的意味，好呀，那我养她一天，她说，明天早晨孩子在谁家门口，孩子就归谁养！

让卢杏仙这么一说，长炳的女人翻了个白眼就走了，其他邻居也莫名地恐慌，很快都散开了。有个女邻居在离开之前提醒卢杏仙，杏仙呀，孩子不管给谁，你先去报告政府，捡孩子不比捡小狗小猫，婴儿也是人口，是人口都要去花坊镇登记的！

登记登记，我怎么不知道要登记？卢杏仙把围裙当毛巾拍打着裤子，一只手突然向后义愤地一挥，指着院子里的一匾晒干了的萝卜，我哪儿忙得过来呀，你们各家的腌菜倒都好了，没看见我家的缸个个底朝天，腌萝卜的盐还没买呢。反正我家庆来要去花坊镇买盐，如果这孩子没人抱，让庆来顺路送到政府去！

三

早晨九点，越过河流，枫杨树少年罗庆来来到了花坊镇。

罗庆来提着那只柳条筐从花坊码头下来，码头上锣鼓喧天，他看见一群穿白衣蓝裤的人在储运仓库前敲铜鼓，文化站的一个干部正拿着电喇叭指挥排练。男孩在后排敲大红鼓，敲一阵举起鼓槌，齐声高喊：毛主席，万岁！女孩腰间用红绸绑着小腰鼓，组成几个圆圈，每人都沿着圆圈跳，一边跳一边敲小腰鼓，敲一会儿人身体都斜过来，脑袋朝天，喊道：祖国，万岁！好多路过码头的人都停下脚步，罗庆来也站在台阶上听了一会儿，说，敲什么敲？敲得一点也不整齐。旁边有个男人，一定是哪个敲鼓学生的家长，对罗庆来不满地瞪了一眼，说，不整齐？那你去敲。罗庆来的脸莫名其妙地红了，转身就跑，一边跑一边说，我才不敲鼓，要敲就敲你们的头！

他的手里提着一只柳条筐，柳条筐里装着一个陌生的女婴。女婴乖得有点出奇。罗庆来一直提防着她哭，她要是哭了他就要找个僻静的地方喂她，可是她不哭，不哭他就不用停下脚步。母亲在筐里塞了一个盐水瓶改装的奶瓶，里面是热过的羊奶，她说，孩子已经把过屎了，她要哭一定就是饿了，饿了你就喂她一口奶。罗庆来知道凡是婴儿都要哭，他为这常识焦灼不安。这个婴儿不会哭，她不哭！罗庆来一边向政府所在的八一街那里走，一边狐疑地看着柳条筐里的女婴。他看见女婴在柳条筐鲁莽的颠簸中坦然地前进，那么红润那么神秘的一张小脸，脸颊上有一层细细的金色的茸毛，乌黑的眼睛忽而睁开，迎接阳光，阳光来了，却又害怕地闭上了。

罗庆来说，你不哭才好，不哭就不要喂了，多谢你了，你不哭就省得我去做妇女的事情！罗庆来研究着女婴在阳光下的脸，脑子里蹦出一个奇怪的念头：你长得很像一头小羊，羊也从来不哭的，你会不会是个羊人呢，你吃不吃草的？罗庆来看见街边一户人家的窗台上种了一盆菊花，菊花枯萎了，土里的一丛草倒是绿的，他就去拔草，草是拔出来了，但他犹豫着，最终放弃了探索的念头。罗庆来把草往柳条筐内一扔，说，开玩笑的，你这么小，我怎么会欺负你？

花坊镇半新半旧，旧的寂静和荒凉藏在那些花格木窗和老墙青苔后面。街上的水泥路永远是热闹的，罗庆来尽量地躲避人多的地方，还是有那些好管闲事的人追着他的柳条筐，喂，你筐子里装的什么好东西？经过供销合作社门口时，他想起母亲关照的买盐的事，要看看价格，是不是六分钱一斤的盐。他把柳条筐放在玻璃门外面，脑袋探进去看盐缸上的那面小红旗，价格没看清，却听见一个妇女在他身后又惊又喜地叫起来，这孩子倒是聪明呀，怎么把你妹妹装在筐子里，没见过！

罗庆来说，谁说她是我妹妹？她是一头羊！

罗庆来不愿意和那些妇女多费口舌，他想反正盐可以回去时候再买的。他提着柳条筐向八一街跑，路过老杜的桌球摊子时他的脚步一下迟疑起来。他看见他的小学同学罗小正弯着腰，站在那儿，有板有眼地打桌球，罗庆来正在纳闷他的桌球什么时候打得有板有眼了呢，罗小正也看见他了。罗小正向他摇着球杆，慷慨地邀请他，过来，一起打，我包了桌子，还有一个小时！

他几乎立即决定要去打白赚的桌球了，唯一让他放不下的是那柳条筐，他不想让罗小正笑话他。罗小正说，你手里提的什么东西？罗庆来顺口编了一句，盐！他指了指前面，说，你等等我，我把筐子交给我三姨去。

白打的桌球，还有一个小时，这让罗庆来心急如焚。他后来就向着镇政府方向一路小跑起来，奔跑的时候他听见了女婴和奶瓶在柳条筐里左右滑动的声音。女婴仍然像奶瓶一样安静，也许她不敢哭，也许她喜欢他奔跑。然后罗庆来经过了花坊镇的红旗幼儿园，幼儿园的风琴声引起了他的注意，他猛然刹住了脚步，心里生出个大胆的念头。他想起那个神秘的弃婴人丢孩子的方法，你可以把柳条筐丢在我家羊圈里，我为什么不可以把柳条筐丢在幼儿园里呢？罗庆来这样思索着，人紧张起来，他看看四周没有人，就去推幼儿园的窗，窗后是一排排漆成天蓝色的小床，如果瞄得准，他甚至可以直接把孩子倒在小床上。可不巧的是窗子被反插上了，他一推窗，里面有个小孩子哇的一声哭起来，然后他看见好多小孩子摇摇晃晃地从床上站了起来，朝他这里张望，他没来得及打开窗子，一个保育员已经冲到大屋里来了。

窗子碍事，罗庆来最终没能把女婴倒到床上去，惊惶之下，他把柳条筐往幼儿园的窗下一放，人一阵风似的逃了。他跑过李六奶奶家门口时，没注意到出来倒痰盂的李六奶奶，一条挥舞的胳膊把李六奶奶手里的痰盂撞翻了。

李六奶奶没有看清罗庆来的模样，只看见那个愣头青的少年一阵风似的跑出去，转眼之间人就不见了，空气中留下一丝可疑的气味，李六奶奶吸着鼻子闻了一会儿，觉得那不是痰盂打翻的气味，是羊身上的淡淡的膻味。

四

李六奶奶发现了幼儿园窗下的女婴。李六奶奶站在窗下敲玻璃，快出来个人啊，你们阿姨怎么看孩子的？怎么把孩子丢到外面来了？

三个幼儿园阿姨惊恐地挤到窗前，看清了外面的柳条筐，都松了口气，说，不是园里的孩子！不是的！又不无指责地说，六奶奶你吓我们一跳，怎么不看看清楚再说，这是个婴儿呀，最多两个月大，我们这里只收三岁以上的孩子，从来不收婴儿的！

李六奶奶见不得他们推脱责任的样子，撇嘴说，什么两个月八个月的，幼儿园就是收孩子的，哪来这么多规矩？你们出来个人嘛，把孩子端回去。

一个中年阿姨不屑于理睬李六奶奶，背过身低声骂了一句老糊涂，就走了。剩下一个老阿姨和年轻阿姨，仍然伏在窗台上研究柳条筐里的女婴，一个说，肯定是那个乡下孩子丢下的，脑筋不正常了？把自己的妹妹丢在这里。年轻的阿姨说，孩子又不是垃圾，怎么可以随便乱扔的？就算是垃圾也不能随便扔！老的那个阿姨突然拍拍窗台，说，也不一定是妹妹呀，我看那乡下男孩胡子都黑了一圈了，没准是和哪个女孩闯了祸，孩子钻出来，没办法了，抱出来一丢了事。

　　李六奶奶说，你们怎么说起闲话来了？不管是谁的孩子，你们是幼儿园不是？幼儿园管的就是孩子，你们倒是出来个人呀，外面风这么大，孩子吹坏了怎么办？

　　两个阿姨都冷静地看着李六奶奶，一个口气还算缓和，说，六奶奶你不懂的，我们是幼儿园，不是儿童福利院，幼儿园有规章制度的，不允许随便收孩子，六奶奶你自己想想，要是别人不要的孩子都往这窗下一扔，我们这幼儿园不成马蜂窝了？另一个对李六奶奶的无知多少有点烦，朝她嚷起来，我们三个人就三双手，三双手要伺候几十个孩子，本来就忙不过来，你还来给我们添麻烦！

　　李六奶奶说，怎么是我给你们添麻烦了？我又不要你们把屎喂饭，是这个小宝宝呀，人心都是肉长的，外面风这么大，你们怎么就站在那儿看，偏偏不肯出来呢？

　　一个阿姨说，出来了也不能收的，李六奶奶你不懂，我们这里收孩子都有手续!

李六奶奶说,我怎么不知道手续?我知道手续,你们就不能先收下孩子,再补办一个手续?

那阿姨对着李六奶奶苦笑起来,说,跟你是说不清楚了,李六奶奶,我们是日托,下午各家父母都要接回家的,我现在要是把她抱回来了,下午把她交给谁去?你不是看不出来,这孩子没父母呀!

没父母的孩子才可怜!李六奶奶蹲到地上,手先探进向日葵棉袄里摸索了一下,又抽出来,在女婴的额头上摸了摸,说,不像是个病孩呀,眉眼也秀气,好好的一个女孩子,怎么丢在这里没人管呢?李六奶奶又闻到了一股淡淡的羊的气味,她吸着鼻子,判断出那气味就是羊的气味,但她对窗台上的两个阿姨报告的是另一个消息,她向她们招手说,你们快来闻闻,这女孩子身上香呢,像奶油饼干的香味。

两个阿姨聪明地拒绝了李六奶奶的邀请,说,孩子身上的味道,我们闻多了,不爱闻。

李六奶奶绝望地瞪着窗台,突然冷笑一声,说,谁说人心都是肉长的?有的人的人心呀,是冰棱子长的。

年轻的阿姨对李六奶奶终于忍无可忍了,你心好,你自己抱回家去!丢下这句话,她就把幼儿园的窗子砰地关上了。

五

他们看见李六奶奶拖着小木轮车在街上蹒跚地走，有人跟她打招呼，六奶奶，去买煤呀？李六奶奶摇头，说，不买煤，买什么煤，看见煤就想起他们的人心，现在的人心比煤还黑呀。她苍老的脸上残存着委屈而义愤的表情，看上去愈发苍老了。

中午时分花坊镇上的人都行色匆匆，很少有人注意到小木轮车驮着的柳条筐里，装的是一个婴儿，大多数人以为是李六奶奶脱下来的一件棉袄，棉袄上鲜艳的向日葵图案倒是引人注目，他们说，哂，六奶奶老来俏，穿那么一件大花棉袄！

李六奶奶的小木轮车停在外甥张胜家门口了，张胜媳妇半敞着毛衣，手里抱个婴儿迎出来，她看见李六奶奶弯着腰，从柳条筐里也抱出一个婴儿来，李六奶奶说，快来快来，快给这孩子喂两口奶吧。

张胜媳妇一边喂奶一边听李六奶奶诉说幼儿园那些阿姨的不是，她关心的是女婴的来历，偏偏李六奶奶说不出个来龙去脉。李六奶奶只是盯着女婴的嘴和张胜媳妇蓬勃的乳房，说，多喂几口，你奶多，本来也要挤掉的。张胜媳妇说，几口奶是不稀奇的，可六奶奶你怎么随便在街上捡孩子呢，现在外面流行黄疸肝炎，万一——李六奶奶打断她的话说，哪来这么多万一的，你看看这孩子的脸色，白里透红的，哪里会有什么病？张胜媳妇不时地回头看床上自己的婴儿，似乎在比较两个婴儿的异同。过了一会儿她平缓地将乳头从女婴嘴里抽出来了，六奶奶，你闻到这孩子身上有什么味道吗？她说，怎么有点羊膻味呢？

李六奶奶犹豫了一下，笑起来说，什么羊膻味？是香味，我闻着像奶油饼干的味道。

张胜媳妇喂好了奶，把女婴放回到柳条筐里，看见筐里那只盐水瓶改制的奶瓶，拿出来晃了晃，说，人家给孩子准备了奶的，你偏要让她喝我的。李六奶奶说，就那么半瓶，得省着喝，等会儿把孩子送政府去，谁知道政府里有没有奶？张胜媳妇去抱自己的孩子，回头问了一句，等会儿你用木轮车把孩子送政府去？这一问把李六奶奶问得不高兴了，沉下脸说，你们这些年轻人，共产党白教育你们了？别人丢掉的孩子也是孩子，怎么都是一个腔调？我这把年纪了，腿脚又不好，说话干部也听不懂，你们年轻人不送我去送？张胜媳妇说，没说让你去送，六奶奶你为什么要管这闲事呢？李六奶奶嚷起来，这不是闲事，是个孩子！

毕竟是长辈，李六奶奶一嚷张胜媳妇就不吱声了，抱着自己的孩子在屋里走，走了几圈说，反正我也腾不出手来，反正张胜马上要回家吃饭了，要送让张胜去送。

六

贮木场的张胜在中午时分到了政府大楼，他去得不巧，是饭后的午休时间，花坊镇政府的五层楼里寂静无声，信访处、妇联、计划生育领导小组的办公室都关着门，只有五楼的一间办公室引起了他的注意，那一间的玻璃草草地糊了报纸，里面有人声，张胜便爬到窗台上从气窗向里面张望，看见几个干部正围在一起打扑克，有一个干部的鼻子上粘了两张小纸条，张胜就笑着跳下来了，说，他们也打这种牌啊。

他敲了很长时间的门，里面安静了一会儿，终于有人问了，是哪位？出来开门的是一个穿橘红色西装的女干部，她侧着身体，在半开的门缝里警惕地看着张胜，说，现在是午休时间，现在不办公。

张胜记得她是妇联的，妇联管孩子。他这么叨咕着从地上捧起那只柳条筐来，以一种夸张的姿态献给女干部，你们午休，我可是要赶去上班了。他说，我姑姑在幼儿园外面捡了这孩子，让我交给政府。

女干部下意识地闪避着那只柳条筐，嘴里惊声道，孩子是哪儿的？

张胜道：丢在街上的！

女干部又尖声问：你是哪儿的？

张胜把柳条筐放在地上，说，我是贮木场的革命职工，你那么瞪着我干什么？我送来的是孩子，又不是颗炸弹！你快接着，你不接我就放这儿了。

屋里的其他几个人也涌出来了，其中有个保卫干事认识张胜，说，怪不得呢，是这个愣头，前几年经常到派出所挂号的！看张胜要跑，一个年轻干部冲上来拽住他，你不能把孩子扔这儿，这不是儿戏，要调查要登记的。

张胜说，调查个鬼呀，路上捡了钱要交给你们，捡了孩子难道不交公吗？

少来狡辩，交公也要办公时间来，你把筐子抱起来，下楼等着，两点半到计生组登记！

张胜不肯去抱那个柳条筐，身体一直在往楼梯口悄悄移动，其他两个男干部反应快，识破了他的心计，干脆一起过来，把柳条筐强行塞到他怀里，然后他们一边一个，几乎是架着张胜下了五层楼。

张胜在楼下的传达室里坐了大约有五分钟，五分钟内他一直骂骂咧咧的，看门的老年费了好大的劲才弄清楚事情的原委，他不好多说什么，就给张胜倒了一杯水，还递了支烟给他。张胜气得厉害，不喝水也不抽烟，就是一心要把柳条筐留给老年。老年说，我一辈子打光棍，没弄过孩子，你把这孩子扔给我，不是为难我吗？张胜愤怒地看着窗外，又看看老年，脸上掠过一种决绝的强硬的表情。我不为难你，他说，我走，我把孩子放到外面去！

老年是亲眼看见张胜把柳条筐放在楼外花坛边的。张胜走的时候替女婴掖了掖棉袄。掖棉袄也没用,老年隔窗监视着张胜,嘴里忍不住骂了一声,混账东西!他后悔给张胜倒了那杯茶,递了那支烟,这张胜不是个东西嘛,上班再要紧,也不能把孩子这么丢在花坛边,那是个孩子,又不是一盆花。

午后的阳光爽朗地照耀着政府大楼外面的花坛,花坛里的菊花半开半靡,对热情的阳光有点爱理不理的样子,倒是那只柳条筐,每一根柳条都接纳了阳光,看上去闪烁着一圈淡金色的光晕。

第一个注意到柳条筐的是一只猫,不知道是谁家的猫匆匆地跑过来,绕着柳条筐转了几圈,猫把爪子搭在筐沿上,脑袋探下去很细致地闻了闻婴儿的气味,气味不对胃口,猫转了几圈,最后心灰意懒地走了。紧接着又跑来了一条狗,撒着欢往花坛边奔,是食堂的大师傅养的那条黄狗。看见狗也来凑热闹,老年冲出去,把狗撵回去了,老年说,那是个孩子,不是鱼骨头肉骨头,你们畜生来凑什么热闹!

老年隔窗守望着柳条筐,他等着筐里传来女婴的哭声,可是始终没等到,女婴出奇的安静让老年疑虑重重,怎么就不哭呢?这么苦命的孩子,偏偏就不哭。老年想,这孩子会不会是个哑巴?如果是个哑巴,谁抱她都是抱一个麻烦回去,也怪不得别人心不善呢。

后来两个跳牛皮筋的小女孩来到了国旗的旗杆下，她们把牛皮筋的一端捆在旗杆上，另一端谁也不肯拿，都要先跳，正吵闹着，一个小女孩先看见了柳条筐，丢下同伴跑到花坛边去了，很快老年就听见了两个小女孩的惊叫声，谁的孩子？谁把孩子扔了？有坏人扔孩子啦！

老年看见两个小女孩拖着牛皮筋向传达室奔跑过来，一下就慌了。老年赶紧把门反锁了，回头一看，可供藏身的只有一张简易床，他急中生智地跑到床边，鞋子一蹬，掀开被子就钻了进去。他钻进被窝时门已经被擂响了，老年装作没听见，他用被头蒙住脸，在被子里面埋怨两个小姑娘，笨丫头笨死了，小宝宝的事情，怎么找老光棍管？我是看门的，不是看孩子的！

两个小姑娘离开之后老年仍然躲在被窝里，他没法起来了，不起来也没问题。他看着墙上挂钟的时间呢，他会在两点三十分领导们进楼上班之前起来，那时候柳条筐一定有人接手了。窗外开始有人声一浪一浪地传进传达室，看来小姑娘尖厉的叫喊声惊动了附近的文化站和卫生院里的人。老年从被子里探出脑袋，偷偷地窥望窗外，看见花坛那里的人影子动荡不安，在一片嘈杂中老年突然听见了女婴清脆响亮的啼哭声，那啼哭与别的婴儿相比没有任何异常，但老年的耳朵被震得又痒又疼的，他一边抠着耳朵，不知怎么松了口气，嘀咕道，还是会哭的嘛，不是哑巴！

大约下午两点一刻，老年从床上起来了。和衣假寐时间长了，人乍然感到一丝阴冷，他从门后摘下了冬天的棉衣披在身上。外面乱哄哄的声音已经平息了，老年在窗边朝花坛那里张望了一会儿，看见几个人还站在那里，指手画脚地说话。柳条筐不见了。人一多，果然就有热心肠的来解决问题了。老年说不出来自己心里是什么滋味，他披着那棉衣朝外面走，觉得外面的空气中残留着一股淡淡的羊膻味，那气味若有若无的，压倒了花坛里残菊的香气。老年记得那是柳条筐和女婴的气味。

　　是食堂的几个女师傅还站在花坛边，她们忘情地议论着那只柳条筐的归宿，那个惊人的消息也是几个女师傅告诉老年的，一个女人说得简明扼要，是疯女人瑞兰把柳条筐端走了！另一个补充得比较详细，是疯女人瑞兰把柳条筐抢走了，她抢呀，谁也拦不住，她说是她的女儿呀，花坊镇人人知道她女儿在浑水河里淹死了，她偏偏一口咬定，是她的女儿！

　　老年张大了嘴巴，过了一会儿反应过来，突然大叫一声，她是疯的，你们也疯了？怎么看着她抢孩子呢，一个疯子怎么能养孩子？女师傅们发现一贯温厚的老年有点莫名其妙的冲动，便开始安慰老年，说，你就别担那个闲心了，瑞兰她领不去的，她哥哥瑞昌也在旁边呢，瑞昌说等她的疯劲过去了，孩子该送哪儿就送哪儿，他负责！老年说，说得轻巧，他负责，神仙也不知道孩子是谁的，他准备把孩子送哪儿去？一个女师傅说，送到河对岸去呀，送枫杨树乡去！老年不明白，为什么认定孩子的父母在枫杨树乡？那女师傅说，这还不明白，乡下人重男轻女嘛，养个女孩就扔掉！另一个女师傅这时候很不客气地打断了她，说，你刚才又不在，胡说些什么，让对岸的乡下人听见了，拿锄头来砍你！她看来是掌握了足够的信息，一番话让老年信服多了。原来是一个顺藤摸瓜的思路，她说卫生院打针的小陆刚才也来了，是小陆透露了孩子的枫杨树乡的身份背景。小陆认得那筐里的奶瓶呀，那女师傅说，你们看见那个盐水瓶了吗，里面还灌了半瓶奶，枫杨树乡的妇女，最喜欢到卫生院来偷盐水瓶，拿回家做奶瓶！

七

一只柳条筐趁着夜色降落在罗文礼家的羊圈。

第二天早晨卢杏仙起来出羊圈，一眼便看见了归来的柳条筐。柳条筐又回来了。卢杏仙惊叫起来，她突然意识到自己家的羊圈已经被谁偷偷地改造成了一个迷宫，迷宫般的羊圈半明半暗，羊藏身在暗处，柳条筐却大胆地沐浴着早晨的阳光。卢杏仙蹑足走过去，发现那件葵花棉袄还在，女婴已经不见了。她壮着胆子摸了摸葵花棉袄，棉袄有点湿漉漉的，有夜露打湿后不易消退的潮气，摸上去有点黏手。卢杏仙嘴里叫起丈夫的名字来，文礼文礼你快来，我们家羊圈闹鬼了！可是勤快的罗文礼已经出门去耕地了，她逃到栅门边，回头望着柳条筐，又大声地唤起儿子来，庆来庆来，快起床，你到底把那孩子送哪儿去了，怎么孩子送走，筐子又回来了呢？

回头之间，卢杏仙突然发现羊圈里多了一头小羊，怯懦地站在角落里。昨天夜里喂草的时候还是三头羊，早晨起来就多了一头羊。过度的惊愕使卢杏仙怀疑自己看花了眼睛，她朝屋里喊，庆来庆来你快起床，我的眼睛怎么啦，我看不清我家有几头羊！

庆来穿了个短裤就出来了，他看见柳条筐，心虚地转过头看看母亲，又去看羊，脸色大变。他伸出手指数羊，说，是多了一头，跟夏天时候一样，是四头羊了。庆来走过去要拉那头小羊的羊角，手伸出去又缩回来了，回头对母亲说，妈你别怕，我认识它，是夏天走散的那头羊，它回来了。

卢杏仙说，你还在做梦呢，羊又不是狗，认识回家的路，你给我看清楚了，这是谁家的羊，怎么跑到我家羊圈里来了？

庆来蹲下来，向地上吐了口唾沫，开始严厉地审视飞来的小羊。过了一会儿，所有的恐惧和疑惑都消失了。你是羊，我还怕羊吗？他嚷了一句，手毅然向前一扑，抱住了小羊的脑袋，他自己的脑袋也转过来转过去，端详着羊，突然，庆来叫起来，妈快来看，这头羊在哭，羊眼睛是潮的！

卢杏仙拿起一根扁担在儿子的屁股上打了一下，我都吓糊涂了，你还吓我？她说，羊怎么会哭，我养了几十年羊，从来没见过羊哭，会哭的是牛！

庆来说，妈，我没吓你，这羊的眼睛不一样，你自己来看呀！

卢杏仙走过去，按住儿子的肩膀，看那头小羊的眼睛，羊眼睛里似乎是覆盖着一层泪光。这是谁家的羊呀，怎么还会哭？卢杏仙大声叫起来，菩萨观音苍天在上，我们家对羊有多好，你们是看在眼里的，我们家人吃得半饥不饱，羊肚子从来都吃得鼓鼓的，怎么让我们家的羊圈闹起鬼了呢？

庆来没有像他母亲那样慌乱，那天早晨幸亏了他的冷静和聪明。庆来瞥了一眼窗洞下的柳条筐，又看了看那头羊，突然一个寒噤，打了个响亮的喷嚏。

卢杏仙说，受凉了？你回去穿上衣服再来，把羊牵出去，看看是谁家的羊？

庆来迷茫地注视着母亲，说，妈，再别撵它走了，撵不走它的，都怪你，你昨天说错话了！

卢杏仙说，我说错什么话了？

庆来说，你昨天说那孩子要是一头羊，你就能养，你说错了！

卢杏仙说，你这孩子怎么回事，怎么云里雾里的，一直

299

在说梦话呢?

庆来沉默了一会儿,把卢杏仙拉了出去。在羊圈的栅门外面,在第二天早晨初升的太阳下面,少年罗庆来对他母亲透露了枫杨树乡间历史上最大的一个秘密。他说,妈妈,我告诉你你别怕,你别怕,那不是夏天走散的羊,也不是别人家的羊,我告诉你你别怕,是你说错话,那个孩子认准我家的门,又回来了!

茨菰

姑妈回家先看见了两只芦花大公鸡，它们被网线袋包围着，一只坐，一只站，但看上去都还乖巧。看见芦花大公鸡，姑妈就知道我表哥回家来了，她仔细地看了看地上，也不知道是鸡讲卫生，还是饿着肚子无法便溺，总之地上很干净。姑妈抓过一只公鸡的鸡冠检查了一下，说，不会是病鸡吧，光知道带公鸡回来，又不能炖汤，又不能下蛋的，早晨还吵死人。姑妈走到厨房边，正要去抓米给鸡吃，看见天井里坐着一个穿桃红色衬衣的陌生姑娘，正在用瓷片刮茨菰。

她以为是我表哥带女朋友回来了，有点喜悦，又有点紧张，像做贼一样地往厨房里一闪，闪进去了，又出来，抿着头发，站在那里咳嗽。刮茨菰的姑娘抬起头来，抬起一张黑里透红的脸，一看就是个乡下姑娘。她从板凳上跳了起来，说不上来是害羞还是礼貌，正努力地向姑妈笑着。姑妈听见她嘴里含糊地吐出一个称谓，是乡下方言，分不清是在叫她什么。姑妈下意识地皱起了眉头，那姑娘垂着手，目光在姑妈身上撞了一下，缩回去，怯怯地看着我表哥的房间，突然叫起来，小杨同志，你出来一下，出来一下呀。我表哥就睡眼惺忪地出来了，他一出来那姑娘就埋着头钻了进去。看见我姑妈愣在那里，表哥挠着肚子干笑起来，对她说，你眼睛瞪那么大干什么？以为我带女朋友回来了？我思想还没那么先进呢，找乡下人做女朋友！我姑妈等他往下面解释，他却不解释了，指着房间里的人，又指指地上的两只芦花大公鸡，敷衍了事地说，是顾庄的顾彩袖，人家遇到了麻烦，要在我家住几天，避一避风头！

无论彩袖的故事怎么曲折，本来应该发生在我姑妈家，与我们家是没什么关联的。但那天夜里我姑妈提着一只芦花大公鸡心急火燎地跑到我家来了，说是要和我母亲商量个急事。其实那急事就是彩袖的事，急不到哪儿去，只不过我姑妈用了一种人命关天的语气描述，就显出事情的棘手来了。我那会儿还小，不知道换亲这种农村盛行的婚姻形式，光是听清了其中的交换关系，很像我们数学课上学的方程，$X+Y=X1+Y1$。彩袖的哥哥娶媳妇，那媳妇的哥哥就要娶彩袖。姑妈强调说那男人年纪很大，有羊角风，发病的时候把自己舌头咬掉了，所以还是个没有舌头的男人。听到这儿我母亲便失声大叫起来，这怎么行，好好个姑娘，让她嫁个没舌头的？顾庄不归毛主席管呀，把女同志不当人，他爹妈做下这等糊涂事，党组织就不管呀？姑妈说，你就别来这套了，乡下的党组织忙着学大寨嘛，都忙不过来，哪里管得了谁家换亲的事？又说麻烦在于生米煮成了熟饭，彩袖的哥哥已经把人家妹妹娶回家了，这边彩袖却被一帮知识青年做了思想工作，不肯嫁过去了。

　　我姑妈提到了一个叫巩爱华的女知识青年，说彩袖本来是准备为她哥哥牺牲自己的，是巩爱华不答应，替她做主，还帮她制定了一个详细的出逃方案。我姑妈一方面数落彩袖的父母狼心狗肺，为了儿子，把女儿往火坑里推，另一方面她一直在数落那个巩爱华，她就是个爱出风头的人，是野心家！不要她下乡她要下乡，就为了上报纸！到了乡下还要先进，还要上报纸，就拿人家彩袖垫她的脚了。我姑妈心怀怨恨，说，她先进我也不反对，她救人我也不反对，可她不能光荣匾自己扛，把麻烦丢给别人，我们家大猫没脑子呀，他就听巩爱华使唤，让他领回来他就领了。你说我们家那么窄，又都是男孩子，留个乡下姑娘住在家里算怎么回事？不让人家说闲话么？我姑妈说到这儿，见我母亲收了茨菰却没有什么表示，终于把那件急事兜出来了。我们家没地方搭她的床呀，你们家阁楼就小妹一个人睡，让那姑娘跟小妹一起住阁楼吧。住五天，就五天，算帮我一个忙吧。我姑妈伸出一个巴掌在我母亲面前晃着，晃着，一直等到我母亲点头为止。最后她松了口气，说，我家那个没脑子的说了，我们家是第一交通站，还有其他联络站指挥所呢，他们把这事当革命大业做！等巩爱华国庆节回来，我就让大猫把人家姑娘送到巩爱华家去，我告诉大猫了，我们家那么多孩子，交通够忙的了，哪儿还做得了别人的交通站？

我对那个叫彩袖的乡下姑娘一无所知，但姑妈提到的巩爱华我是知道的。她和我表哥是不一样的知识青年，被有关方面树了典型。我们学校的宣传橱窗里挂着她的照片，一个大眼睛女孩，脸盘尖尖的，胸口扎了一朵大红花。由于拍照的时候微微侧身，摆了姿势，她的目光看上去非常悠远，而且是向上的，在我看来那是一种胸怀共产主义理想的姿势。

夜里我表哥打着个手电筒，把彩袖和一只公鸡送到了我家。他就像押送两件行李似的，货进仓库，人就掉头跑了。我母亲让他把盛茨菰的篮子带回家去，他嘴上答应得好好的，最后篮子还是让他丢在门后的角落里了。

彩袖就这样成了我们家的客人。

公鸡被一只木条箱倒扣在天井里，彩袖和我姐姐一起睡在阁楼上。我们家从来没有接待过这样的客人，不是亲戚，但接待亲戚的礼数少不了。第一天早晨，我母亲煮了一碗水潽蛋给她，她忸怩了一会儿，不知道怎么客气，就接过碗吃下了一个鸡蛋，突然瞥见我的眼神，一下就知道客气的方法了，把碗推给我，说给弟弟吃吧，我们乡下鸡蛋多，经常吃的。我母亲嘴里威胁我，眼睛里却对彩袖表示着赏识，我看得出来，所以我把水潽蛋端到外面吃，我母亲并没有再阻止我，随口对彩袖说，那你喝粥吧，早晨还是喝粥最舒服，容易消化。

我瞥见彩袖喝粥的样子，碗盖住了她的脸，她不用筷子，几乎是像喝水一样，捧着碗往嘴里倒。

彩袖你慢点喝，粥一大锅呢。我母亲说，彩袖你夜里睡得好吗？

她不会城里人的敷衍，想了想，摇头道，醒了好几次，怎么半夜里还有火车叫，轮船也叫，吓死我了。

你不是睡得挺好的吗？八点钟才起床！我听见你还打呼噜呢。我姐姐在旁边斜着眼睛看她，发牢骚说，我才没睡好，六点钟就醒了，让你磨牙磨醒的！

就你耳朵眼娇气，磨个牙就把你磨醒了？人家乡下喝生水，肚子里有蛔虫，夜里睡觉都磨牙的。我母亲制止了姐姐的抱怨，又问彩袖，彩袖，你在乡下也八点才起床呀？

公鸡没叫，我以为天没亮呢，在乡下我听鸡叫起床的。也怪了，你们夜里火车叫轮船叫，公鸡倒不叫。她朝天井瞥了一眼，轻轻地嘟囔道，公鸡也怕生的，到了城里都不打鸣了。

公鸡不在啦。我母亲说，孩子他爸一大早已经把鸡宰了，腌了做咸鸡，过年吃正好。

厨房里静下来了，彩袖放下了粥碗，她的表情看上去很

305

惊愕，不知为什么要惊愕。那种表情让我们一家人都感到某种莫名的不适。我姐姐刺耳的声音便响起来了，我们这儿是卫生先进街道，不让养鸡的！

彩袖斜着身子往天井走，脸色有点发灰，她朝晾衣绳上那只光裸的公鸡瞟了一眼，靠在门框上，她没说什么，但是我看得出来，她很不开心。

我们这儿不让养鸡的。我母亲追过来，一边打量彩袖的表情，一边开导她，是只公鸡呀，又不是小兔小羊的，有什么不舍得的，鸡养大了都要宰的。

不是不舍得。彩袖摇头否认，说，那公鸡是我从孵房里挑的小鸡，是我喂大的。

那还是不舍得。是你喂大的，就更不舍得了。我母亲试探地看着她，说，宰都宰了，也没办法了吧？

彩袖依然摇头，说，不是不舍得。我母亲等着她的下文，她却没有什么下文，闪烁其词地说，一只公鸡宰了也吃不到几块肉，我们乡下，不兴吃公鸡的。

我母亲听出来那是有点谴责的味道了，偏偏是个乡下姑娘在谴责她，我母亲有点下不来台，丢下她走了，边走边说，你们乡下要听公鸡打鸣，我们不要，有闹钟的，公鸡还是腌了吃实惠！

公鸡茂盛而漂亮的鸡毛被我父亲拔下来，摊在旧报纸上晒太阳。彩袖蹲在那堆鸡毛前，挑起一根金黄色的鸡毛，捏了捏又放下了，留着鸡毛干什么呢？她问，做毽子吗？弟弟你踢毽子的？

谁踢毽子？我又不是女孩子。我不耐烦地告诉她，晒干了卖给收购站，鸡毛可以卖钱的！

毕竟彩袖是我们家的客人，无论她是否讨人欢喜，待客之礼是一样少不了的。第一天我姐姐带着彩袖出去，说是去逛公园，但彩袖对公园不感兴趣，草草地转了一圈就出来了。彩袖说就那么些大树，就那么个池塘，池塘边堆个假山，假山上搭个亭子，就是公园了？就要收钱了？出来了看见别人都往公园里面走，彩袖又后悔，对我姐姐说，不该这么快出来的，反正不能把三分钱要回来，不如在里面多走走。我姐姐说彩袖一路上都在为那三分钱心疼，直到经过了东风照相馆，她才忘了公园给她的伤害。

彩袖站在东风照相馆门口不肯走了，对着橱窗里陈列的那些漂亮姑娘的照片左看右看的。我姐姐反正也喜欢照相馆的橱窗，就耐心地陪她看。彩袖说她从来没有拍过照片，又打听拍照要花多少钱。我姐姐猜到了她的心思，有点犯难，说，我妈就给我一块钱，说是你的招待费，只够拍半寸的小照片，拍出来就手指甲那么大。彩袖竖起手指掂量了一下，说，那什么也看不见呀，拍了也白拍，再大一点的尺寸有吗？我姐姐说，怎么没有，一寸两寸的都有，就是要你自己贴钱了，你有钱吗？彩袖犹豫了一下，看看街上的行人，把我姐姐拉到了自己身边，你挡着我。她嘱咐我姐姐。我姐姐便用身体挡着她，听见她窸窸窣窣地在裤带下面忙碌，最后摸出了一卷毛票，是用橡皮筋捆好的，彩袖说，我有钱。我们顾庄的女孩子，我钱最多。

她们之所以回来那么晚，就是因为在东风照相馆排队拍照。女孩子在照相馆拍照大多是矫揉造作的，她们回来时还是那种模样。彩袖穿着我姐姐的白色绣花衬衣，两条长辫子卷成一堆马粪似的，盘在了头上。她的头发现在和我姐姐是一样的了，也许是故意没有把照相馆提供的口红抹干净，彩袖的嘴唇很红，看上去像是刚刚从舞台上下来，有点亢奋，有点害羞的样子。由于弄不清楚样片的意义，我听见她一再地问，那么多女孩子去拍照，照相馆会不会弄错，把别人的照片给她，她的照片反而给了别人。怎么会呢？我姐姐被她问烦了，说话不免有点刻薄，告诉你多少遍了，取照片都是要看样片的，谁要别人的照片？你又不是美女，别人拿了你的照片有什么用？

我被迫和彩袖相处了五天。我不认为彩袖有我父亲说得那么朴素，也不认为她像我母亲说得那么有心计。那五天时间里彩袖留给我的印象几乎是一个谜。比如说我不明白她为什么在饭桌上吃得那么少，却要趁厨房里没人的时候打开菜罩子。她像做贼一样地偷吃茨菰烧肉，我看得很清楚，她用手去扒开茨菰，挑里面的肉吃。她偷吃菜不稀罕，我也经常偷吃的，但她把我们家放白糖的罐子抱在怀里，偷吃白糖的动作让我很惊讶，我就向她大喊了一声，你在干什么？我把彩袖吓了一跳，糖罐子落在地上，很干脆地变成一堆碎片，半罐子白糖都撒到了地上。

彩袖的脸吓得煞白煞白的，她傻站在那里，半天回过神来，跺着脚对我喊，你看你干的好事！

我没想到她倒打一耙，尖叫起来，你偷吃糖，是你干的好事！

我干什么了？糖罐里飞进了一只苍蝇，我把它抓出来了。她很快镇定下来，跪在地上，小心地把白糖拢到一只碗里，我不喜欢吃糖的，我的嘴也没那么馋。她抬起头看着我，语气不那么坚定了，就算我嘴馋，你不吓我糖罐子也不会掉地上，弟弟你也有责任的。

我没有责任，是你在偷吃白糖！

她不怎么慌乱了，眼睛闪闪烁烁的，一定是在开动脑筋。阿娘他们就要回来了，她把一碗白糖放回到木架上，试探着看我，这糖罐子，就说是我不小心弄碎的，不过弟弟你不能诬赖我偷吃白糖，千万别诬赖人，啊？

谁诬赖你？我看见你偷吃了。我突然对这个乡下姑娘充满了歧视和仇恨，一句残忍的评价脱口而出，你这种人，只配嫁一个羊角风男人！

彩袖一定没料到我会说出如此刻薄的话来，她惊恐地瞪着我，谁教你的这句话？我看见她的眼睛里有一道暴怒的白光一闪，预感到她会做出什么危险的举动，要跑来不及了，彩袖喉咙里咯地响了一声，她低下脑袋，像一头野兽一样向我的胸口冲撞过来，我一下就失去控制，一屁股坐到我家的水缸上去了。

　　那也许是我和彩袖唯一的一次正面交锋。这么个不伦不类的事，没有失败也没有胜利，胜利也没意思。糖罐事件后我没有和彩袖说过话。后来她一定后悔用头撞我了，我去上学的时候还殷勤地替我整衣服领子，我对她的手充满厌恶，一下甩掉了她的手。她识趣地退到一边，不知道是安慰我还是安慰她自己，说，没事的，小孩子家，没事的。我当然没什么事，只是每次走过学校的宣传橱窗，看见巩爱华的照片就会想起彩袖，想起彩袖就觉得那橱窗里还匍匐着一个人影，是一个陌生的乡下男子，没有舌头，口吐白沫，于是那个明亮的橱窗一下变得阴森起来。

　　我姐姐把她和彩袖的样片取回来了。她们像是举行一个隆重的秘密活动，躲在阁楼上看，我听见她们在上面又笑又闹的，照片给我姐姐带来的永远是不满，她总觉得摄影师把她拍丑了，而那张一寸大的样片，给彩袖带来的是一种惊喜，不仅与容貌有关，也许是与生命有关了，我看见彩袖那天从阁楼上下来，黑红的脸上洋溢着一种无与伦比的喜悦。

然后彩袖带着那份喜悦在厨房里刮茨菰，我姐姐在一旁给炉子换蜂窝煤，她突然想起那个有羊角风的男人，回头问彩袖，羊角风什么样子？为什么叫个羊角风呢？

彩袖沉默了一会儿，大概是等待我姐姐放弃这种损人不利己的问题，但我姐姐不仅没有放弃的意思，还更深入地问了一句，羊角风要打人吗？彩袖这次毫不含糊地回答，不打人，他怎么打人？人不打他就算好的了。她的声音听上去异常冷静。你见过得病的疯羊吗？就像羊犯疯瘟病一样，倒在地上，抽筋，发抖，嘴里吐白沫。彩袖说到这里突兀地干笑了一声，然后笑声一下沉下去，又过了一会儿，我听见彩袖在厨房里说，其实他们都糊涂，我嫁谁都没有好日子，嫁给他，不是我苦，是他的日子更苦。我姐姐听不懂她的意思，还要打破砂锅问到底，彩袖就把手里的瓷片往地上一扔，蒙着脸冲出厨房，又往阁楼上去了。

我记不清楚那是彩袖到我家来的第四天还是第五天了，只记得是傍晚，我们一家人和彩袖正在吃晚饭呢，我姑妈仓皇地跑来，一来就对彩袖摆手，别吃了，别吃了，快上阁楼躲起来！

原来是彩袖的哥哥长寿来了。我姑妈明显没有做好应对这个突发事件的准备，她满头虚汗，把彩袖推到阁楼的梯子那里，对彩袖说，你哥哥吓死我了，蹲在我家门口，带了一只化肥袋，里面装的是一条大麻绳，他是要来绑人呀！我父亲拍着桌子说，光天化日的带绳子来绑人，还有没有王法了，把他扭送到派出所去！大家都对那条大麻绳感到愤怒，愤怒过后却有点发慌，毕竟是人家的家务事，不好那样对待他的。我母亲对姑妈说，是认准门牌号码来的吧，会不会蹲到我家门口来了？我姑妈让她放心，说长寿认到了她家的门，不会认识我家门的。我母亲却不放心，说你们家旁边那几个邻居我还不知道，都是长舌头，不问她们都会说出来的。我姑妈嘴里一迭声地否定着这种可能性，心里却是虚的，她的脑门上急出了汗，捞了一块毛巾擦着，突然眼睛里冒出怨恨的火光，巩爱华，都是她弄出来的麻烦！姑妈叫起来，她做好人，什么也不管，天下哪有这么便宜的事，我不管她有没有回来，明天就把彩袖送她家去，长寿认识我家，我认识她家！

　　大家一下子都不表态。我父亲示意姑妈降低她的大嗓门，别让阁楼上的彩袖听见，姑妈压低了声音，但是凭着那股怨恨，她说，不怕她听见，无亲无故的，我们对她很不错了。

　　太平无事的香椿树街一下风声鹤唳了，我母亲让我去门外看一看，门外没有人，是对面铁匠家的大黄狗蹲在我家门口，我朝街东方向望过去，远远看见我姑妈家门口堆了一团人影。也不知道是我眼花了还是过于敏感，我依稀看见那里的人都在向我家指指点点的。

等我回到屋里的时候，姑妈已经做出了决定，她要马上把彩袖从我家转移出去。你们替我招待她好几天了，不能再连累你们家了。姑妈说，乡下人蛮不讲理的，万一她哥哥来闹，闹出个什么意外来，我对你们家没法交代。我母亲问，现在就送巩爱华家去？巩爱华不是没回来吗？姑妈说，夜长梦多，绍兴奶奶和钱阿姨她们的嘴，我也不放心。迟早要送，不如现在就送，巩爱华不在家怕什么？不都是做父母的替孩子受过嘛，我不是心狠，是要个公平，该轮到巩爱华的父母照应彩袖去了。

姑妈把我父亲的自行车推了出来，她要亲自把彩袖驮到小柳巷的巩爱华家，她不去也不行，只有她认识巩爱华的家。我母亲和姑妈商量着行车的路线，怎么能绕过姑妈家门口，掩人耳目，她们一致认为从油脂加工厂穿出去是最科学的路线。为了更加稳妥，我母亲还拿了一套蓝色的工作服出来，准备让彩袖穿上。然后我听见姑妈在楼梯那里叫彩袖的名字。彩袖，彩袖，下来吧。姑妈说，我们去巩爱华家了。阁楼上没有声音。姑妈又对着阁楼喊，彩袖彩袖下楼吧，去巩爱华家最安全，你哥找不到你的。彩袖的沉默让大家都聚到了楼梯那里，每个人的脑袋都不安地向上面仰望着。我母亲说，彩袖，不是我们怕事，是为了你好，你哥哥带绳子来的，你们怎么闹都是亲兄妹，都是家务事，我们夹在中间不好办的。姑妈看上去很急躁，她用自行车钥匙敲打着楼梯，彩袖你倒是快下来呀，马上你哥哥就来了，他来了你要走也走不了啦，我们只好看他把你绑回乡下去。姑妈一急就有点像骗小孩子了，她不再把矛头指向巩爱华身上，反而向彩袖夸大巩爱华家的种种优越性。巩爱华家在曲里拐弯的小弄堂里，你哥哥找不到的。又说，巩爱华家旁边就是派出所，她又是先进人物，你哥哥敢到她家去闹，派出所就把他绑起来！

彩袖白着脸下了阁楼。也不知道她是不是哭过，她始终垂着眼睛，是被羞辱过后的严峻的表情，也可以说是悲伤释放过后轻松的表情，我注意到她的下巴颏那里是湿的。彩袖提着她那个灰色的人造革旅行包，慢慢地走下来，走到楼梯最后一格，我看见她突然扔下旅行包，捂着肚子，坐在了梯子上。

我姐姐冲过去扶她，彩袖你肚子疼？

彩袖先点头，看看我母亲已经抻开了那件蓝色的工作服，又摇头，推开我姐姐，自己站了起来，像个木头人一样站着。她们七手八脚地替彩袖穿好了工作服，我姐姐端详着彩袖，彩袖你去照照镜子，你不像你了！她的建议受到了我母亲和姑妈一致的抗议，你来添什么乱，都什么时候了，哪儿有心思照镜子？

穿上工作服的彩袖仍然是彩袖，她不说话，你就不知道她心里在想什么。然后是彩袖跟着姑妈的自行车，我们跟着她，一行人小心谨慎地来到街上。看看街东方向，姑妈家门口的一堆人影子厚了好多，说明泄密的危险越来越大。快点走！彩袖几乎是被我们一起架到了自行车后座上。彩袖坐到自行车上，我才知道她为什么走得魂不守舍的，照片，照片！她突然回过头对我姐姐喊，我的照片，你怎么给我？

那天夜里长寿果然跑到我家门口来了。他敲门，敲门没人开，他就用拳头擂门，一边擂门一边喊，彩袖，你给我出来，死出来！我父亲后来去开门了，不是为了让他进来，是他自己要出去叫人。我父亲冷静地从那只化肥袋上跨过去，瞥了一眼袋子里的绳子，冷笑了一声，你还带了绳子来捆人，还不知道这绳子最后捆谁呢。

我从床上爬起来的时候，父亲的人马已经到了。一大群男人，有老人，是来做说服工作的，还有几个都是我表哥的朋友，三把手之流的人，都是膀大腰圆的，一看就知道他们是来干什么的。三把手他们把长寿从门里拽出来，一边拽一边骂他，你这个乡下佬，把自己妹妹当畜生卖，还敢跑我们这里来闹事？你这种人，买块豆腐撞死算了！

长寿矮小，但很粗壮，他的身体被抬出我家门框，很快又顽强地进来了，彩袖，彩袖，你给我死出来！他被按倒在地上，但一只手死死地抓住我家门框，要往里边来，对于别人的辱骂他并不计较，也不反驳，只是一味地叫喊着他妹妹的名字。昏黄的灯光照着他的脸，可以发现他的脸和彩袖异常地相像，方脸，鼻梁是塌的，眼睛却很大很亮。这样混战了好一会儿，长寿终于安静了，不安静也不行，三把手他们趁他的裤腰带掉下来，干脆把他的裤子扒下来一半，威胁他说，你再闹就这样把你送派出所去，流氓罪把你抓起来！长寿拼命拉着自己的裤子，终于安静下来。三把手他们停不下来，他们把长寿推来搡去的，又开始骂他，娶不到老婆就不娶了，你们乡下那么多猪那么多羊，你不会操老母猪去，操母羊去，为什么把亲妹妹换给羊角风老头？把裤腰带还给你，你用裤腰带把自己吊死算了！

长寿不还嘴，目光躲避着那几个青年，似乎他们的辱骂都是某种事实。他也不听老人们对他的政治教育和道德教育，似乎他们是在教育他们自己。他坐在地上，一只鞋子被谁踩掉了，长寿就一条一条地拨开别人的腿，找他的另一只解放鞋。那只鞋就在我父亲的身后，长寿探起身子去捡那只鞋，三把手手疾眼快，一把捡起来，扔到很远的地方去了。去捡吧，捡完了不准再回来！三把手推了长寿一把，给我往东走，到长途汽车站过一夜，天一亮就有班车了，你哪儿来的就给我滚哪儿去！

看得出来那只鞋对长寿很重要。我们看见长寿站在三把手身边，愤怒地瞪着他，三把手说，你瞪我干什么？又脏又臭的解放鞋，你不赶紧去捡，狗就把它当屎给啃啦。长寿试着推了推三把手，三把手怪笑起来，你还敢推我，你别敬酒不吃吃罚酒，再闹我把你的人也扔出去，你信不信？

长寿去捡那只鞋了，他走路有点罗圈腿，走得很艰难的样子，又有点像伤到了什么关节。我们看着他去捡鞋。我父亲有点不安，对三把手说，你吓唬他一下就行了，怎么那么整他？三把手说，这种乡下人，要无产阶级专政的，不专政治不了他，等他回来还要吓他。大家都以为长寿捡了鞋还会回来的，但出乎大家的预料，长寿只是在远处停留了一会儿，停了一会儿就真的向东走了。他走得很慢，一条矮小的身影，慢慢地在香椿树街的灯光里漂移，大家都以为长寿被驯服了，突然一声凄厉的叫声又在远处炸响，彩袖，彩袖，你给我死出来！

他又开始叫他妹妹的名字了，这回是沿着深夜的街道叫，所以声音听起来有点恐怖，伴随着空旷的回声，我记得很清楚，隔着很远，能依稀听见长寿哽咽的声音，令人同情的哽咽过后，还是那恐怖的叫声，彩袖，彩袖，给我死出来，跟我回家去！

几天以后我姐姐把照片送到小柳巷去。她千辛万苦找到了巩爱华家，却没有看见巩爱华，也没有看见彩袖，只是隔着厨房的窗子，见到了巩爱华的老奶奶。

巩爱华的奶奶也在厨房里刮茨菰。我姐姐说她一眼认出那是来自顾庄的茨菰，胖胖的，圆圆的，尾巴是粉红色的。看见顾庄的茨菰就看见了顾庄来的人。可是我姐姐没能把巩爱华喊下楼来。巩爱华的奶奶满头白发，也许是老糊涂了，也许不是糊涂，是精明。我姐姐在窗外朝里面张望，她不动声色地注视着外面，严密监视我姐姐，我姐姐喊巩爱华的名字时，那老妇人才颤巍巍地站起来。别这么大声叫，邻居有上夜班的，正在睡觉呢。隔着窗子，她忙不迭地对我姐姐摆手，爱华不在家，她是大忙人，又去省里开会啦！

我姐姐说她看见一个短发姑娘的脸从楼上的窗边一闪而过，她怀疑那是巩爱华，而且楼上支出来的晾衣架上有一件白色的年轻姑娘穿的胸衣，还在滴着水，这加深了我姐姐的怀疑。她不知道巩爱华为什么会不在家。我姐姐只好向老妇人打听彩袖的下落，老妇人更加警惕起来，她问我姐姐，你是谁？哪儿来的？这么个简单的问题偏偏把我姐姐难住了，她说不清楚她是谁，一赌气就把彩袖的照片扔到了临窗的桌子上，我才不管别人闲事呢，我就是送照片来的。扔进去了我姐姐又不放心，退回窗台，手伸进去挡住老妇人，从小纸套里摸了一张出来，说，人家拍一张照片不容易，你们家这个态度，我不放心，替她留一张下来吧。

我姐姐临走听到了彩袖最后的消息。那消息是巩爱华的奶奶透露的，老妇人明显对彩袖的事情有偏听偏信之处，或者说她完全误解了巩爱华在这件事情上所起的作用。她隔着窗子批评我姐姐，你们不要把我家爱华当枪使，什么麻烦事都来找她。人家姑娘的婚事也要她来管？你们就不怀好心，看着爱华是先进，故意影响她的前途！我姐姐让她批评得摸不着头脑，站在那里向老妇人翻白眼，老妇人就忿忿地扔了个茨菰尾巴出来，说，你别跟我翻白眼，那乡下姑娘的事，不归我家爱华管，归妇联管，你要找她，去妇联找！

关于彩袖去了妇联的消息，是我姐姐带回来的。后来我们知道彩袖确实去过市妇联的办公室。是巩爱华的父亲带她去的，他也是个机关干部，最知道什么机关解决什么问题，哪个上级单位管辖哪个下级单位。但是很明显，我们这里的妇联一时无法解决彩袖的麻烦，巩爱华的父亲让彩袖向妇联的干部详细反映她的情况，他急着要去上班，便给彩袖画了张自己家的地图，让她自己找回家来。他们说彩袖那天坐在妇联的办公室里，坐了很长时间，也说了很长时间，旁人都不知道她是在说自己的事，看上去她是在描述一桩别人的可怕的婚姻。后来她被送出办公室，并没有离开，她很安静地坐在一张长椅上，听一对闹离婚的男女在走廊上互相谩骂，互相揭露对方的私生活，她还上去劝了那女方几句，劝什么，别人也听不懂。再后来妇联下班了，干部们都走了，接待处的一个女干部路过铁狮子桥，看见那个顾庄来的姑娘坐在铁狮子桥的桥堍下，一边喝一分钱一杯的热茶水，一边东张西望地对照着那张画在信纸上的地图。女干部去桥堍下的贩米船上买了一包籼米回来，再瞥一眼茶摊，那彩袖还坐在那里，但彩袖的悲伤已经像早晨的太阳喷薄而出了，彩袖捧着一杯茶哭，彩袖看着铁狮子桥上来来往往的人哭，茶摊的主人和几个热心的路人都围到了彩袖身边，他们以为那乡下姑娘是为了那张信纸哭，可是信纸被摊展开来，那些热心的人们看见的是一张简陋的用圆珠笔勾勒的地图。那个女干部犹豫了一会儿，最终还是急着回家做晚饭了，因为她听见有人热心地站出来了，说，小柳巷？你要去小柳巷？我认识，我来带你去！

现在我们都知道了，那个热心人后来并没有把彩袖带回巩爱华的家。这是一个令人费解的结果，直到现在，与此事有关的人们还在争议，那个带路的人到底是谁？他到底把彩袖带到哪里去了？长寿后来没有找到他妹妹，他在巩爱华家闹了两天，没看见彩袖的人影，巩爱华也始终没露面，倒是派出所的人来了，按照有关条文，他们把长寿强行押到长途汽车站，遣送回去了。

我们这一边后来谁也没见过彩袖，我姐姐有一天回来告诉我母亲，她在铁狮子桥下面看见一张寻人告示，是找彩袖的。我母亲说，彩袖失踪了，当然要贴告示。但我姐姐哭了起来，一边哭一边嚷，那张照片，照片！我母亲一下明白过来，明白过来脸就发白了，说，你现在知道哭了，让你带她出去玩，你偏带她去拍照片，为什么要拍那张照片？为什么？这张照片拍了干什么用的，啊？啊？我母亲冲动地质问着我姐姐，把自己也问得哭了起来。她们从逻辑上推理出来的结果是沉重的，我姐姐脱不了干系，因此我母亲在道义上承担了沉重的压力。为了宣泄这份压力，我母亲必然要责问我姑妈，最后的结果可想而知，我母亲和我姑妈绝交了，我们两家住那么近，住在一条香椿树街上，我姑妈是我父亲的亲妹妹，我父亲是我姑妈的亲哥哥，可是我们两家就这么绝交了。

彩袖后来是搭一条贩茨菰的船回到顾庄去的，这些消息都确凿，因为确凿让我们和姑妈一家高兴了一阵子。只是彩袖消失的那几天里，她到底是在哪里度过的，怎么度过的，和谁在一起度过的，这些细节从来都是个无头案，我们大家一点也不清楚。

表哥说彩袖后来兑现了家里的许诺，嫁给了那个患有羊角风的中年人。我表哥春节回来过年时还说他们的婚姻不错，看见彩袖和她男人去赶集，女的卖了小鸡，男的买了锄头，在路上一前一后地走。到了五一节回来，表哥不肯提彩袖的名字了，一追问就问到了那个令人震惊的消息，彩袖服农药自杀了。表哥说彩袖死得很有计划，她在菜园里打农药，打完农药别人看见她拿着个塑料桶坐在地里，都以为她是在喝水，说彩袖刚才还看见你喝水的，怎么一会儿又渴了？彩袖说今天天热，渴死人了。彩袖当着好多人的面喝了半桶农药。我姑妈那边，我们家这边，都被这个消息吓着了。我表哥闪烁其词地提到了村里的一些流言蜚语，说彩袖死的时候可能怀了身孕，大家都怀疑彩袖怀的孩子是野种，不是羊角风的。姑妈立刻大叫起来，羊角风不影响生育的，不是他的是谁的？

然后大家都突然沉默了。想到了彩袖失踪的那段时间，想到她是带着一个秘密回到顾庄去的，一下谁都不敢说话了。每个人都在掩饰自己慌乱的内心，却掩饰不住那种带有犯罪感的表情。后来我姑妈突然站起来，一句话让大家都得到了解脱，她说，我们对彩袖问心无愧的，彩袖苦命，怪不得别人呀，要怪就怪那个巩爱华，不是她惹这个麻烦，彩袖她也不至于落这么个下场。

香椿树街一带的居民，习惯于把亲朋好友的照片压在玻璃台板下面，彩袖的那张照片一直压在我家五斗柜的玻璃台板下面，平时那位置上是放一瓶塑料花的，那瓶塑料花常年盖着彩袖的照片，就像是盖着一件隐私一样，无法丢弃，也不愿暴露。我们有我们庸常而繁冗的日常生活，谁会无端地想起顾庄的一个乡下姑娘来呢？我们几乎把彩袖遗忘了。直到那年搬家，我和我姐姐清理玻璃台板下面的照片时，突然看见彩袖的照片，一时竟然都想不起来照片上的人是谁了，我努力地揭下那张粘连在玻璃上的照片，是什么人，脸那么熟？我姐姐突然叫起来，是彩袖呀，怎么她的照片还在这下面？

于是我也想起了彩袖，不知为什么，想起彩袖我就想起了茨菰，小时候我不爱吃茨菰，但茨菰烧肉我爱吃，现在人到中年，我不吃茨菰，茨菰烧肉也不吃了。